目录

001 序

001 过年
002 飞来峰
004 金鹿
006 包公拷问青石板
008 狼外婆
011 启明星
013 十兄弟
014 真武祖师
015 牧人教子
016 苏武牧羊
018 唐伯虎画雀
019 秃尾巴老李
023 华佗五禽戏
025 赵州石桥
027 牛郎与织女
031 孟姜女
035 梁山伯与祝英台
038 木兰从军

045　天仙配

064　白蛇传说

070　粽子和龙船

071　吃娘最后一口奶

072　杜康造酒醉刘伶

073　姑娘的头发

075　鹿王

077　五指山的传说

078　白蘑菇

081　宝刀和竹笛

083　兴安岭的故事

087　北斗七星

089　阿凡提故事三则

090　叉鱼能手莫日根

092　田螺姑娘

094　青稞种子

095　松赞干布迎娶文成公主

097　修建拉萨大昭寺

098　密洛陀

099　白龙掌印

100　望夫云

101　青蛙恋月亮

101　雀姑娘

102　孔雀公主

102　蛤蟆灵丹

103　白羽飞衣

104　金壁讨歌舞

105　布农人射日

105　北斗星神话

106　月亮中的巫婆

- 106 猴子变人
- 107 鼓舞由来
- 107 太子坟
- 108 钟郎和蓝娘
- 108 石神宝
- 109 慕士塔格的传说
- 110 雪的神话
- 110 祖哈克与魔鬼
- 111 一枚金币
- 112 张古老做天　李古老做地　衣罗娘娘造人
- 113 雍尼和补所
- 115 牛王下界
- 115 人从石洞里出来
- 116 树生子
- 117 天神与大地
- 118 太阳妹和月亮哥
- 118 三兄弟
- 119 子居鸟与火把节
- 120 眼珠儿
- 120 "天湖"纳木错
- 121 洪水滔天
- 123 北斗星和七姊妹星
- 123 歌圣刘三妹的传说
- 124 鸳鸯石
- 128 樵夫和河伯
- 129 天池
- 132 穷人和法官
- 133 拇指娃娃
- 136 不死山
- 143 神童

- 144　伊凡王子和灰色狼
- 148　渔夫和北风
- 151　谁是房子的主人
- 152　杜达与鱼美人
- 157　国王的秘密
- 159　金盆子
- 160　巨龙和珍珠
- 162　猎人与女神
- 165　玛璐
- 166　弃老国
- 169　木制大鸟
- 172　樱桃树
- 176　月神的降生
- 179　印娜娜巧取文明
- 181　东明王朱蒙
- 184　黑母牛
- 188　苏莱曼
- 191　死神的故事
- 195　神猴哈奴曼
- 197　莎维德丽女神
- 199　太阳、月亮和金星
- 201　魔瓶
- 203　雷电的由来
- 204　美人鱼
- 208　月亮里的女人
- 210　昂普、瓦塔两兄弟

序

民间故事这一术语通常有着广义和狭义两种内涵。广义看它包括有作者或无具体作者创作的、由人们所接受而主要通过口头传播的故事。形式上包括神话、史诗、传说、谣曲、寓言、童话等,甚至还可以包括俗套笑话及滑稽逸事。狭义而言,其严格定义应是无名氏创作的、一般以非书面方式口耳传承的、叙事性的、散文体式的作品。

各种类型的民间故事,都有主题和情节两个部分。民间故事在各种文化中互相交流并能转变成书面形式,也可以从书面形式变成口头流传的形式。民间故事的种类有风物传说、英雄故事、人物传奇、童话故事、市井笑话、动植物故事及解释自然现象、物事缘由和社会习俗起因的推原性故事。

民间故事是传统文化的重要组成部分,是全人类共同创造的文化瑰宝,是各国、各民族人民群体智慧的结晶。民间故事创造出林林总总形象生动的人物,赞美勤劳、智慧、勇敢、善良的优良品质,讽喻懒惰、自私、贪婪、腐败的丑恶行径,弘扬真、善、美,鞭笞假、恶、丑。不仅是人们道德教育的教科书,而且是文学艺术创作的精神来源,很多中外文学名著都是以民间故事作为题材和素材创作而成的,民间口头传承的很多故事经过作家的再创作而最终成为了艺术的典范。

世界各国的民间故事,蕴藏丰富、瑰丽夺目。许多优秀的民间故事,不但在本国、本地区不胫而走、广为流传,而且通过各种渠道,跨越国界和语言文化界阈,在世界各国、各民族间传播,受到不同时代、不同种族的人们的珍爱。相同的或相似的民间故事在东西方各个国家都有流传。阅读、欣赏优秀的民间故事,能让读者赏心悦目,从中得到艺术欣赏的快感与乐趣,进而帮助人们提升审美能力和文明水平。

辑选本书的目的,在于为读者提供一个接触了解和阅读欣赏民间故事的一般性读本。有鉴于此,这本《中外民间故事》收入了在我国各民族和东西方不同国家、不同民族文化区域间流传的一百余篇民间故事,力求体例统一地把一些长期口耳传承、现在仍然具有艺术张力和审美穿透力的民间故事呈示给读者。

编者愿将本书奉献给更多读者,对于其间存在的疏误失当之处,敬希读者朋友批评指正。

过 年

春节俗称"过年"。每逢此时,家家户户贴春联、张灯结彩、放鞭炮,一片热闹喜庆景象。然而,在很早的时候,人们并不这样过年。

古时候,在深山老林里,出没着一只名字叫"年"的怪兽。

这只怪兽,不像龙、不像狮、不像虎,但它比龙厉害、比狮凶猛、比虎残忍。一到冬末春初的寒冷黑夜,"年"就要到山下村里横冲直撞,见牲畜咬牲畜,逢人就吃人,它奇凶异猛、残忍无比,很多人都遭到了它的残害。

"年"闹得人心惶惶,家家闭户。无法可想,人们只好备下活猪活羊供奉它,希望它在吃了活猪活羊之后,就不再进村吃人了。可是没有用,"年"的食量很大,它吃完了供奉的牲畜,仍旧要闯进村里吃人。

有一户人家,夫妇带着几个孩子过活。因害怕"年"闯进家里闹事,男主人便在屋子当中点燃了一堆竹子照明壮胆,全家人则躲藏在屋角,连口粗气也不敢出。

只听见院里一阵骚动,凶恶的"年"又来了。它刚靠近屋门,就被屋里冒出的青烟呛了两眼泪水。"年"强睁泪眼,正要破门而入,这时火堆里有几根竹子被烧得爆开了,发出"噼里啪啦"的声音,把"年"给吓了一大跳,"年"惊恐未定,屋子里又突然传出"哐当"一声爆响,这下子可真把"年"给吓坏了,只见它夹起尾巴仓皇逃命去了。

这"哐当"的声响究竟是怎么回事呢?原来,屋里的男主人看"年"要破门而入,慌乱中顺手拿起一个破铜盆朝门口投去,铜盆摔在地上发出的声响竟把凶恶的"年"给吓跑了。全家人意外脱险,都很高兴。

人们听说了在这个人家发生的事情,经过仔细合计,知道了"年"也会害怕。大伙儿心中明白了事理,都格外高兴。从此以后,再到冬末春初的月黑之夜,人们就燃着竹子堆起大火,并拿起铜盆铁锅尽情敲打。"年"虽凶猛,但它从骨子里惧怕那竹子爆裂和敲打铜盆时发出的声响,所以它再也不敢闯进村里捣乱了,人们再也不用惧怕"年"了。

后来,人们仿照竹子做成鞭炮,称之为"爆竹",还根据"年"惧怕的声

响造成了铜锣和鼓。一到冬末春初"年"将要出来害人的月黑之夜,人们就围坐在燃烧着的火堆旁边,放爆竹、敲锣打鼓驱赶"年"。

久而久之,人们就把这原本是驱赶凶恶的"年"兽的日子干脆称为"过年"了。

飞来峰

杭州有座灵隐寺,灵隐寺里有个叫济癫的疯和尚。这济癫和尚手里拿把破蒲扇,整天东游游西荡荡,不守佛门清规,又喝酒来又吃肉,不敲木鱼不诵经。

一天早上,济癫和尚迷迷糊糊醒过来,一看太阳光透过窗户,晒到他背脊上,时间不早了。他伸伸懒腰,下床穿衣,拿起破蒲扇,拖了双鞋子,"剃拖、剃拖"往外走。跨出山门外,抬头一望,只见老远老远的天空飘着一块乌云,径直向灵隐寺徐徐飞来。仔细一瞧,不对,这哪里是乌云,是一座小山峰。推算起来,这座山峰到午时三刻,将在灵隐寺前面的村子上落下来。这下济癫和尚急啦,转身朝大殿跑去,一边跑一边叫:"不好啦,山要飞来啦!不好啦,山要飞来啦!"迎面走来一个和尚,听了济癫的话大笑起来,说:"你又在发疯了,有谁见过山会飞的?"

济癫和尚跑遍整个灵隐寺,叫得喉咙冒烟,没有一个人理会他。于是,他急忙跑出灵隐寺,奔到前面村子里。

济癫和尚碰到的第一个人是个老头儿,济癫告诉他说:"今天午时三刻,有座山要飞到这村庄上来,赶快搬家吧,迟了就来不及啦!"

老头儿听了直摇头:"疯和尚,你又来寻开心了,谁见过会飞的山呀!"

济癫和尚碰到的第二个人是个老太婆,济癫告诉她说:"今天午时三刻,有座山要飞过来,落到村庄上头,赶快搬家吧,迟了就来不及啦!"

老太婆听了直摇头:"师父啊,叫我们往哪里搬呀,要是真有山掉下来,压死了也是命里注定的!"

济癫和尚碰到的第三个人是个小伙子,济癫和尚又告诉他,叫他搬家。小伙子听了,哼哼鼻子说:"你别吓人啦,山飞过来怕啥,我拿肩膀扛着!"

济癫和尚从村东跑到村西,从上半村到下半村,跑遍整个村子,喊得口干舌焦,竟没有人肯听他的劝告,也没有人打算搬家。有一群小孩子还跟在他后面,指手画脚地看热闹。

济癫和尚实在累了,在村口一棵大树底下坐下来,急得头上汗珠直滚,拼命摇蒲扇也不顶用。他索性靠在树上,闭目养起神来。大家见了,都笑起来:"这疯和尚,叫别人搬家,自己反倒睡起觉来了!"

其实济癫和尚根本没有睡着,他是在想办法。太阳越升越高,眼看大祸临头,但没有人听他的话,真急人呀!

正在这时,突然听到"嘀嘀嗒嗒"吹唢呐的声音。他顺着声音一看,原来有户人家娶亲办喜事呢。新娘子和新郎官正在磕头拜天地!济癫和尚推开众人,钻到堂前,把新娘子往肩上一背,转身冲出大门,就向村外跑去。

"疯和尚抢新娘子啦!疯和尚抢新娘子啦!"

"抓住疯和尚!"

"别让他跑掉呀!"

全村的男女老少边追边喊，一齐冲出了村子。

济癫和尚背着新娘子在前面跑，一大帮人拼命在后面追。济癫和尚扭过头来一看，好家伙！看到全村的人都追出了村子。济癫和尚心里别提多高兴了。他跑出去两里路，人们也追出了两里路。这时，济癫和尚停住脚步不跑啦。他放下新娘子，自己往地上一坐，摇着蒲扇扇风凉。人们追到跟前，正要上前抓他，却不料霎时间天昏地暗、狂风呼啸，只听"轰隆"一声巨响，一座山峰出现在原来是村子的地方。人们一个个被震得跌倒在地，头昏眼花，分不清东南西北，而济癫和尚呢，却在一旁摇着扇子哈哈大笑。直到此时人们才明白过来，原来济癫和尚抢新娘子，是在救大家的性命啊。

村庄被压在山底下，人们都无家可归了。

这时，济癫和尚说："这座山峰既然能从别处飞来，说不定还会飞到别的地方去害人啊，我们要叫它来得去不得。现在，我们就到山上去凿它五百个石罗汉，把山镇住，不让它再去害人，大家说好不好啊？"

大家齐声说好。济癫和尚脱下袈裟，轻轻一抖，"哗哗啦啦"一阵声响，从袍袖里边掉出一大堆锤子、凿子等凿石用的工具。

大家跟着济癫和尚上山凿石，漫山遍野到处都传出了"叮叮当、叮叮当"的声音。大家齐心合力，只一天一夜工夫，五百个石罗汉凿好了，山上山下布满了石龛佛像。

从此，这座山峰再也飞不走了，永远留在了灵隐寺前面。人们还给它起了个名字，叫"飞来峰"。

金 鹿

很久以前，在大森林里住着一头金鹿。这头金鹿只要用它的蹄子在地上一刨，就会有金子出现。

贪婪的国王打听到这个消息，不禁欣喜若狂。他对金子垂涎三尺，命令部下到森林里去捕捉金鹿。国王的部下在森林四处搜索着，他们有好几次发现了金鹿，可是金鹿都逃脱了。

在逃跑的路上，金鹿遇到了一个牧人。金鹿恳求道："牧人，国王的部下正在追捕我,如果他们来到这里,请不要告诉他们你看见过我。"

"金鹿好友,"善良的牧人回答道,"这里地下有一个大洞,你赶紧躲到里面去,这样你就安全了。"牧人打开洞门,金鹿很快钻进去,藏了起来。

不一会儿,国王的仆从赶到了。他们对牧人大声嚷道:"你有没有看见一头金鹿打这儿经过?"

"噢,有,"牧人从容不迫地答道,"就在你们到来之前,我刚看见它跑进森林里去了。"

国王的仆从信以为真,连忙向林子里追去。稍过片刻,牧人打开洞门,朝里面喊了一声:"金鹿好友,现在可以出来啦。国王的仆从已经窜到林子里去了。你已经没有危险,可以放心啦。"

"好牧人,谢谢你的救命之恩,"金鹿感激地说,"将来如果你遇到困难,我一定会尽力帮忙的。现在我赠给你一些金子,报答你的仁慈。"说完金鹿用蹄子在地上刨了几下,一堆金子立刻出现在牧人面前。

这时,国王的部下从林子里转了回来,发现了地上的金子,知道牧人欺骗了他们,就把他抓走去见国王。

国王厉声对牧人说:"据我的部下报告,你知道金鹿藏在哪里。你必须在七天之内交出金鹿,把它带来见我,否则我就要你的命。"

牧人不敢违抗,只好拖着沉重的步子到森林里寻觅金鹿。

找遍了整个山林,牧人连金鹿的影子都没找到。

最后,他来到一条河边,河中有条大蟒蛇拦住了去路。

"牧人,"蟒蛇说道,"你来这里干什么?"

"我是奉国王之命来请金鹿的,"牧人如实地答道,"我不会伤害你的。"

"牧人,"蟒蛇温顺地说,"金鹿是万兽之王。既然国王差人召见它,想必是事出有因。我有一条小船,你往返可乘它渡河。"

牧人向蟒蛇道过谢,便划船渡过了河。在河的彼岸,他遇见了一只老虎。

"牧人,"老虎问道,"你到这里来干什么?"

"我是奉国王之命来请金鹿的,"牧人解释道,"我不会伤害你的。"

"牧人,"老虎热情地说,"我是金鹿的卫士,现在带你去见我们的兽王!"

老虎带着牧人去见金鹿。牧人告诉金鹿:"国王命令我七天之内必须带着你去见他,不然我就要被处死。"

"我的好友,你救了我的命,"金鹿说,"现在该轮到我救你了。让我们马上就去见国王吧。"

于是金鹿和牧人一同来到河边,乘上蟒蛇的小船,渡过河来到了王宫。

在宫中,国王兴高采烈地接见了他们。他迫不及待地对金鹿说:"金鹿啊,听说你用蹄子每刨一次地面,就会出现金子。如果确有此事,请你为我刨出许多许多的金子好吗?"

"好的,陛下!"金鹿满口答应,接着又说,"但是你得保证,不许命令我停下来。"国王贪婪成性,便不假思索地说:"即使金子堆成了山,我也决不叫你停下来。"

接着,金鹿要国王当面发誓,要是国王命令它停止刨蹄子,那么所有的金子就全部变成泥土。他们谈妥后,金鹿便开始刨蹄子。它用蹄子不断地刨呀,刨呀,金子便不断地出现在国王的脚下。一会儿工夫,已堆积了一大堆金子,然而金鹿依然不停地刨蹄子。金子越堆越高,最后几乎把国王掩埋了。财迷心窍的国王这时才惊慌害怕起来。

"停下来!"国王尖叫道,"不然我要被埋葬了。"金鹿冷冷地笑了笑,停住了蹄子。可是当金鹿停下来的时候,所有的金子顷刻间全都变成了泥土,国王被深深地埋在土里。贪婪的国王看到全部的金子都已化为泥土,便在失望中死去了。

包公拷问青石板

有一回,包公出去办事,坐着轿子从大街走过。

一个小孩子坐在一块青石板上,身旁放着一只竹篮,正用两手捂着脸,呜呜地哭着。

听见了这孩子的哭声,包公吩咐轿夫停下轿子,把孩子叫到跟前,问道:"孩子!你为什么哭得这样伤心啊?"

那孩子回答说:"我是卖油炸糕的,今天早晨,在大街上赚了二百文钱,放在篮子里。刚才因为有人在这里变戏法,我就站在这块青石板上,看了一会热闹。我看过以后,往篮子里一看,钱丢了。"说着,又哭了起来。

包公听了孩子的话,皱起眉头,坐在轿子里想了一会,对孩子说道:"你的钱放在篮子里,刚才又是站在青石板上看的热闹,钱一定是被青石板偷去了。衙役,把孩子和青石板一同带回县衙,我要审问这块青石板。"

包公要审问青石板,这件稀罕事儿一传十,十传百,不多大工夫满街的人都知道了。由于好奇,许多人就跟到县衙里去,要听听包公怎么样审问这个案子。

包公进了衙门,坐在大堂之上,命令衙役把青石板摆放在公案前面。又让那个丢了钱的小孩子站在青石板的边上,让听审案的老百姓都站在大堂两边。

包公开始审问案子,只见他对着青石板大声喝道:"青石板,你偷了孩子的钱,若不照实讲来,要动大刑拷打啦!"

青石板还是青石板,一点动静也没有。

包公拍案大怒,喝令衙役动手打青石板的板子。

堂前的老百姓听见包公叫衙役打青石板的板子,一个个想笑又不敢笑。只见两个衙役抡起板子,打了几下,板子折断了。这时大堂两边的老百姓,都忍不住哄堂大笑起来。

包公不但没笑,并且把惊堂木一拍,说:"你们好没规矩,怎么敢在大堂上这样随意哄笑!衙役们,把大门关上,不准放一个人出去。"

众百姓看见包公动怒,都跪下求饶。包公说:"饶也使得,只是你们每人必须拿出一个大钱,才可放你们出去。"

包公就叫衙役抬了一缸水,放在大堂前边。老百姓来交钱,包公就叫他们把钱丢到水缸里,并且亲自站在水缸旁边观看。一连有几个老百姓把钱丢到水缸里,都太平无事,便被放出了衙门。接着一个人,也把钱投进水缸里,包公向水面上一望,看见水面上漂起了一片油花。包公就对这人说:"狗贼,你偷了孩子的钱,快快招来!"

偷钱的人大吃一惊,吓得浑身发抖。

包公又叫衙役搜查,结果就从那人身上搜出一百九十九文钱,连他投在缸里的钱计算在内,共是二百文。包公就把这二百文钱如数还给那个卖油炸糕的孩子。包公接着叫衙役把偷钱的贼狠狠地打了一顿板子,赶出了县衙的大门。

那些前来观看审案子的老百姓们,直到此时才知道包公为什么要拷问青石板,无不打心眼里敬佩包公。

狼外婆

大山脚下有一个小村庄,村庄里住着一个老奶奶。

一天,老奶奶提上一竹篮肉包子去闺女家看她的三个外孙女儿。

天气很热。老奶奶沿着山路走啊,走啊,一会儿出了一身汗。当她看着离外孙女儿家不远了,就搁下篮子,打算歇一会儿再走。忽然,她听见随风摇动的小树丛中,传来一阵"呼哧呼哧"的喘气声,接着,便看见一只大灰狼朝她走来,怪声怪气问她:"老婆子,往哪儿去呀?"

"去俺外孙女儿家。"

"篮子里盛的啥?"

"包子、油条。"

"给我个尝尝。"

老奶奶扔给大灰狼一个包子,只见它张开嘴,"叭嗒"一下就吃了。它伸出爪子说:"再给我吃一个吧。"老奶奶又扔过去一个,它又"叭嗒"一下吞吃了。大灰狼边吃边问老奶奶:"你外孙女儿家在哪里?"

"就在前面村子里,院里有棵大枣树。"

"你外孙女儿叫啥?"

"大的叫门搭儿,二的叫门鼻儿,小的叫炊帚骨朵儿。"

大灰狼站起来伸伸懒腰,龇着尖利的长牙说:"吃点包子算个啥!我最喜欢吃的还是人。"说着,大灰狼扑上去把老奶奶吃掉了。

然后,大灰狼穿上老奶奶的衣裳,提上篮子,拄上拐棍,打扮成老奶奶的模样,朝外孙女儿家走去。

大灰狼来到外孙女儿家门外,一屁股坐在一个舂米的石臼上,把尾巴藏起来,就学着外婆的腔调叫门:"门搭儿、门鼻儿、炊帚骨朵儿来开门!"

姐妹仨一听,就问:"你是谁呀?"

"我是你外婆。"

"你咋来恁晚哪?"

"路不好,路太远,我紧赶慢赶,还是搭了个黄昏。"小妹妹炊帚骨朵儿一听是外婆,就要开门。大姐门搭儿忙拉开妹妹,借着月光隔门缝一看,就说:"你不是俺外婆,脸上没有黑雀痣。"

大灰狼一听,嘴里便念叨说:"东北风儿,西北风儿,刮俺一脸荞麦星儿。"

它从地上抓起荞麦往脸上一按,脸上立刻有了黑雀痣,接着它又叫起来:"门搭儿、门鼻儿、炊帚骨朵儿来开门!"

二姐门鼻儿学着大姐的样子,隔门缝一看,见大灰狼的脸上果然有了黑雀痣。可是,再一打量,看见腿上没有扎腿带儿,就说:"你不是俺外婆,腿上没扎腿带儿。"

大灰狼一听,嘴里又急忙念叨起来:"南来燕儿,北来燕儿,给我送根扎腿带儿。"

大灰狼从地上抓起两根高粱叶子,往腿上一捆,就有了扎腿带儿。接着它又喊:"门搭儿、门鼻儿、炊帚骨朵儿来开门!"

小妹妹炊帚骨朵儿隔门缝一看,就说:"这可真是咱外婆,我来开门。"说着"哗"的一声,就开了门。

大灰狼走进屋里,一屁股坐在盛粮食的大桶上,把尾巴藏在里面,就对外孙女儿说:"天不早了,咱们赶快睡觉吧!今晚谁跟外婆在一头儿睡呀?"门搭儿说:"我不跟你在一头儿睡。"门鼻儿说:"我也不跟你在一头儿睡。"炊帚骨朵儿说:"我跟外婆在一头儿睡。"炊帚骨朵儿睡在床上,一伸腿,碰着个毛茸茸的东西,问道:"外婆,这毛茸茸的是啥呀?"

"是给你捎来的一团麻。快睡吧!"

门搭儿、门鼻儿心里怀疑,一直没睡着。半夜里她俩听见床那头"喀嚓、喀嚓"直响。门搭儿就问:"外婆,你吃的啥?叫俺也尝尝。"

"外婆夜里咳嗽,吃点胡萝卜你也眼馋,给!吃去吧!"说着顺手扔过去一节。

大姐门搭儿接过去一摸,黏糊糊的,中间还套着个铜顶针儿。她知道这是外婆的手指头,心里马上就明白,一定是大灰狼吃了自己的外婆后,又来吃她们的。她悄悄给门鼻儿一咕哝,赶快推醒了小妹妹炊帚骨朵儿。

过了一会儿,门搭儿喊:"外婆,我要拉屎!"

"半夜三更真多事。爬到床底下拉去吧!"

"不,有床神。"

"拉到煤渣坑里去吧!"

"不,有灶神。"

"拉到门后去吧!"

"不,有门神。"

"死妮子,爬门外粪堆上拉去吧。"

门搭儿答应着摸下床,悄悄拿了一盘子井绳出去了。

过了一会儿,二姐门鼻儿又喊:"外婆,我要拉屎!"

"半夜三更真多事。爬到床底下拉去吧!"

"不,有床神。"

"拉到煤渣坑里去吧!"

"不,有灶神。"

"拉到门后去吧!"

"不,有门神。"

"死妮子,爬门外粪堆上拉去吧。"

门鼻儿答应着摸下床,提上案板上放的油罐子,也溜出去了。

接着,小妹妹炊帚骨朵儿也叫喊起来:"外婆,我屙哩!"

"半夜三更真多事。爬到床底下拉去吧!"

"不,有床神。"

"拉到煤渣坑里去吧!"

"不,有灶神。"

"拉到门后去吧!"

"不,有门神。"

"死妮子,爬门外粪堆上拉去吧。"

炊帚骨朵儿摸下床,也溜出了门外。

姐妹仨来到院子里,先后都爬上了大枣树。然后,她们把提出来的油罐用绳子拉上去,倒了一树身的油。

大灰狼独个儿睡在床上等啊,等啊,一直不见姐妹仨回来,就爬起来站在门口大声叫着:"死妮子,咋还不回来?"

门搭儿在树上回答说:"外婆,快来看,红灯笼,绿宝盖儿,东邻娶媳妇,越看越好看。"

大灰狼一心想吃她姐妹仨,赶快来到大枣树下,搂住树就往上爬。谁知道一爬一刺溜一爬一刺溜。老树皮把爪子都磨痛了,大灰狼还是爬不上去,就对她姐妹仨说:"外婆老了,爬不动了。快把我拉上去吧。"

门搭儿说:"这儿有根井绳,放下去你缠住腰,俺拉你上来。"

大灰狼一听用绳子拉她,赶快抓住放下来的绳子往腰里一缠,就喊:"绑好啦,快拉吧。"

炊帚骨朵儿和门鼻儿,挽好绳子拉呀,拉呀。眼看快拉到枣树老树杈了,她俩把手中的绳子猛一松,只听"扑通"一声,大灰狼摔到地上,疼的它龇牙咧嘴直哼哼。大灰狼爬起来说:"死妮子,下来我才吃你们哩!"

门搭儿看看还没摔死大灰狼,便叫道:"外婆,两个妹妹力气小,拉不动,这回让我帮她们来拉。"

大灰狼只想赶快上去吃掉她姐妹仨,也顾不得疼痛了。它把腰里的绳子紧了紧,又喊道:"这回可要用劲拉,别再摔着外婆啦!"

姐妹仨答应着,又开始拉呀,拉呀!眼看又拉到绑绳子的老树杈了,三人用力把绳子一松,只听"扑通"一声,把大灰狼摔得鼻孔里面直冒血。

姐妹仨在树上拉拉,不见狼外婆动弹,也听不见大灰狼哼哼了。

天亮了,姐妹仨从树上下来,一看大灰狼已经死了,就都回到自己家去了。

启 明 星

很久以前,在一个偏僻的小山村里,住着一户姓金的老夫妇。他们没有亲生的儿女,只有一个名叫金花的养女。小金花七八岁时,遇上荒年。

金花年纪幼小,爹妈又年迈多病,日子可真难熬。锅下没柴烧、锅里没米下,吃上顿断下顿,连老鼠都不来她家掏洞。金花姑娘虽说是小小年纪,却很懂事,知道孝敬老人。她天天到山坡上挖野菜,好让爹妈充饥。

有一天,饿得头晕眼花的金花又上山挖野菜。她刨着、挖着,忽然在草丛里发现一颗闪闪发光的金豆子。她捧在手里,叹口气说:"金豆呀金豆,你多好看呀,可惜不能吃。"金花望着金豆,想起秋天割黄豆时,爹爹点起一把火,把几棵结着饱腾腾豆角的豆秧架在火上,只听"噼里啪啦"一阵响,被烧熟的黄豆籽儿滚在地上,捏起来一颗填到嘴里,牙一咬,"咯崩崩"响,黄澄澄、香喷喷的。现在想起来,金花还直流口水。

想到这里,天真的金花,在地上扒了个小坑,把金豆埋在土里,然后又端来一瓢清水浇了浇说:"金豆呀金豆,你变一棵黄豆苗吧! 秧儿长大大的,角儿结多多的,让俺烧着吃。"谁知她话音刚落,真的从埋金豆的地方长出来一棵黄豆苗苗,转眼就是好大好大的黄豆秧儿。金花眼瞪着见它开了花、结了角,一会儿就长熟了! 金花高兴极了,忙把长熟了的豆秧拔了出来。

她拿着这棵豆秧正要走,只见地上金光一闪,那颗埋进土里的金豆又滚了出来。金花想,金豆会变黄豆,也一定会变别的豆豆。黄豆烧焦,爹妈还是咬不动,这可咋办哩? 让它变一棵绿豆吧,结了籽儿好给爹妈熬绿豆汤喝,又能去火,味道又好。

想到这里,金花又把金豆埋进土里,照样又端一瓢清水浇了浇,说道:"金豆呀金豆,你变成一棵绿豆苗吧! 秧儿长大大的,角儿结多多的,让俺给爹妈熬绿豆汤喝。"金花的话音一落,埋金豆的地方真的又长出了一棵绿豆苗苗,转眼工夫又长成为好大好大的绿豆秧儿。金花看着它开了花,结了角儿,一会就长熟了。

金花把这棵绿豆一拔,那颗金豆又从土里滚了出来,这时,金花想起妈妈给她讲的王小得了宝葫芦,要啥有啥的故事,心中暗暗高兴:哎呀,俺得宝啦! 这金豆一定是个啥都会变的宝贝!

金花回到家里,爹妈见她拿回去两大棵豆秧子,秧上长着嘟嘟噜噜的角儿,一棵豆秧上的籽儿剥出来,也能盛两大碗呢! 爹娘问金花是从哪里拔来的,金花便把捡到金豆的事说了一遍。爹妈不相信,金花就走到院中,又把金豆埋到土里,又端了一瓢清水浇了浇,说道:"金豆呀金豆,你变一棵玉米吧,杆子长得粗粗的,棒子结得大大的,让俺给爹妈做粥吃。"顿时,院里长出一棵玉米苗苗,像手提着一样"噌噌"地往上长。不大一会儿,杆子长粗了,顶上出缨子,腰里甩"花线"了,玉米棒子也出来了。玉米秆上一下子出了三个棒子,长得比棒槌还大呢!

金花家得了宝贝,左邻右舍都争着来看。金花爹对人和善、心肠好,对来看的人说:"金花得了这宝贝,这是天意让它救咱们穷人的。谁家没吃的,拿去让它变粮食吧!"有了这颗金豆,穷人家的清水锅里,都能煮上豆豆或玉米糁子,能保住性命了。

消息像阵风一样传到财主孙怀仁的耳朵里,他硬说金豆是从他家的山坡上捡的,逼金花交出来。金花生怕金豆被财主抢走,就把金豆含在口中。财主让人用耙齿去撬金花的嘴,金花没有办法,就把金豆咽到了肚里。

咽下金豆以后,金花通身立刻闪闪发光,这光刺得孙怀仁和他的狗腿子们连眼睛都睁不开了。孙怀仁一伙吓得像筛糠一样打战战。

这时,金花突然腾空而起,飞到天上去了。

金花升天以后,变成了启明星,就是天亮前东方夜空中出现的那颗最明亮的星星。人们说,金花舍不得她的家乡,舍不得她的爹妈,天天一大早便一眨一眨地睁大眼睛从天上往下看着!

十 兄 弟

有一个婆姨,养了十个儿子:大的顺风耳、二的千里眼、三的有气力、四的钢脑袋、五的铁骨尸、六的长腿、七的大脑袋、八的大脚、九的大嘴、十的大眼。

有一天,弟兄十个锄地去了。老大顺风耳听见有人哭哩,就说:"老二,你给咱看一下!"老二千里眼一看,说:"给秦始皇修长城的人饿得哭哩!"老三有力气,说:"我去替他们修。"

半前晌走到,半后晌就修起了,秦始皇见这个人气力大,怕他造反,要杀他,他就哭。哭声老大又听见了,说:"老二,你再给看一下,我又听见有人哭哩。"老二一看,说:"不好,秦始皇要杀咱老三哩。"老四是钢脑袋,说:"我去顶。"

到了那里,秦始皇用几十把钢刀也没把他砍死,要用棍子浑身打哩,吓得老四又哭。老大说:"我又听见有人哭哩。"老二一看说:"哎呀,不好!秦始皇要用棍子浑身打咱老四哩!"老五是铁骨尸,说:"我去顶。"

到了那里,秦始皇打断几十根棍子,也没伤了老五一点皮。要往海里扔哩。吓得他又哭。老大又听见了,老二一看,说:"秦始皇要把咱老五往海里扔哩!"老六是长腿,说:"我去顶。"

一去就被秦始皇扔到了海里。水才漫到小腿上,正好捞鱼。他捞下五六十斤鱼,正没放处,老七看他来了。老六说:"我捞下五六十斤鱼没放处哩。"老七是大脑袋,取下草帽,五六十斤鱼才放半草帽。两个搭回来,没柴不能烧来吃。老八是大脚,说:"我前天在山上打柴,扎了一个刺,挑出来看行不行。"一挑挑出一棵大椿树。老三劈开,老九烧火。

鱼烧熟了。老九说:"我先尝一尝熟不。"老九是大嘴,尝了一口,五六十斤鱼,还不够垫牙缝子。气得老十哭了。老十是大眼,先哭,是蒙汁汁的雨,后边哭的成了"囫囵"雨。再后边发了大水,一下把万里长城给推走了。老妖秦始皇也被大水推到海里,喂了鳖鱼啦。

真武祖师

明朝有个皇帝只有一个太子。

一天,太子出宫,见一瞎子行乞,太子问一白须老人这是为了什么。老人捋着胡子叹息说:"没人供养,流落至此。"又往前行,见一个病人倒在路旁呻吟不已,太子又问这是为了什么。老人接着告诉太子:"生老病死,人人如此。"太子请教老人摆脱人生厄难之术。老人说:"上山坐洞,修行盘道;苦修千载,长生不老。"说罢飘然而去。

太子回到宫里,执意要出家修道,皇帝不允,将四城门紧闭。太子偷偷溜到马号,牵出一匹黑马,骑马跑遍四城门,不得出城。

太子站在十字街头,大声向那位白须老人呼救说:"上天啊!今日出不去,皇上怪罪下来,我该如何?"话音刚落,一阵黄风刮来,将太子连人带马卷出了城墙。

太子来到武当山黑云洞修行,五百年后自认道行已满,出洞下山。行至半山腰,见一老人在山上煮猪头,锅在山顶,火在山下。太子大为惊奇,上前一问,老人回答:"火到猪头烂,功到自然成。"

太子自愧不已,重返黑云洞,一修又是五百年。这一天,他又出门下山,见一位姑娘在路边巨石上磨铁梁。太子大为惊奇,上前一问,姑娘回答:"铁梁磨绣针,功到自然成。"

太子省悟,三上黑云洞,又修了五百年。这一天,太子正在打坐,进来一位美貌女子挑逗他。太子生怒,提起禅杖追她,女子纵身跳下万丈深渊,摔了个粉身碎骨。太子自言自语说:"哎呀,竟然逼死了一条人命,枉自修行了一千五百年!"说完悔恨地跳崖自尽。

突然间,半空中升起一团彩云,将太子托了起来,腾空而去。

这太子就是道教的真武祖师。

牧人教子

很久以前,有个孩子不孝敬爹娘,爹娘没有办法,只好去找他的舅舅商量。

舅舅是个放羊的人,他对孩子的爹娘说:"把外甥交给我吧,过一段他会回心转意的。"第二天,孩子的爹娘就把这个孩子送到了舅舅那里。舅舅见了,什么话也没说,只把一个赶羊的鞭子交到了他手里。

六月的一个中午,太阳像烈火一样烤着山坡,鸟儿都藏在树荫里不出来,舅舅也把外甥带到一棵大树下乘凉,只有几只小乌鸦在头顶上不停地飞过来飞过去,飞过去又飞过来。

"小乌鸦不怕热吗?"外甥问。

"怎么不怕呢。"舅舅回答。

"那它们还忙什么呀?"

舅舅指了指树上的乌鸦窝,里面正有一只老乌鸦,仰着头,张着嘴,由小乌鸦一口一口喂食呢。外甥问:"大乌鸦怎么还让小乌鸦喂呢?"舅舅叹口气说:"大乌鸦老了,飞不动了,要没有这些懂事的孩子喂它,它会饿死的呀!这就叫'乌鸦反哺'。"外甥听了,默默地低下了头。

又有一天,外甥看见小羊羔都是跪着吃奶,感到奇怪,又问舅舅:"小羊羔不怕累吗?"

"怎么不怕呢?"

"那它们怎么老是跪着吃奶呀?"

舅舅说:"这就叫羔羊跪乳。它知道是妈妈用奶喂它长大,跪着吃奶是在感激妈妈的养育恩情哪!"停了一会儿,舅舅又说:"乌鸦还知道反哺,羊羔还知道跪乳,人难道能够不知道孝敬父母吗?"外甥听了,懊悔地哭了。舅舅安慰他说:"快不要哭了!知道错了,改了就好了。快回家吧,你的爹娘正惦念着你哩。"说罢,就送给外甥一只羊羔,让他抱回家去。一路上,羊羔"妈——妈——"地叫个不停,这孩子的泪水也一路掉在乱石里、草丛里。

从此,他变成了一个非常孝敬父母的人。

苏武牧羊

汉朝的时候,苏武被皇上选中,派他到匈奴国去当使臣。

谁知,苏武到了匈奴国,见到匈奴王后,没等他说明来意,那匈奴王便把脸一横,叫人把他关押起来。

苏武被匈奴王押在王宫里住了些日子。一天,匈奴王叫人把他找去,对他说,只要他同意做他的驸马爷,不再回汉宫,就给他自由。

苏武一听叫他叛国,把头一扬,冷冷一笑道:"苏武不是软骨头,至死不叛国!"

匈奴王一听,便怒气冲冲地说:"好吧,你不愿做驸马,就去当牧羊人吧!"便叫他赶上一百只羊,到冰天雪地的北海去放羊。

匈奴王给了苏武一百只羊,每只羊的脖子上都挂着一个牌牌,牌牌上记着羊原来的重量。每隔四天,匈奴王便打发人来称一次羊的分量,点一点羊的数量。羊的分量少一斤,就打苏武四大板子;羊的数量少一只,就打苏武四十大板子……

苏武本是中原人,他在家时不光没放过羊,连羊也没摸过。如今,来到这冰天雪地的北海,风像刀子割,雪如弹子打,加上身上穿得单薄,冻得浑身直打哆嗦。

这天早上,苏武赶上羊。一出栏,那群羊饿得便撒开蹄子四处跑开了,刹那间羊群便没了影。

苏武见羊群跑散了,一时间心里犯了难。他越想越生气,越思越悲伤,心想:我一个堂堂正正的大汉国的使臣,一下子变成了放羊的"犯人",在这北海边上要住没住处,要吃没吃食、要穿缺穿的。说是放羊,其实连只羊也不如,如今这群羊全都跑没了,这顿死打是脱不了的。活着受罪,还不如跳进这北海去死了清闲。

苏武想到这里,急步走到北海边,正要跃身往水中跳时,忽听从背后的山顶上传来一阵尖利的叫声,他惊愣愣地回头一看,一个又高又大的母猩猩像刮风一样朝他跑来,那母猩猩跑到苏武跟前,拉着苏武的手,就往山上的山洞里跑去……

苏武跟着母猩猩来到山洞后,那母猩猩又扬起脖子大叫了三声,从四面八方召来了一群小猩猩。母猩猩"唧唧呀呀"地对小猩猩们叫了一阵,那些小猩猩便跑出山洞,漫山遍野地四处寻找起苏武跑散了的羊,不大一会儿,便一只不少地找回来了。

打那儿起,苏武便在母猩猩的山洞里安家住下来。白天,苏武和母猩猩一块儿放羊,小猩猩们漫山为他摘野果、捉野兔充饥;夜晚,苏武把身子往猩猩群中一倒,便和猩猩们睡在一起。

从此,苏武不光有吃有喝,也不冷了。

一晃十年过去了,苏武在这冰天雪地的北海边,不但没饿死冻死,而且活得很健壮。

不久,汉武帝派兵打败了匈奴王,匈奴王又重新和汉朝和好了。苏武也被从北海找回来,回到了别离已久的汉宫和家人团聚了。

苏武不怕艰难困苦、不贪色、不贪财、不贪权势,至死不背叛国家、不背叛人民的美德,至今还在群众中流传着呢。

唐伯虎画雀

有一次,唐伯虎坐船到什么地方去玩,没事就坐在船后头跟船老板聊天。船老板不认识唐伯虎,唐伯虎也不认识船老板。船老板有一把白纸扇子,两面都是白的。时而捣一捣,时而扇一扇。唐伯虎看中了,想起了作画。对船老板说:"老板,你这把白扇子蛮好噢!"

"嗳!蛮好!"

船老板一边说,一边又把扇子摊在眼前看了看。

唐伯虎说:"上面要有一点画就更相宜了。"

船老板一想,有道理:"公子,你会画画?"

唐伯虎说:"会一点!"

船老板巴不得,说:"请公子在上面画一点好吗?"

说着就把扇子送到唐伯虎面前。这正合唐伯虎的意。唐伯虎说:"好!"

唐伯虎接过扇子,打开书包,拿起笔,想想画什么。这时刚好从头顶上飞过几只麻雀,就画麻雀。画好了。看上去不清不楚,就似个黑墨团儿,一共画了七只。哪知道,就是画了七只麻雀,一只一个神态。船老板一看,很不快意,嘴里就说出来了:"你这公子,不会画就不要逞能替人家画。你看,一把好好的白纸扇子都给你画坏了!"

唐伯虎说:"噢!老板,你看画得不好吗?"

"嗯!"

"不要紧,你看不好,我替你拿掉好了。"

"你能拿掉,就替我拿掉好了。"

唐伯虎把笔一搁,用个中指推着黑墨团儿,慢慢地向边上趆,一趆,趆到边上,用力一掸,"呼噜——"一只麻雀落在水里,"扑——扑——扑——"飞上天了。又推着一个黑墨团儿,慢慢地向边上趆,一趆,趆到边上,用力一掸,"呼噜——"一只麻雀落在水里,"扑——扑——扑——"又飞上天了……

这样，七只麻雀，掸掉了六只，唐伯虎又要掸第七只了。船老板晓得是个宝贝，就说：

"公子，还有一只不要掸了，还有一只不要掸了。"

说着就伸过手把扇子抢了过去。一看，上面还有一只看上去是个黑墨团儿，实际就是只麻雀，活像个活的。船老板又求唐伯虎："公子，请你再画一只！"

唐伯虎说："我的笔只能画一次，画第二次就不灵了。"

秃尾巴老李

很早很早以前，黑龙江的名字并不叫黑龙江。江里住着一条白龙。据说在大禹治水的时候，许多性情凶恶的龙都被制服了，而这条白龙却逃到这里，常使江水泛滥，冲毁房屋、淹没五谷，家畜野兽命丧汪洋。东西几千里，两岸少人烟，只有从山东来东北的一些伐木工人和船夫们，沿江搭着几座小窝棚，临时居住着。后来怎被叫作黑龙江的？这话说起来可就长了。

有一年夏天，在山东胶州湾一带，住家姓李的，是兄妹二人过日子。这天哥哥出了远门，妹妹李姐到海边去洗衣裳，因为天气炎热，她洗完衣裳便倒在滩上睡了一觉，醒来之后，感到腹中有些疼痛，忙收起衣服，回到家中。

不料从这以后，李姐的腹部一天天地凸起来，既不敢对外人去讲，又不能再出家门，只好整天待在家里。

到了第二年春天的一个夜晚，天上阴云滚滚，窗外雨如瓢泼，李姐分娩了。可是，她生下来的不是孩子，而是一条小黑龙。起初李姐很害怕，但天下的母亲，没有谁不爱自己的孩子，所以李姐渐渐地想试着给小黑龙喂奶汁吃。不料小黑龙的嘴非常有劲，吮得母亲晕了过去。当李姐苏醒过来，小黑龙却不见了。

后来，小黑龙每天晚间都回来吃奶汁，吃饱了便出去。虽然母亲乳儿有些苦楚，但仍每夜都喂小黑龙奶汁吃。

一晃过去了几个月，李姐的哥哥出门回来了，李姐对他把生下小黑龙的事，前前后后说了一遍。哥哥听完，一言没发，走出房去，找块磨石，蹲在后院偷偷地磨着菜刀……天黑了,小黑龙又回来找娘吃乳,他娘又被吮得晕了过去。就在这时,舅舅抽冷着闯进屋来,掀开被照着小黑龙就是一菜刀;菜刀落下,屋里忽然闪了一道火光,"咔嚓"打了一个响雷,等舅舅提刀追出门外,小黑龙早就没影了。李姐被惊醒之后,点起灯来一看,炕沿底下落着一条被砍掉的龙尾,不由心酸地哭泣起来。

后来,因为小黑龙没有父亲,便随着母亲姓李;由于他被舅舅砍断了尾巴,乡里人就给他起个绰号叫"秃尾巴老李"。

"秃尾巴老李"从被舅舅砍了一刀再也没回家来,好久好久没有消息。

又一年春天,在现在的黑龙江边住着个老船夫,眼看天快黑了,老人蹲在窝棚前做饭,忽听身后有人问:"老大爷,讨个麻烦,我在你这儿借个宿行不行?"

老船夫回头一看,是个上下穿着一身青衣的小伙。胖达达的身腰、密茸茸的头发、宽棱棱的额角、黑黝黝的脸庞、厚墩墩的嘴唇,浓眉大眼怪招人爱的。

"住下吧。这里前不沾村,后不着店,先到窝棚里歇歇脚,等会饭好一块儿吃。"老船夫叨叨念念,太阳落下山去。

这一夜,两个人谈得挺投缘。第二天清早,黑小伙要出去办点事,老船夫约他晚间还到窝棚来住。小伙答应一声,顺着江沿向东大崖子走去。

说也奇怪,本来挺晴朗的天,小伙走后不久,就滚起一团黑云,接着就是接连不停的狂风暴雨、电闪雷鸣。日头都偏西了,那团阴云还在东大崖子那边翻腾着、滚动着。最后,见到一股白云降落在水里,黑云也渐渐地散去了。

黄昏时,老船夫点起火来,一边做着饭一边想:这黑小伙子可真能吃呀,昨天我准备吃三天的饭,叫他一顿给吃光了,今天他去的地方雨又大,回来不得饱饭吃怎能行?掂量掂量口袋里的米,有昨天的两倍那么多,索性一下都倒在了锅里头。

天黑了,黑小伙回到窝棚来,老船夫一见便问:"叫雨淋了吧?"小伙说:"没有,走路急点,出了身汗。"老船夫把饭菜端上来。二人开始用饭。没曾想,足够五六天吃的饭,叫小伙一顿又给吃光了。晚间倒在炕上,老船夫听小伙打了个咳声,长长地叹了口气。

老船夫问:"你是不是愁没吃的啦?不要紧,明天我摆船到下边去买,别为吃咱两顿饭就见外了,谁出门也不能背着米口袋呀!"

小伙说:"可是一饥容易解,百饱最难求哇!"

"那也用不着发愁,这江沿住着的多是山东老乡,求到哪个,也不能叫咱们两个饿着!"

小伙一听这话,咯咯地笑了,笑得窝棚的橡木都颤颤有声。过了一会,老船夫似睡非睡的,就听小伙对他说:

"我是一条黑龙,家住在山东,因为被舅舅砍掉尾巴,乡里人管我叫秃尾巴老李。从离开娘怀,再也没有回家,一直住在东海,常常听到北方有哭声,今年循着哭声找来,原来是这江里的白龙作怪,年年发水闹灾。我想把白龙赶走,今天在东大崖子上打了一仗,白龙被我打败,潜在水中,约我明日正晌午时在江里再战。可是白龙家在这里,打饿了有吃的;我是从远处来的,打饿了没吃的,饿着肚子怕打不败他。可叹我走之后,这沿江两岸又要连年受灾了。"

"这可怎么办好呢?"老船夫问。

"就得求你来帮我,"黑小伙说,"等明天正晌午时,我跟白龙交战,你站在东大崖子顶上,见江里黑水翻上来,那是我在上边,你就往江里扔吃的;若是白水翻上来,那是白龙在上边,你就往江里扔石头,这样我就可以把白龙赶走。"

老船夫听到这里忽地坐起来,刚想说明白了,可转眼一看,小伙子不知什么时候不见了。

老船夫迟迟疑疑地走出窝棚,就见邻近一些伐木工人三个一群、五个一伙,有的蹲在窝棚跟前,有的站在江边上都纷纷地讲述着,每人昨晚上都做了和老船夫同样的梦。于是,大家伙儿集合在一起说:"秃尾巴老李是给咱们除害来了,咱们怎能不全力帮助他啊!"人们便把所有的白面都做成了馒头,又弄了许多石头和石灰,整制齐备,天头也快到午时了,大家背的背、扛的扛、挑的挑,全都奔这东大崖子顶上跑来。

东大崖子是江边最高的一个山头,靠水的那面,是像刀劈一般的立陡深崖。这儿水最深,深得摸不到底,水流又最急,急得扔下根鹅毛都能旋下去。不管是行船或放木排,人们都不敢靠近崖边,只要一靠崖边,准会被水吞没。

人们到了东大崖子顶上,树影子也正了。就见江面上自西向东卷起一股黑水,又见从东向西卷起了一股白水,两股水卷到一起打起漩来。旋呀,旋呀,越旋越急,江水翻滚、恶浪拍岸,浪花子都能飞溅到高崖顶上。大家看见江面黑水翻上来,就把成筐箩的馒头扔下去,高呼:"秃尾巴老李,我们给你送吃的来了!"看见白水翻上来,人们便把一抬筐一抬筐的石头投下去,且打且骂着:"凶恶的白龙,娘的快滚!"如此反复好多次,突然听得"呜隆"一声巨响,江面突起一根又高又大的水柱,那声音把崖上的石头都震得滚落到了江里。接下来,空中升腾起一股白色云烟,散发着蒙蒙雾气,向五大连池飘去。再看江面上,恶浪不起,黑湛湛的江水,平平静静地向东方流淌。

这个夜晚,那小伙没有到老船夫的窝棚来。

清早,老船夫扛把镐头想去刨块菜地,一出窝棚,见黑小伙在门口站着,没等老头开口,他笑着问:"想到哪去呀?"

"噢,到南山刨块菜地……"没等老头把话说完,黑小伙说:

"你歇歇吧,我去刨,一会儿就完。"黑小伙子说着,把老船夫推进窝棚里转身就去了。

老头坐在窝棚里装了袋烟,一想不行,他没拿镐头怎么刨地?还得给他送镐头去。老头扛着镐头奔南山走来。离山挺远,就见那儿泥土翻飞,一搂多粗的大树,一根接一根地往下倒。老头心中纳闷儿:这是怎么啦?走近一看,原来有条黑龙用犄角把大树一棵棵连根撅掉;再仔细一看,这条黑龙果然没有尾巴,不用说就知道是他了。

不一会,黑小伙回来了,他告诉老头:"菜地刨出来啦。"

"哼,我怎能种了那么大一片呀!"

"怎么,我刨地你看见啦?"

"可不,我刚从那儿回来。"

"好吧,既然你已经知道我了,我就不再来啦。那块地你种点菜,剩下的留给大伙儿种庄稼。告诉乡亲们,尽管放心,我来管辖这条江水,再也不会泛滥成灾了。日后大家有何为难的事,只要说一声,我一定会来帮忙。"黑小伙说完就不见了。

从此,人们便给这条江取名叫作黑龙江。在黑龙江上行船,艄公总要在开船前问一声:"船上有山东人吗?"坐船的人则要应声说"有啊!"据说,只要这样一问一答就能够避风浪、保平安了。

华佗五禽戏

有一天,神医华佗上山采药,到一个猎户家中做客。吃完饭,他提出要看看猎户驯养的动物。

华佗来到猎户家的后园,看到笼子里关着的虎、狮、鹿、猴、鸟等禽兽,它们刚刚吃过食,玩得正起劲。一只老虎吃罢东西就在笼里来来回回走了很长一段时间,才歪倒身子躺下睡觉。这引起华佗很大兴趣。他想老虎身躯强壮,大概和它整天活动有关系。他又认真地研究了狮、熊、鹿、猴、鸟的动作,体会到一个人如果也能像动物一样经常活动,流通气血,就不容易得病。

从此以后，华佗就常到猎户后园里模仿虎、狮、熊、猴、鹿、鸟的动作。动物怎么活动，华佗就依样学着活动。半年时间下来，华佗把这些模仿动物的动作记录下来，写成了一本名叫《五禽戏法》的书。华佗用"五禽戏法"来给病人治病，常能收到很好的效果。

有户人家姓吴，老夫妇年过半百，只生有一个儿子。这个独生子备受父母疼爱，整天被关在房里，不是吃，就是睡。久而久之，孩子饭量减少，身体虚弱、面黄肌瘦，一阵风都可以把他吹倒。爹妈慌了，就去请华佗给孩子看病。

华佗看了看孩子的舌苔，问了问情况，又摸了摸脉，便对老夫妇说："孩子内脏没有病，不用吃药。只是他活动太少、消化不良、气血凝滞，所以身体不好。"

"那该怎么办呢？"

"好办！只要让孩子到处跑跑，寻点事干干就行。不能让孩子再闲着睡觉了！睡久了，骨节筋肉都会僵化的。"

"不行啊！咱孩子从生下来就没有出过门，更谈不上干活了。你看还有什么别的办法没有？"

华佗想了想，说："这样吧，你们明天上街买只猴子回来。"

"买猴干吗？"

"叫你孩子拜猴为师。猴子走动，你孩子也走动，猴子歇着你孩子也歇着。三个月后，你孩子自然就会长胖，强壮起来。"

孩子的父母有点不愿意："人怎么学猴子跳呢？"

孩子却躺在床上叫起来："爹，我要买猴！我愿意拜猴为师！"

他爹只好上街去买猴。

买回猴，把猴关进铁笼，放在院里。孩子每天早上天一亮就爬起来看猴。猴子跳他跳，猴子走动他走动，猴子歇他歇。没多久，孩子的胃口就好起来，长胖了，半年以后，孩子就变得又活泼又强壮，完全恢复了健康。

再说，又有一家富翁的独生子，也是病病歪歪，越来越瘦，请医吃药，总不见好。这天，富翁把华佗请来了。华佗给孩子摸了摸脉，对富翁说："你孩子的病，不需要吃药，只要让他把你家前院里的砖头搬到后院，砌成一座塔,砖搬完了,塔砌成了,你孩子的病就好了。"

"那咋行!"富翁说:"咱孩子从来没有出过门,也从来没有干过什么事,瘦成这个样儿,咋能搬砖呢?"

"病根就在这里,"华佗说,"铁刀不磨要生锈,木棍不动要生虫,人不动弹也一定要出毛病。只有多活动,吃的东西才容易消化,气血才能够畅通,人也才能够不生病。"

富翁觉得这话有道理,就同意让孩子搬砖。华佗每天都坐在院子里看,直到孩子搬够他规定的数目才走。

第一天搬五块,第二天搬七块,第三天搬九块,就这样,一天天增加下去。搬了几个月,砖头搬完了,塔砌成了,孩子的身体也强壮起来了。

赵州石桥

赵州有两座石桥,一座在城南,一座在城西。城南的大石桥是鲁班修的,城西的小石桥是鲁班的妹妹鲁姜修的。

鲁班带着妹妹来到了赵州,远远地看见了赵州的城墙。走到近处,却有一条渡河拦住了去路。河边上挤了很多人:籴谷的、卖草的、运盐的、贩枣的、往作坊里送棉花的、赶庙会卖布的、挑着担子、拉着毛驴、推着车子,一齐吵吵嚷嚷,争着要渡河进城。河水流得很急,只有两只小船摆来摆去,半天也渡不过去几个人。有人等得不耐烦,就骂起来了。鲁班看了,就问:"你们怎么不在河上修座桥呢?"问了几个人,都说:"洨河十里宽,洄沙多又深,迎遍天下客,没有巧匠人。"鲁班和鲁姜看看河水地势,就决心给赵州人修两座桥。

鲁姜无论走到哪里,总是听见人夸奖他哥哥多巧多能,心里很不服气,这回决心要跟鲁班赌赛一下,就说修桥两个人分开来修,一人修一座,看谁先修好。天黑开工,鸡叫天明收工,谁到鸡叫还完不成,就算输了。这么说好了,就分头准备起来,鲁班修城南的一座,鲁姜修城西的一座。

鲁姜到了城西,聚集聚集材料,急急忙忙就动手,才半夜工夫,就把桥修好了。她心想这回一定把哥哥比下去了,倒要看看哥哥这会儿做到个什么样子，就偷偷跑到城南来。谁知到了那里，河还是河，水还是水，连个桥影子都没有，鲁班也不在河边，不知道跑到哪里去了。她正在纳闷，远远看见南边太行山上下来一个人，赶着一大群绵羊，蹒蹒跳跳往这边来了。走到近处一看，那人正是她哥哥！他赶的哪里是一群羊啊，赶的是一块一块雪白细润的石头。鲁姜一看这些石头，心里就凉了，这是多好的石头啊，这要造起一座桥来该多结实、多好看啊！拿自己修的桥跟它比，哪比得过啊！她想，一定要有两手盖过他的，念头一转，就急忙回到城西，在桥栏杆上细细地刻起花来。刻了一会儿，桥栏杆都刻遍了牛郎织女、丹凤朝阳，还有数不清的奇花异草……鲁姜看看，心里又得意起来。她沉不住气，又跑到城南来看鲁班。鲁班这时把桥也快修完了，只差桥头还有两块石头没有铺好，她一看着了急，就尖起嗓子学了两声鸡叫。她这一叫，引得村前村后的鸡也都急急忙忙一齐叫唤起来。鲁班听见鸡叫，赶忙把两块石头往下一放，桥也算修成了。

　　这两座桥，一大一小。鲁班修的大刀阔斧，气势雄壮，叫作大石桥；鲁姜修的精雕细琢，玲珑秀气，叫小石桥。直到现在，赵州一带的姑娘绣枕头、绣花鞋的时候，母亲们还说："去吧，到西门外小石桥栏杆上抄几个好花样来！"

　　赵州一夜修起了大石桥，修的还说不出有多么结实、多么好看，第二天这事就轰动了远近各州城府县，连住在蓬莱岛上的八洞神仙也都听到了消息。神仙里张果老是个好事的人，听说有这件事，就牵上他的乌云盖顶的毛驴，驴背上褡裢里左面装了日头，右边装了月亮，又邀上柴王，推上金瓦银把的独轮车，车上载着四大名山，游游荡荡就来到了赵州。到了桥边，张果老高声问道："这桥是谁修的呀？"鲁班正在桥边查看桥栏桥洞，听见有人问，就回答："这桥是我修的。怎么啦，有什么不好吗？"张果老指指毛驴小车，说："我们过桥，它吃得住吗？"鲁班一听，哈哈大笑，说："大骡子大马只管过，还在乎这一头毛驴、一驾车？不妨事，走你的！"张果老、柴王爷微微一笑，推车赶驴上桥。他们才上去，桥就直晃晃，眼看要塌；鲁班一看不好，连忙跑到桥下双手把桥托住，这才把桥保住。桥身桥基经过这一压，不但没有损坏，倒更加牢实了，只是南边桥头被压得向西扭了一丈多远。所以直到现在，赵州桥上还有七八个驴蹄印子，那是张果老留的；三尺多长一道车沟,那是柴王爷推车压出来的;桥底下还有鲁班的两个手印。

张果老过了桥,回头看看鲁班,说:"可惜了你这双眼睛喽!"鲁班觉得有眼不识神仙,感到很是惭愧,便把自己的一只眼睛用手挖了出来,放在桥边,悄悄地走开了。鲁班是木匠的祖师爷,所以现在木匠做活,到平准调线的时候都只用一只眼睛。

鲁班给赵州人造了大石桥,后代的人感念不忘,直到现在,放羊的孩子还在唱:

赵州石桥什么人修?
什么人骑驴桥头走,压得桥头往西扭?
什么人推车桥上过,车轮子碾了一道沟?
赵州石桥鲁班修,
张果老骑驴桥头走,压得桥头往西扭;
柴王爷推车桥上过,车轮子碾了一道沟。

牛郎与织女

从前有户人家,只有弟兄俩,哥哥有老婆了,弟弟还没成家。哥嫂对弟弟不好,弟弟整天干活吃孬的,哥嫂不干活却净吃好的。

弟弟一年四季不是放牛就是赶牛耕田,人们都叫他牛郎。

后来,哥嫂嫌牛郎吃得多,就让他分家另过。牛郎什么东西都没要,就要了老牛、破车和疙瘩绳。

有一天,老牛告诉牛郎:"明天七月七,王母娘娘的外孙女要来这里洗衣裳。你打西往东数,第七个是织女。你将她晒的衣裳偷偷拿了,还衣裳的时候,你就叫三声'老牛'。"

第二天,南天门开了,飞出来一群白白的鸽子,落下来变成了一个个美女,坐在水边洗衣裳。牛郎把织女晒的衣裳偷了去。

织女找他要衣裳,牛郎就是不给。

那些女子洗的衣裳都晒干了,一起说:"七妹子,你回不回?七妹子,我们快回吧!"

织女说:"我的衣裳没啦,怎么回啊?"

六个女子变成白鸽飞走了,快飞到南天门啦,又回转身来叫:"七妹子,快回呀!南天门要关啦,你快回来呀!"

这会从门里出来个天神,大声喊着:"南天门要关啦,要回来的快回!"

织女说:"我不回去了,你关吧!"

牛郎在青石板上坐着哩,织女也过来了,对他说:"还给我衣裳吧!"

牛郎还是不给。

织女只好留下来和牛郎配夫妻。没有房子住,织女掏出个花手巾铺开来,在上头轻轻吹口气,眼前就出现了一间房子。

牛郎一看,高兴得直拍手,他们住进了新房子。

后来啊,他们养下了一个女儿和一个儿子。

有一天,织女说:"孩子也大啦,那衣裳压在石板底下会沤烂的,快拿出来还我吧!"

牛郎想:"可也是,孩子这样大了,也该把衣服还她了。"就把衣服取出来还给了织女。

这天半夜里,织女爬起来走了。牛郎半夜醒了,睁眼一看,房子没有了;抬头一看,满天星星;伸手一摸,石头上冰凉凉潮乎乎的。老婆没啦,小孩子哭着要奶吃,怎么办啊?

到这时他才想起来:"老牛交代我,还衣裳的时候,要叫他三声的啊。唉!我怎么给忘了?"

再一看,老牛来了,跟牛郎说:"她走啦?我说过的话你怎么不在意啊?"

"咳!我一时把你的话给忘啦!"

老牛说:"现在你把我杀了吧。"

"怎么说的呀!你是我的恩人,我怎么舍得杀你啊?"

"杀了我吧!杀了我,你放上些柴火,把我的骨头烧了,把我的皮披上,再编两个箩头,一头担女儿,一头担儿子,然后闭上眼睛,就能上天寻你老婆去了。南天门有金狮守大门,它扑上来要吃你的时候,你就说,'呔!你大胆!我是你七姑爷,这是你七姑的娃娃!'金狮就卧下了。进二门,银狮扑起来要吃你的时候,你就说,'呔!你大胆!我是你七姑爷,这是你七姑的娃娃!'银狮就卧下了。进三门,鬼龇牙举起狼牙锤就打你,你说,'呔!你大胆!我是你七姑爷,这是你七姑的娃娃!'它也就不打了。这时候你丈母娘会出来迎接你,你进了家,会看到七个大闺女都在炕上坐着哩,你一下认不出哪是自己的老婆,你就放开娃娃,看小娃娃奔向哪个,吃哪个的奶,她就是你老婆……"

牛郎就像这样,披上牛皮,进了天门,认下自己的老婆了。

他丈母娘另找了一间小房,安顿他们夫妻俩住下了。

住了一晌,老丈人要和女婿赌输赢。织女和牛郎说:"明天我爸和你赌输赢,他藏了叫你寻,当心寻吧!你先把全院都寻遍,末后再去南墙根底,你会看到有只臭虫趴在墙上,那就是他。"

第二天一早,老丈人在院里叫了:"女婿,咱俩耍吧!"

牛郎说:"你老啦,我年轻,咱俩还耍什么啊?"

"不怕!"老丈人说,"我藏了你找,找见了我免你无罪,找不见我就吃了你!"

老丈人随即变了只臭虫,趴在南墙角下了。

牛郎这就找呀,后来看到南墙根底有只臭虫,就上前捏住说:"老丈人,是你不是你呀?要不是你我可就要掐碎了啊!"

老丈人慌忙喊叫:"是我,是我,快不要掐了!"

牛郎问:"你不吃我了吧?"

"不啦,你回去吧!"

牛郎回去了,织女跟他说:"明天我爸会变个大红果子,藏到我妈衣柜里,你好好找吧!"

第二天一早,老丈人又来叫了:"女婿,咱们耍呀,我藏了你找。"

牛郎答应一声,这就开始找了,后来发现外母娘衣柜里红包袱上有个大红果子,他一把抓起说:"老丈人,是你不是你?不是你我就一口吃了它!"

老丈人慌忙喊叫:"是我,是我,快放手吧!"

牛郎问:"你不吃我了吧?"

"咳,不啦,你快回吧!"

牛郎回去了，织女跟他说："明天我爸叫你藏呀。"

"嘿，我这么大个人能往哪里藏啊？"

"不怕，我教你变小。"

第二天早起，老丈人又来叫了："女婿，你藏了我找。"

"好吧。"牛郎说。

牛郎蹲到地下一打滚，变了个扎花针，他老婆跳下炕来，伸手捡起，用它扎花去了。

织女说："爸，你寻吧，他藏啦。"

老丈人绕来绕去，屋里屋外都寻遍了，哪里也没寻见。他回去跟老伴说："我降不住人家。人家能找见我，我寻不见人家。"

这边织女把扎花针往地上一甩，牛郎"腾"的一声站起来了。

织女跟牛郎说："明个我爸要和你赛跑，你跑，他追。"

"他还能追上我吗？"

"哎呀，可别大意，他比你跑得快啊！你快去我家粮仓里挖上一升红豆，到厨房拿上一把子红筷子，我头上有个金簪，你也把它拿上。明天跑开了，等我叫你，'朝前划，朝前划！'你就拿簪子朝前一划，记住，可别往后划呀！"

第二天一早，老丈人又来叫了："女婿，今个咱俩跑崩子，你跑，我追；追上我就吃你，追不上免你无罪。"

牛郎答应一声，这就开始跑。女婿前头跑，他老丈人后头追，他媳妇和他丈母娘带着孩子也在后头追。

牛郎跑着跑着，扔一双筷子，扔两颗红豆；跑着跑着，扔一双筷子，扔两颗红豆。他老丈人在后头捡也不是，不捡也不是。老丈人就边捡边追，跑得可就慢了。

牛郎边跑边扔，眼看着扔完了。织女看着她爸快揪住丈夫了，就急得在后头喊叫："你快划，你快划！"

牛郎稍一回头，见他老丈人紧紧地跟在背后，就慌忙取出金长簪随手朝后一划；这一划啊，即刻现出一道天河，将他们夫妻隔开了。

从此，牛郎在河这边，织女在河那边，只有到了每年七月七那天，两口子才能见面。

孟姜女

有这么两户人家,家挨家地住在一块儿,墙东是孟家,墙西是姜家,多少年了,处得跟一家人一样。

这年墙东孟家种了棵瓜秧,蔓子顺着墙头爬过去,在墙西姜家那边儿结了挺大个儿一个瓜。瓜长得溜光水滑,人见人夸。

秋后,摘了瓜。一个瓜,两户人家,怎么分哪?只有拿刀把这瓜切开。

瓜切开了,里边没有瓤儿,也没有籽儿,只见里边坐着一个又白又胖的小姑娘,可喜坏了孟、姜两家人。两家都没有子女,一商量,雇个奶母就把小姑娘收养了起来。

转眼间,小姑娘长到了十多岁。两户人家都不穷,就请了个先生教她念书。念书得起个名啊,"叫什么呢?"老辈人说,"这是咱们两家的后代,就叫孟姜女吧。"小姑娘就起了个名字叫孟姜女。

这时候,秦始皇正修万里长城,整天抓人,死人无数。被抓了去的,就甭打算活着回家了。这天衙役就去抓一个叫范喜良的人,范喜良吓得逃离了家门。他跑了一阵子,看见一个村子,就逃进了一户人家的后花园,躲在葡萄架底下。

这花园是孟家的。当时啊,正赶上孟姜女带着丫鬟逛花园。

孟姜女一看,葡萄架底下藏着一个人,可把她吓坏了。"啊呀!"一声喊了出来。

"怎么回事啊?"

孟姜女说:"不好了,有人藏在这儿啊!"

丫鬟看见果真有人,刚要叫喊,范喜良赶忙爬出来说:"别喊,别喊,救我一命,我是逃难的。"

孟姜女一看,范喜良是个青年书生,长得挺好,就跟丫鬟回去找父亲去了。到父亲跟前,怎么来怎么去一说,老父亲挺好,说:"把他请进来吧。"就请进来了。父亲说:"你姓什么?叫什么?"

"姓范,叫范喜良。"

"你哪儿的人哪?"

"是这村北的人。"

"因为什么逃出来的?"

"因为秦始皇修边,抓人没办法,跑到这来了。"员外一看,小伙儿挺老实,说:"好吧,你在这住下吧。"就把他留下了。

住了好些天了。孟老伯想,姑娘不小了,该找个主啦,就跟老伴商量。老伯说:"我看范喜良不错,不如把他招门纳婿得了。"

老伴一听,说:"那敢情好了,跟姜家商量商量去。"孟家跟姜家一商量,姜家也挺乐意。范喜良呢?更不用说,就把这门亲事定下了。

说办就办,择了个日子成亲,摆上酒席,请来各样的亲友宾朋,大吃大喝,闹了一天。

孟家有个家人,不是好东西,看孟家没儿子,早就惦记在心上了。他想,将来孟家招门纳婿一定是我的事。可是范喜良来了,他这算盘不就白打了吗?猫咬吹泡一场空啊。他气得脸色煞白,一转眼珠,主意就来了。他偷着跑到县官那里送信去了。他跟县官说:"孟家窝藏逃犯,名叫范喜良。"

县官一听窝藏逃犯,带上衙役就去抓人。

这时候天快黑了,客人也散了,孟姜女和范喜良正准备入洞房呢,就听见鸡叫狗咬。不一会儿,进来一伙衙役,没容分说就把范喜良给抓走了。

孟姜女一看,丈夫抓走了,大哭小叫,伤心了一阵子,也没办法可想。

过了几天,孟姜女跟爹妈说:"我要去找范喜良。"

他爹妈一想,去吧,就给拿出银子,叫家人跟着,一块儿送她一程。

这个家人不是东西呀,走到半路上,就不说人话了,想调戏孟姜女。他说:"范喜良一去是准死无活,你看我怎么样?跟着我过吧!"

孟姜女就知道他要使坏,说:"好吧,好可是好,咱们俩成亲,也得找个媒人哪!"

家人一想,这可上哪儿找媒人去?孟姜女说:"这样吧,你看那山沟里有朵花,你把它拔来,咱们俩以花为媒吧。"

这个家人心想,孟姜女真是一片诚心哪,就去拔。走到沟边一看犯了愁了。那山沟立陡石崖,那么深,怎么下去呀?孟姜女说:"你要是男子汉,有胆量,这好办,把行李绳子解下来,我拉着,你往下爬,不就行了吗?"

这家人就解下绳子,孟姜女拉着一头,这小子拉着一头心惊胆战地爬下去。他抓住绳子,手刚刚离地,孟姜女一掀腿,一撒手,"咕咚!""妈呀!"把这小子活活给摔到石崖下面去了,摔了个粉身碎骨。

孟姜女收拾收拾,奔修长城的工地来了。碰上民夫打听说:"你们这儿有个范喜良吗?"大伙说:"有这么个人,新来的。"孟姜女说:"他在哪儿啊?"一个人说:"这几天没看着他,说不定死了。"孟姜女一听可吓了一跳,赶忙问:"尸首在哪儿?"

那人说:"咳,谁管尸首啊?早都填了城脚了!"

孟姜女一阵心酸,就大哭起来,哭得天昏地暗。正哭着,只听"哗啦"一声,一段长城倒了,露出来范喜良的尸首。孟姜女抱着尸首,哭得死去活来。正哭着,来了一帮士兵,没容分说,上去就把她绑起来,送给官员。那官员一看孟姜女长得好看,就送给秦始皇了。

秦始皇想霸占孟姜女,可是孟姜女却宁死也不从命。

一天,孟姜女想了个主意,说"从了"。看护人报给秦始皇,秦始皇心里可高兴坏了,就来见孟姜女。孟姜女说:"从可是从,你得应我三件事。"

秦始皇说:"别说三件,三十件也依你。"

孟姜女说:"头一件,高搭彩棚,给我丈夫超度亡魂。"

秦始皇为了得到孟姜女,就说:"行,答应这一件。"

孟姜女说:"第二件,你要穿上孝服,跪在灵前,哭三声爹。"

秦始皇这回可犹豫了,我是人王地主,怎么能干这个。说:"这条不行,再说第三条。"

孟姜女说:"这条要是不行,就没有第三条!"

秦始皇没了主意。他看看孟姜女,越看越美,魂都要出窍了。肥肉到了嘴边还能放过吗?他说:"行,我答应第二条,说第三条吧。"

孟姜女说:"第三件,你要跟我游三天海,三天以后,才能成亲。"

秦始皇想,这一件很容易:"成了,三件都依你。"

到了出殡发丧那天,秦始皇就吩咐高搭彩棚,准备孝服。真是好不体面,秦始皇成了孝子,披麻戴孝,孟姜女身穿重孝,守着灵车,文武官员都穿了孝服送葬,吹吹打打,一直到葬完了范喜良。

发完了丧,该游海了。孟姜女跟秦始皇说:"咱们游海去吧,游完好成亲。"秦始皇叫人抬上两顶花彩轿,跟孟姜女就来到了海沿。孟姜女下了轿,走了几步,推开秦始皇,"扑通"一声投了海了。

孟姜女沉入海底了。秦始皇落了一场空欢喜。由于整天地想孟姜女,就把个秦始皇给急疯了。

第二天,他一上朝,就问一个大臣说:"门口那个石马吃草不吃?"

大臣回答说:"石马不吃草。"

秦始皇生气地说:"马怎么不吃草? 推出去,斩!"

一天斩一个,这些大臣都害了怕。有个大臣是清官,接下来就该问到了他。他下朝回到家,愁得是茶不思来饭不想。

正在这时。太白金星变成一个化缘的僧人,在这个清官的门口敲响木鱼,念念有词地说道:"我化缘不要斗米斗面,专来救苦救难。"

清官吩咐把僧人请了进去。僧人从袖口里掏出一条鞭,告诉清官说:"这叫赶山鞭。赶明儿你上朝,就把这鞭藏在袖口里,若是秦始皇问你,你就说石马吃草。只要你一动鞭,石马就会吃草;你告诉他,这个鞭能够赶山,拿着这个鞭,就可以找着孟姜女了。"

第二天,清官就真的带了赶山鞭上朝。

秦始皇就问他:"石马吃草不吃?"

他就回答:"吃。"

满朝文武都很惊讶,秦始皇问道:"石头马,怎么能吃草?"

清官说:"不信,咱就试试看!"

大家来到午朝门外,马夫端了草料,放在石马跟前,那清官心里也怕不灵,反正也是死呗,就动了动袖里的鞭大声嚷道:"石马吃草,石马吃草!"

立时间,石马吃起草来。秦始皇问是怎么回事,那个清官赶紧交出了赶山鞭,又把僧人的话学说了一遍。

秦始皇有了赶山鞭可乐坏了。他离开朝廷,拿着鞭子去找孟姜女,把小山赶到了河里,把大山赶到海里,天天他东跑西颠往海里赶山。水晶宫摇摇晃晃,海龙王可就着了急,赶紧派了巡海夜叉去探听,巡海夜叉赶紧回报说:"是秦始皇拿了赶山鞭寻找孟姜女,说不定什么时候会把石头赶到水晶宫的啊!"

是啊，要是石头都被赶到海里，那龙宫不就完了吗？海龙王犯了愁。

龙王有个女儿，非常聪明，她跟老龙王说："不要紧，我去偷他的赶山鞭。"

"你怎么偷呢？"

"我变个孟姜女，出去跟他成亲不就偷来了吗？"

龙王一听，这办法不错，就说："你去吧。"

龙女就变成了孟姜女升出了海面。

秦始皇还在那儿往海里赶石头呢，龙女说："你看你，我说游海三天，现在还不到两天，你就填起海来了，幸亏没有砸着我。"

秦始皇一看，孟姜女回来了，便收起赶山鞭说："我寻思你不回来了呢。"说着就跟龙女回去了。

结果啊，海龙女把赶山鞭给盗走了，秦始皇再也没有办法干坏事了。

梁山伯与祝英台

肖川那边有个祝家庄，祝家庄有个祝员外，祝员外有个好女儿，名字就叫祝英台。

祝英台是一个又美丽又聪明的姑娘，她不但会挑花绣朵，还会读书习字。一天，她忽然想到外面求学去，但她又觉得自家究竟是一个女人，居然形单影只地到外面求学，有些不便，不如化装成一个男子的好。于是她就穿上男人的服装，离开家乡到很远的地方去了。

她到了那个地方，拜过"圣人"和老先生，便和那些同学厮见了。这些同学当中，有一个名叫梁山伯的，在祝英台的眼里看来，他是一个极其可爱的少年，因为他不但相貌很清秀，性情很温和，读书尤其用功！因此她和他的感情，一天亲密一天！每日共案读书，联床睡觉，可是她虽然热烈地爱他，防范却非常严密，常常把她的书箱，安置在两个床头的中间，书籍上面，放着一盆水，告诉梁山伯道："你睡觉的时候，要安静一点，如果在床上乱翻乱滚的，把盆里的水弄泼了，我马上报告老先生，叫他责罚你！"

梁山伯听了她的话，只好规规矩矩的动也不敢动。因此祝英台始终在梁山伯面前,没有露半点痕迹:梁山伯和祝英台虽那样要好,却毫不疑心她是一个女人,因为他本有些书呆子气,容易被她蒙混的。别的同学,更无从知道她的底细了。

祝英台虽然会瞒人,却瞒不过老师娘。一天,老师娘告诉老先生道:"祝英台是一个假装男学生的女人!"

"你怎么会知道?"

"因为男人磕头左膝先跪,女人磕头,右膝先跪!你不看见祝英台初来那天拜圣人,右膝先跪吗?"

"那也不见得就是女人!"老师娘虽然这样凿凿有据地说着,老先生却有点怀疑。一天,老师娘请祝英台在她家里吃饭,在祝英台酒醉昏昏的时候,老师娘在她身边着实地细看,果真是一个女人。

祝英台酒醒了以后,知道自己的秘密被老师娘窥破了,立刻要离开这里,回到家乡。梁山伯不知究竟,见祝英台忽然动了归心,未免感到别离之苦。于是千方百计地留她,但怎么也留不住。

当她走的那天,梁山伯恋恋不舍地送她,一直送了很远的路程。当这快要离别的当儿,祝英台很想叫梁山伯明了她的身世,使他钟情于她,为将来两人结合做准备,可是她又不肯直截了当地说出,只是打许多哑谜给他听,因此,梁山伯终于没有懂得。

当他俩正走的时候,看见前面有两只鹅,祝英台指着告诉梁山伯道:"山伯哥哥,你前面有两只鹅,母鹅在前面走,公鹅在后面笑呵呵。"梁山伯听了,却不明了她的意思。

再走到前面,又看见有两只鸡,祝英台指着告诉梁山伯道:"山伯哥哥,前面有两只鸡,母鸡在前面走,公鸡在后面笑嘻嘻。"梁山伯听了,还是不明了她的意思。

再走到前面,又看见空中有两只雁,祝英台指着告诉梁山伯道:"山伯哥哥,你看天空有两只雁儿飞,一个东来一个西,雁儿雁儿我劝你们最好不分离!"梁山伯听了,还是不明了她的意思。

"英台弟弟,我们快分别了,我心里真难过,你只是鹅呀、鸡呀、雁呀,说这些不关紧要的话!我真不明白你的意思!"梁山伯凄婉地说着。

"好吧!我不说这些话了!你送了我这么多的路程,也应该回去了。"

"英台弟弟。我真舍不得和你分别,还想再送你一程!"

"山伯哥哥,你待我真好,我很感激你!现在快分别了,我有几句要紧的话要告诉你!你的婚事,不是没有定吗?我家里有一个妹妹生得很聪明,样子和我一般无二,我回去,定和我母亲商量,把她许配给你,想你也很愿意的,不过你要早点到我家里去一趟才好。"

"好极了,我一定到你家里去。"山伯答应着。

再走到前面有一道小河横阻着他们的去路。祝英台看看潺潺的流水,告诉梁山伯道:"山伯哥哥,你看这河水不知深浅,你快向那个村庄里借一根竹篙子来探探看,我们好脱衣过去。"

梁山伯答应着,就往那附近村庄里去了。祝英台便趁着这时,脱下衣裳,独自渡过河来。一会儿,梁山伯跑得气喘吁吁地拿着竹篙子来了,见她已经站在对面的河岸整理衣裳,很失望地道:"英台弟弟,你为什么独自过去了?"

"山伯哥哥,对不起,我已经过来了,你回去吧,不必再远送了——只是我刚才告诉你的话千万不要忘记!"英台说着,头也不回地走了,只剩下梁山伯孤零零地、悲哀地、怅惘地目送她渐渐消逝的身影。

梁山伯回来以后,虽免不了离别之感,但也没法,只照常地埋头读书,这样一天天地过下去,倒把祝英台临别的话忘记了。

时光像流水般地过去,距离祝英台回家,已经很久了。一天,梁山伯忽然想起祝英台,才联想到临别约婚的话,于是就立刻动身,跑到祝英台的家里,进了门,向她家里的人说明来意,坐在大厅上等了多时,总不见祝英台出来见他。原来这时候,祝英台的家里,早把她许配给马家了,因此梁山伯来了,不肯出来和他相会。可怜梁山伯心里抱着满腔的热望,竟落了个空,又失望,又气愤,不顾三七二十一,在厅前大叫起来,非要见到祝英台问个究竟不可。祝英台没法,只好从绣楼上跑了下来,和梁山伯会面。梁山伯看见祝英台已经改变了以前的装束,宛然是一位天仙似的美丽姑娘:梁山伯才知道从前和他同案联床的祝英台原来是一个"女扮男装"的女子,才知道她从前所说的妹妹,便是她自己!他满面现出希求的神气问她道:"你从前和我相约的话,总还记得吧?"

"唉!我临别的时候,不是叫你早点来吗?如今可惜你来迟了!再也不要有什么梦想了,因为现在已经由家人做主,把我许给马家了!你要见我有什么用处?"

"唉……"梁山伯含着满眶失望的眼泪,回去了。

梁山伯回家以后,就害了相思病,病到快死的时候,只得央求他母亲到祝英台的家里,问她对于他的病,有没有什么挽救的方法。

"除非老龙头上的角、蟛虫颈上的浆,才能够治好他的病!"祝英台这样答复他。

梁山伯的母亲回来,把祝英台的话告诉他,他觉得自己的病是无望的了。不多时,梁山伯真的长辞人世了!他临死的时候,告诉他的母亲道:"我死了以后,定要把我的尸骸埋葬在马家到祝家的大路旁!"

那天,祝英台嫁期到了,马家兴高采烈地来迎娶。祝英台坐在喜轿里面,刚经过梁山伯的墓旁,便喊声"住轿",立刻跳下轿来,向墓前拜了几拜,忽听"咔嚓"一声响,那坟墓突地裂开!英台就趁势低头钻进去,几个抬喜轿的轿夫急忙伸手去拉,但已经来不及了!只拉下一块裙角,一放手就变成一只蝴蝶,随风飞去。那裂开的坟墓又猛然合起。轿夫没法,只得回去报告马家,马家就叫许多人星夜来挖墓!不料挖开一看,只见一具空棺,有两只鸳鸯鸟从里面飞出,直飞到马家屋子前面的树上。一只鸳鸯叫道:"马大郎,马大郎,昨天娶亲,今天为何不拜堂?"

另一只鸳鸯叫道:"马大郎,马大郎,你好丑,昨天娶了亲,今天为何不吃酒!"

马大郎听了,好不气愤,就跳到水里淹死了。

木兰从军

古代,在我国北方有一个名叫花木兰的女子,父亲花弧年岁大了,弟弟木力年纪很小。虽然贫寒,但一家人过着平静的生活。

木兰每天纺纱织布,她的织布机总是发出"唧唧、唧唧……"的均匀声响。

不久,边界发生了战争,常有些打仗的消息传到花木兰住的村子里。

后来,有军士报送征集壮丁当兵打仗的帖子,村子里的男子都被征集到前线去打仗。

花木兰看见军士的马朝他们家奔过来,她立即撂下织布机走出门去。

这个军士站在他们家门口,高喊着花木兰父亲的名字说:"快出来接军帖。"

花木兰从父亲手里接过征兵名册,打开一看,果然有父亲的大名。花木兰问骑士道:"上了年纪的老人,也得去前线吗?"

那骑士答道:"姑娘,前线打得正紧,每家都要抽丁啊!"

骑士说完,骑上马便走了。

这天傍晚,一家人围坐在一起,谈论着这件事情。

母亲叹着气说:"唉!你爸爸这样的年纪,怎能去前线打仗呢?"

姐姐低下了头,叹息着:"是呀,弟弟太小了,我们家缺少一个正当年的男子汉哩。"

弟弟在一边嚷起来:"冲!杀——我最爱穿军装,骑战马,让我去打仗吧!"

花木兰摸着弟弟的头说:"不要闹了,你只会骑竹马啊!"

尽管大家都很忧愁,可在这国破山河碎的时候,能不为国效力吗?老父亲大声说道:"你们不要犯愁,我这把老骨头还行,战死疆场,为国捐躯,值得。"

花木兰回到屋里,点亮小油灯,想着年迈的父亲不久将去前线,心里总不是滋味。

傍晚,父亲从菜园子回来了。以往,他还未进门,就能听到"唧唧、唧唧"的织布声,可是现在一点声音也没有了。父亲走到机房门前,只见木兰呆坐在机前,深深地叹着气。父亲推门进去,木兰听见响声,立即站起身,叫了一声:"爸爸!"

木兰面带愁容,像有什么心事,父亲便问她道:"我儿,你心中有什么事,快告诉父亲,不要憋出病来了。"

木兰抬头看着已经苍老的父亲,说:"可汗派人送来军帖,爸爸啊,你不能去啊!"

父亲回转头,不解地望着木兰,不明白她的意思。

木兰恳切地向父亲请求道:"你年纪大了不能上战场,可弟弟又太小,让女儿代父从军吧!我自小跟爸爸耍过刀枪,也会些武艺啊!"

父亲摇摇头:"你总是一个女孩儿呀。"

木兰说:"我从小跟爸爸弄刀使枪、骑马射箭,爸爸不是常说我像个男孩儿吗?"

任木兰怎么要求,父亲都不答应。

第二日,木兰身穿军装,腰间佩剑,看到镜子里出现了一个又漂亮又英武的壮士。木兰悄悄地打开房门,又从后花园的后门溜了出去,然后去拍前院的门,压低嗓子喊着:"花弧老人家在吗?"

父亲从屋里出来,打开大门,见一个英俊武士站在门前,他问道:"壮士有何贵干?"

木兰将手插在腰间,说:"听说老先生这次也应征入伍,特来邀您一同奔赴战场啊。"

父亲说:"是啊是啊,我应征入伍了,只是还没有办好军装,买齐骏马。"

木兰故意说道:"看您两鬓斑白,这样的年纪也要去打仗,可叹啊!"

父亲垂下眼帘说:"国有危难,理应尽力。"

弟弟则兴致勃勃去摸挂在花木兰腰里的那把佩剑。谁也没有发现她就是花木兰。

父亲忽然觉得这青年有些面熟,拱手问道:"请问壮士尊姓大名?"

木兰答道:"花二郎。"

"花二郎?"姐姐很奇怪这个名字。

父亲也若有所思地说:"这个村子里就我一家姓花,从哪里又冒出个花二郎啊?"

木兰"扑哧"一笑,摘去军帽,露出一头浓浓的黑发,她笑道:"爸爸,花二郎就是我呀!"

一家人都愣住了。

姐姐使劲捶她的背,说:"瞧你这调皮鬼,把我们都哄骗了。"

木兰摇摇父亲的手臂,娇声说:"爸爸,连您也没认出我,我是不是像个男孩子呀?"

父亲点着头:"像!像!"

木兰说:"爸,你看我能女扮男装,替您去打仗了。"

花木兰花了许多力气说服父亲答应了这件事。

临近出征的日子,全家人为木兰准备行装。姐姐给木兰缝制衣服;妈妈为木兰结扎头的绳套;老父亲去为木兰买来了结实耐用的马鞍子和辔头。

木兰换上戎装,神采奕奕,显得格外地英姿勃勃,准备着踏上征程。

出征的日子到了,一家人将木兰送至村口,挥手告别。

木兰告别家人,跨上战马,向军营奔去。

在紧张的行军途中,兵士们还常常要操练。为了增强体力、臂力,每天战士们还没醒来,花木兰就起身到帐篷外举大铁、扔石块;晚上战士们睡觉了,她还在舞大刀,练拼杀。

这一日,到了黑山头,离前线不远了。

夜幕降临，军士们都已进帐篷休息，木兰不想睡，坐在一棵大松树下，斑斑点点的月光洒在她的跟前，她忽听得燕山那边传来胡人战马的嘶叫声，她的心一紧，想：我现在离开家乡更远了，再也无法听见父母呼唤我的声音了。

队伍到了前线，花木兰在辽阔的战场上纵横万里，在紧张的战斗中出生入死。随时都能听到隆隆的战鼓声，满眼都是战旗，当"杀"声响起，敌我双方的队伍猛冲过来，挥着长矛、举着大刀，厮杀着、交打着，地面扬起厚厚的尘土。花木兰机智地提防着敌人，又随时找机会向敌人进攻，她这时只有杀敌报国这样一个念头。

在一次战斗中，花木兰的手臂受了枪伤，鲜血直流。在给她包扎伤口的时候，伙伴们打趣地说："看你在战场上敢杀敢冲，是个地道的男子，可脱下衣服后的皮肉，却细嫩得像个女子。"

木兰红着脸笑了。

休息了两天，伤口稍好，木兰又上前线厮杀了。木兰打仗，不仅勇猛，而且机智，一起作战的军士都很佩服她。

他们这支军仗打得很漂亮，敌人被歼灭了不少。

队伍又出发了，浩浩荡荡的军队直奔前线。这一队握着长矛，那一队挎着佩刀，再一队背着弓箭，气势雄壮威武。一路上只听到"笃笃笃"的马蹄声。到了前沿，敌人已摆阵在那里，黄旗、蓝旗满天飘，个个全副武装，花木兰一看，敌军人数不少，肯定是一场恶战。

刚摆好阵，战鼓就擂响了，双方一场恶战。花木兰他们挥长矛、舞大刀、左攻右挡，杀伤了许多敌人。

就这样，花木兰参加过无数次的战斗，每次战斗，她都表现得十分英勇。征战十年，她建立了赫赫战功。

经过十几年的苦战，敌人的骚扰已少了许多，他们戍边杀敌取得了胜利。

紧张的日子好过，空闲的日子却难打发，花木兰思念起家乡来。她回顾这十几年来戎马倥偬的生活，心里感慨万千。

战争终于结束了，大家欣喜若狂，木兰随军班师回朝，一路上旌旗招展，剑戟林立，好不威风。

回到京城,可汗下旨派人召见有功的将士。

花木兰英姿飒爽,阔步走进了可汗的宫殿。

拜见之后,可汗说:"你这次出征边疆,战功赫赫,应该给你加官晋爵,重金赏赐。鉴于你的勇敢和对祖国的忠诚,我要封你个尚书郎的官。"

花木兰却推辞说:"我出来打仗的时候,家中只有年迈的父亲和母亲,心里一直惦记着他们。如今战争结束了,我想请求皇上恩赐我回家乡去。"

"好一个忠孝两全的人啊!"可汗答应了木兰的请求,准她回乡。

花木兰一阵喜悦,忙跪下拜谢可汗大恩。

可汗派人到宫廷里挑选了几头好骆驼,又赏给花木兰重金,安排人员陪同为国家建立了功勋的花木兰返回家乡。

十二年的戎马生活就这样结束了,返回家园的梦想就要实现了,花木兰感慨万千。

花木兰的家人,收到了花木兰凯旋的书信,真是欣喜万分。

这天一早,喜鹊就在花木兰家院子里的那棵大枣树上"喳喳"地叫。

母亲说:"今天怕是有喜事临门了。"

果然不久,一匹快马停在花木兰家的门口,马上坐着送信的差役,此人递上一封信,说道:"花将军已到村外,即将进村。"

听说木兰衣锦荣归,父母互相搀扶着赶到村口,迎接归来的木兰;姐姐兴奋得替妹妹打扫旧时的卧房,换上了新被褥,挂上了新床幔,拿出胭脂粉和眉笔,还把梳妆台上的镜子擦得明晃晃的。屋子收拾得窗明几净,一尘不染;小弟弟更是高兴异常,十多年过去了,他已长成个棒小伙,这时忙着杀猪宰羊,准备酒宴。

一身戎装的花木兰终于回到了阔别十余载的家乡。还没进村口,便看见赶来迎候她的双亲。木兰激动得老远就滚鞍下马,向前来迎接她的双亲跪拜,同行的战士也都向老人躬身施礼。

父亲将花木兰扶起来。

"父母大人身体可好?"木兰关切地问候他们。

父亲说:"我和你母亲虽然年纪大一些,但有你姐姐和弟弟二人的照顾,一切都很好。"

"知道你立了战功,我们都为你高兴啊!"母亲很激动地说。

"可汗要嘉奖他做官,他都没要,一门心思只要回来与你们团聚。"同行的官员在一旁说。

"还是回来的好,还是回来的好。"父亲连连点头说。

回到家里,酒宴已经摆好,姐姐和弟弟都迎上来,左看右看对她看不够,弟弟最喜欢的,还是花木兰佩带的那把宝剑。

正在饮宴,姐姐从屋里出来,招呼木兰:"你来一下。"

花木兰明白了姐姐的意思,起身对同来的伙伴们说:"你们先饮酒吃菜,我有点事,一会儿就回来。"

花木兰跟随姐姐走进她过去住的东厢房,走到梳妆台前,镜子里有一个英武的青年。这十年豪爽的戎马生活让人回味无穷,镜子里的自己又是那么英姿勃勃,让人喜爱。

"木兰,看你的床。你今天不用再睡帐篷、滚马背了,回到自己的屋里了。到家了,该换上你自己的女儿装了。"

木兰脱下战袍,解下佩刀,穿上以往自己的女儿衣裙。

姐姐把木兰拉到梳妆台前,让她坐下,对着镜子,解下发髻,一头美丽、柔软的黑发披在花木兰的两肩上。姐姐用梳子替她梳理,在两旁拢上高高的发髻,脑后又留上长长的马尾梢发,姐姐还在她头上插些簪子和红花。

木兰打开香粉盒和胭脂盒,在脸上涂香粉、抹胭脂、画蛾眉。女孩儿的娇媚之态又浮现在她俊美的脸上。

这时,弟弟在屋外喊道:"快来呀,大家都等着你开接风酒哩!"

姐姐拉着木兰的手,两个人亲热地肩并肩地走入正厅。

父母都在正厅里朝南坐着,木兰走上前,向父母道个万福,说:"父亲母亲,请受女儿一拜。"

木兰的伙伴们都怔住了。

木兰走到大伙儿跟前,拱手对大家说:"花木兰感谢众位兄弟在战场上的多年照应和今天送我返乡。"伙伴们惊奇不已,疑惑不解,不清楚这究竟是怎么回事。

花木兰抿嘴一笑,提起酒壶给大伙儿倒酒。

花木兰的父亲说:"那年打仗征兵,原是应该由我上战场的,木兰是个女孩儿,她说我的年岁太大,她兄弟的年纪又太小,一定要女扮男装,代我从军。"

听花木兰的父亲这么一说,同来的伙伴们都张口结舌,惊奇得不知说什么好。其中一个伙伴说:"与她同行十二载,真不知木兰是个姑娘呀!一个女子,在战场上出生入死十二年,打了胜仗,建了功勋,不简单呀!为了花木兰这样的女中豪杰,我们都干上一杯!"

大家都站起来,举起满满的酒杯,一饮而尽。

花木兰,这个还了女装的英雄,仍像当年战场上那样豪爽。

大家喝着酒,谈论着战场上的生活,无比的兴奋。酒散的时候,黄昏将要临近了。

伙伴离去后,木兰走进后花园,又走进机房,织布机上蒙上了一层厚厚的灰尘——这织布机好多年没人用了。

木兰掸去尘埃,坐在织布机边织起布来。

"唧唧、唧唧",梭子在织布机上奔跑,又唱出昔日那好听的歌。

天色已暗,一轮圆月照在织布机上。

花木兰的故事就这样流传下来,她成了人们世世代代传颂的好儿女、女英雄。后来,人们诙谐地说:"两个兔子在地上跑,谁能辨出哪个是雄哪个是雌呢?男子能做到的事,女子也是能够做到的啊!"

天 仙 配

在白云蓝天之上的天宫里,有一个美丽勇敢的姑娘七仙女,她是玉皇大帝的第七个女儿。

在青山绿水之间的人世里,有一个勤劳质朴的小伙子,终日在地头田间勤耕苦作,他的名字叫董永。

七仙女模样儿美,流云见了要驻步,群星见了都失色。七仙女的心肠还特别的好。

这一日,玉皇大帝大会邀请四海神仙,在宫中布下盛宴,上上下下,忙成一片。

七仙女听了这事,心中暗暗欢喜,她用酒灌醉身边的女官,偷出钥匙,招呼众位姐姐一起,偷偷出宫去玩。

到哪里去玩呢?御园?御池?不好,不好,早都玩腻了。七妹用眼睛瞟了瞟大姐:"大姐,你总说人间好,干脆,咱们到天河去玩吧!"

二姐一听就害怕了:"到天河去玩?父王戒律森严……"

三姐一向最是爽利,瞪了二姐一眼:"你呀,就是胆小!就到天河去玩!"

大姐若有所思地说:"那天河两岸,有仙花、仙草;站在鹊桥之上,天上人间,一目了然。"

七妹一听,拉了姐妹们就跑。七位仙女降到天河上,拨开云层,向人间观看。

人间是人喧马叫,热闹非凡。打鱼的、砍柴的、种田的、织布的、读书的,忙忙碌碌,男耕女织,一片生机。众姐妹一见,连声称赞人间好。

突然间,七仙女大叫:"你们看哪,那儿吹吹打打,鼓乐喧天在干什么啊!"

大姐说:"那是迎亲的嘛。"

七仙女冲口而出:"人间与天上可真不一样,凡人们都成双成对成夫妻,就像天池里的鸳鸯,恩爱有加……"

姐姐们都笑起来:"哎哟,死丫头,真不知害羞呀!"二姐赶紧捂住七妹的嘴,看了看左右:"七妹,可不敢再说哟!要是父王知道了,那还了得?"

七仙女不再言语,若有所思地凝视着人间。她的目光落在了一座寒窑前,定在了一个小伙子身上。

董永是个苦命人,家里世代贫穷,又在三岁上死了娘,全靠爹爹汤一把水一把地把他拉扯成人。父子相依为命,终日里勤耕苦作,却总是家无隔夜粮,又赶上连年荒旱,父亲积劳成疾,董永每天白日下田,晚间伺候病卧寒窑的爹爹。连年荒旱,颗粒不收,年迈重病的爹爹离开了人世。董永扑在爹爹身上,哭得死去活来。爹爹死了,没有棺木,连装裹的衣服都没有。怎么办啊?只有地主傅员外家有钱粮,董永没办法,只好去找傅员外借钱葬父。

听董永诉说了来意,傅员外鼻孔里哼出一口气:"跟我借银子?借了银子你拿什么来还？"

"我有孔窑洞，可以作押。"

"你那孔破窑？远在荒山之中，家徒四壁空空。我要它做甚？"

董永伸出双手："员外，求你发发慈悲，我只借白布两匹、银子五两，让我发送爹爹入土。我年轻力壮，我给您干活抵账。"

"好！"傅员外眼珠一转，"我傅某慈悲为怀心存善良，借给你白布两匹、银子五两安葬你老父。条件嘛，你来我家干三年活儿就行了。"

"三年？"两匹白布、五两银子，竟要换我年轻壮汉三年为奴！可是，不答应又有什么法子？爹不能光着身子下土！咬咬牙，董永与傅员外签了卖身文约。

董永悲惨的故事，众姐妹都很同情，七仙女心中更是翻腾不已：董永孝顺、忠厚，却又这样孤孤单单、无依无靠，遭遇到这么悲惨的事情，真是可怜。

凌霄殿里的鼓声响了，众姐姐走了，七女落在后面，眼睛盯着寒窑前的董永，脚步迟迟不肯移动。董永叹一声，她的心揪一下，董永坐在窑前，抱着头落泪，七女心中一阵阵的发酸。猛然间一个念头飞进了她的脑海里——下凡！

正想着，凌霄殿里钟鼓声又响了，七女心中一紧，父王对任何触犯天规的行为，不管是谁，从不宽容。但是，今天不下凡，何时能再去？看那里董永泪珠涟涟，想想这里孤单寂寞何时是个头？

七仙女独自往南天门走去。正走着，听到后面有人叫：

"七妹慢走！"

七仙女不觉心中一惊，回头一看，是大姐赶上来了。

"大姐！"她心中有些惊慌。

"七妹，你独自一人，到哪里去？"

"我刚才丢了一样东西，正在找。"

大姐笑了："刚才丢了东西，该到鹊桥去找，怎么跑到南天门来了？我看呀，你丢的是心吧？傻妹妹，你的心事我知道。这事可不是闹着玩的，千万不能让父王知道了。听说父王宴罢四海神仙，就要到西天王母那里去……"

七仙女高兴得几乎要跳起来,她知道,父王每次去西天王母那里,总要耽搁很多天,流连不返。这下可好了!

大姐关切地说:"七妹,此番下凡去,山有高低,人有好坏,还要多加小心才是。"说着从衣袖里拿出一枝"救难香",郑重地交给七仙女,"妹妹,姐姐给你一枝'救难香',危难之时,你把它焚起来,我们姐妹六人自会下凡去帮助你。"

七仙女扑在大姐怀中,热泪涟涟地说:"大姐,多谢你和众位姐姐,你只管放心好了!"

大姐轻轻抚摸着七女的头:"妹妹,姐姐们在天上时时祝愿你们夫妻恩爱,日久天长!快走吧!"

七仙女拜别大姐,驾起祥云,下降到了凡间。

再说董永将父亲葬在了荒山上,就到了傅家去过当奴仆的日子。他放声痛哭,向着爹爹的坟磕了几个头,搬块大石头堵住窑洞的门,就上了路。

一路上山清水秀,彩霞万道,董永却全无心思观看,穷人如黄连树上结苦瓜,哪有心思观风景啊。

却说七仙女一副人间村姑的打扮,一路上看着人间万紫千红、熙熙攘攘的景象,飘飘然来丹阳地界,远远看见董永愁眉紧锁在大路上走着,只见他浓眉重目,满脸的悲戚却掩不住一身的俊美忠厚。七仙女看得喜欢,若能和他成婚配,那真如鸳鸯成对、莲花并蒂,想到此不禁一阵脸红心跳。

这事如何去做?自己的心里话如何开口说?总得有个媒人吧?找谁呢?

想了想,她心中有了主意,急忙收住云头,落到大路旁的老槐树下。

七仙女念起了咒语:"本方土地在哪里?"

只见一阵轻烟从地上旋起,随即一个慈眉悦目、白发冉冉的老翁站在了七仙女面前。

"小神见过仙姑。仙姑到此,唤出小神有何吩咐?"

七仙女笑着说:"土地公公,你地界董永卖身丧父之事,你可知道?"

"知道,知道,如此孝敬、忠厚,实是本土的荣耀呀。"

"土地公公,现在董永辞别寒窑,到傅家去上工,我有心帮助他,你看可好?"

土地忙说:"好！好！董永忠厚老实,仙姑若肯帮助他,小神愿助一臂之力。"

七仙女高兴极了:"你愿意帮助我?"

"愿意。小神乐意相助。"

"如此说来,有劳你了。"

"仙姑请吩咐。"

七仙女有点不好意思了,可是,事已到此,她冲口而出:"我想与他结为夫妇,愿你做个月老红媒!"

"什么?!"七仙女话一出口,把土地吓得一趔趄,"这个,这个……"

"土地公公,怎么样?"七仙女话已说出,到此则一步也不放松了。

"这个,好倒是好,只怕玉帝知道了,我小神吃罪不起呀!"

七仙女笑了,坚决地说:"有道是'一人做事一人当',与他结为夫妇是我的主意,我怎么肯连累土地公公呢！你只管放心就是了!"

土地宽厚地笑了:"仙姑既然这么看得起小神,小神愿做这个红媒！只是,不知小神该怎么行事呀?"

七仙女招招手,叫过土地,附耳低语,如此这般了一番,土地欢欢喜喜地唠叨着"恭喜仙姑,小神遵命",退下了。

七仙女笑着在村口站定,静候董永。

再说董永脚步沉重,悲悲切切,走到村口,抬头一看,大路正中立着一个美艳绝伦的姑娘,正笑吟吟地看定了他。董永下意识地向路边避去。这孩子从小忠厚老实,不敢和女子随便搭腔,况且现在这个时候,万箭钻心般难过,哪有心思和陌不相识的女子搭腔呢。

七仙女见董永避开自己去走小路,也几步走到小路上,当头挡住董永的去路。董永左躲,她左挡;董永右行,她右拦,迫得董永寸步难行,逼得董永不得不开口说话:"大姐,这就是你的不对了。"

"怎么是我的不对?"七仙女反问。

董永老老实实地讲道理:"刚才我走大路,你挡住我的去路,我只好下来走小路,你又挡住我的去路,使我前进不得。你说,这岂不是你的不对吗?"

七仙女和善地说:"大哥,这大路难道只许你走,我连站一站都不行吗？"

董永听七仙女这么一讲，觉得人家说得也有道理，是呀，难道说，这路只能我走，人家连站都不行吗？怎么办呢？他只好赔着笑向七仙女说道："大姐，请你行个方便，让我过去。"

七仙女笑了："这倒还像话。那么请吧。"说着侧身让董永过去。董永松了一口气，正待擦身而过之时，七仙女身子一横，又挡住了他的路。董永心中有些不高兴了："大姐，是你让我过的，你又故意挡我，这是何道理？"

七仙女说："大哥，是你挡的我呀！你身背包裹，手拿雨伞，慌慌张张，撞了我，我没怪你，你倒怪起我来了。"

董永一想也是，我身背包裹，手拿雨伞，心中有事，慌里慌张，撞了她一下也说不定。于是他又对七仙女说："请大姐先走。"

七仙女走过来又要撞董永，董永一躲："这明明是你要撞我呀！"

七仙女说："你撞我也好，我撞你也好，我只问你一句，你想不想过去？"

"怎么不想过去？！"

"那好。大哥，我与你途中相遇，说起来这是个缘分。你告诉我你姓甚名谁，家住哪里，这样急急忙忙赶向何方，我就让你过去。"

听到有人问自己家世，董永不禁悲从中来，含泪向七仙女诉说了自己卖身葬父的经过。

听董永吐出心里话，七仙女也禁不住眼泪一个劲儿地往下掉："大哥，我想你孤孤单单的实在可怜，天地这样大，可没有你立身之地，真像离群的孤雁，风也吹雨也打，全无一点依靠。大哥，要是你不嫌弃，我想和你——"

董永心中一惊："怎样？"

"我想和你结为夫妻！"

董永几乎不相信自己的耳朵了，眼前这如花似玉的姑娘，凭什么和我结为夫妻？

"大姐，别讲笑话了。你好比鲜花迎春开放，我却是遭了霜打的秧苗，我怎敢与大姐你比翼双飞呢！天上红日已经偏西，还是快让我赶路吧！"

七仙女看董永的老实劲儿，真是又可气又可爱又可笑："哎呀，耽误了大哥赶路,我给你赔礼了。"说着就向董永行礼。董永一看,连忙还礼。七仙女又说了:"大哥,你背着包袱,手里还拿着雨伞,别说这一个礼,就是十个八个也不算数呀!"

董永一听,也对呀,赶紧解下包袱,放下雨伞,直直站好,对着七仙女行礼。

趁董永低头行礼时,七仙女拾起董永的包袱雨伞,将自己手中的扇子插在了董永的身子背后。

董永行完礼,正欲赶路,看到包袱和雨伞在七仙女手中,就向七仙女讨要。

谁知七仙女一口咬定:"这包袱和雨伞是我的!"

董永急了:"这明明是我的嘛!"

两人扯着包袱和雨伞,各不相让。就在这时,眼前冒出一股轻烟,土地公公显了形。

"哈哈,哈哈,在这荒郊野外,一男一女,拉拉扯扯,像个什么样子!"

听他这么一说,董永生气了:"有一个不讲理的,又来一个不讲理的!"

"谁说我老汉不讲理?"

"公公讲理就好,您听我告诉您这件事。"董永一五一十地讲起来,"刚才我在大路上走,她挡住我的去路,我避到小路上走,她又挡着我的路。我们争执起来,她给我赔礼,我给她还礼,她又说我包裹、雨伞在手不算还礼;我放下包袱和雨伞给她行礼,她就将包袱雨伞拿走了,非说是她的。你说她讲不讲理?"

"这么说来,这倒是你有理了。"

七仙女在一旁扯住土地:"公公,你不要听一面之词,小女子我实实在在是有理的。这位大哥叫董永,三天前经过我家门,约我同行。今天他竟想撇开我独自走,你说他有理还是没理?"

土地一听,冲着董永说:"汉子,还是你没理呀。"

董永一伸手:"公公,既然我俩相约而行,那总得有个凭证吧?"

七仙女指指手里的包袱雨伞和董永身后的扇子:"他把包袱雨伞给我作凭证;我把扇子给他作凭证。"

土地哈哈大笑:"有凭有证,有凭有证!"

董永看到自己身后的扇子,一下都蒙住了,他实在搞不清楚这是怎么回事,他看看扇子,看看土地又看看七仙女,一时竟不知所措。

看到董永那憨厚老实的样子,土地心中愈是欢喜,他故意板起面孔问董永:"事到如今,你是想对簿公堂呢,还是我给你们私下解决?"

董永问:"对簿公堂会怎样?"

"公了嘛,就把你送到衙门去,打你四十大板,让你皮开肉绽,疼痛难挨!"

"那私下怎么解决呢?"

"私下解决嘛……"土地拖长了声调,意味深长地瞥了七仙女一眼,正在一旁注视着他两人交谈的七仙女,被土地这一瞥,顿时一片红晕飞上了面颊,羞涩地扭过头去。土地扭过脸,对着董永朗声大笑:"你与这位小娘子结百年之好,也就算了!"

看着眼前这活泼美丽的姑娘,董永心头一阵猛跳。可是,他一眼瞥见了自己的包袱,想到了卖身为奴,怎能拖累别人呢!想到此,他认定自己只能推掉这桩婚事。就说:"公公,好倒是好,只是,没有主婚为媒之人。"

土地急了:"老汉我不就是正在为你们主婚为媒吗?"

"公公,一个脑袋不能戴两顶纱帽,主婚就不能为媒,为媒就不能主婚。"

在一旁静听的七仙女这时对土地开了口:"公公,你这般年纪了,能不能为我主婚?"

"当然可以为你主婚。"

"那么公公请抬头看——"七仙女用手一指路边的一棵老槐树,"请这老槐树为媒可好?"

"呵,槐树为媒?"董永愣住了。

"公公,你叫那汉子上前叫它三声,它要是开口说话呢,我俩结为百年夫妻;它要是不回答呢,请那大哥自走他的阳关道,我走我的独木桥!"

董永想今天这事真是奇了,这哑木头能开口说话?禁不住老公公在一边催促,他只得走上前去,对着老槐树叫道:"老槐树,老槐树,这位大姐与我结百年之好,倘若你愿做个月老红媒,就请开口说话!"

老槐树枝不摇叶不动,一点声音都没有。董永对着土地说:"公公,你听到老槐树说话了吗?"

土地摇摇头,"没有听到。你再叫第二声。"

董永又对着老槐树高叫:"老槐树,老槐树,这位大姐与我配百年之好,你愿做个月老红媒,就请开口说话!"

老槐树仍然不出声。董永看定了土地,土地摇摇头,对董永说:"你再叫第三声,倘还不应声,包裹、雨伞都给你,你走你的阳关道,她走她的独木桥!"

董永直直立在老槐树跟前,面对着老槐树粗糙的树干高声叫道:"老槐树,老槐树,这位大姐与我配百年之好,你愿做个月老红媒,就请开口说话!"

话音刚落,一个苍老的声音响了起来:"董永呀董永,老槐树我愿为你做红媒,你赶紧与这位大姐成婚吧!"

老槐树开口说了话,把个董永惊得目瞪口呆:哑木头竟然能说话,难道,难道苍天也有意成全我俩的婚事?

土地在一旁耐不住了:"董永,这是天赐良缘呀,别再迟迟疑疑了!错过了后悔不及!"

董永双膝跪在老槐树前:"老槐树,老槐树,我谢谢你这大红媒!"

他又转向土地,双膝跪下:"公公,我也谢谢你这主婚人!只是,公公、大姐,有一句话我必得先告诉你们:我董永是上无片瓦,下无立足之地,而今又卖身为奴,大姐若是跟了我,怕是只能挨冻受饥、受人欺负,我实在是不忍呀!"说着,眼泪涌上了眼窝。

七仙女听了这话说:"上无片瓦,下无寸土,我不在乎,跟你成婚是我情愿的!"

土地在一旁也感动得眼泪要流下来,七仙女的话音刚落,他就连声叫道:"来来来,你俩就在这槐荫下结成夫妻吧!"

董永与七仙女拜天地、拜红媒、拜主婚,然后转过身夫妻互拜。

拜别了土地公公与老槐树,董永夫妻向傅家庄走去。看见了傅员外府的大黑门,董永突然想到自己的卖身文书上写得明白:董永无牵无挂,卖到傅家为奴,三年期满才准回家。

七仙女见董永突然脚步迟慢,赶忙回过头来问:"董郎,你怎么不走呀?"

董永满腹心事地开了口:"娘子呀,卖身文书上说得明白,我一个人去傅家为奴,今天带了你一起去,怕傅员外不答应。奴仆身不由己啊!"

"董郎,我既然与你成了夫妻,你到哪儿自然我跟到哪儿。你给他家做长工,我给他家洗浆衣服,给他家干活不白吃他的,他怎会不答应呢?咱到矮檐下,暂且把头低,再苦也不过就是这三年嘛。"

夫妻俩走到了傅家的大黑门前,董永对七仙女说:"娘子,你在这里稍等一等,让我先进去说一声。"

七仙女答应下来,董永进门来,就见傅员外的儿子傅官保直挺挺地立在院子中间。那傅官保瘦小枯干、贼眉鼠眼,一副花花肠子,平日里作威作福,横行乡里,是远近闻名的恶少,董永忙上前问安:

"公子,董永上工来了。"

傅公子从鼻孔里哼了一声:"来了好呀,我正等着你呢,给我挑水去吧。"

董永鼓足勇气赶紧说:"公子,我门外……"

"门外怎么啦?你董永还能带什么东西吗?"

董永不知怎么的,话就是说不出口:"我,我还有包裹在外面。"

"去拿来。快去快回!"傅公子挺不耐烦。

董永走到门外,拿起包裹,进去了。傅公子一见他,就说:"赶快给我挑水去,挑完水,到后院劈柴去。快点!"

董永急了:"公子啊!"

"干什么?"

"我,我门外,还有——"

傅公子扭过头来,两眼一瞪:"还有什么?!"

"还有……还有一把雨伞在外面……"董永心一慌,又改了口。

傅公子吼声如雷:"你干什么来了?真啰唆!快去拿来!"

董永出得门来,唉声叹气:"娘子,那卖身文书上明明说是无牵无挂,孤身一人,现在哪来的夫妻二人呢?让我怎么说呢?"

"你就说是大路边捡来的嘛。"

"这就不对了,你是一个人,如何能'捡来'呢?"

"唉!"七仙女看着老实憨厚的丈夫那股愁眉不展的样儿,又心疼又好笑,"这不就是哄哄他们嘛。好吧,干脆我自己进去说。"说着站起身来,向院里走去。

那傅公子在院里正等得不耐烦要耍威风时,猛然间一个天仙般的女子跟在董永身后从门外翩翩走进来,顿时呆住了,两只眼直勾勾地盯在七仙女身上,半晌嘴都合不上。

董永在一边等了半晌,见傅公子还不说话,就咳了一声:"公子,我来了。"

傅公子这才回过神儿来,忙问董永:"董永,她,她是什么人?"

"是……我的妻子。"

"什么?"傅公子一愣,随即劈胸揪住董永的衣襟:"好哇,你卖身文书上明明写着无牵无挂,今天哪儿来的妻室?!"说着朝上房喊叫起来:"爹爹!爹爹!董永拐了一个娘子来!"

"这还了得!"听到儿子叫喊,傅员外马上吼起来:"你这穷小子,说清楚,这女子从哪里来的?你竟敢拐骗良家妇女!官保,把银子追回,将他二人赶出去!"

傅公子的眼睛一直贼溜溜地盯着七仙女,一听父亲要赶他二人出去,忙把父亲拉到一边:"爹爹,你老糊涂了?三年长工,只要两匹白布、五两银子,这样的便宜你哪里去找?"

"那,这女人难道留在府内白吃不成?去把那女人赶出去!"

七仙女见状,不慌不忙地说:"员外,既然我丈夫遭大难卖与你家为奴,我自然应该与他分忧,我可以留在你家干活。我会洗衣浆衫、淘米做饭、刺绣裁剪、纺纱织锦。"

傅员外越听越乐,越盘算越高兴:"你会纺纱织锦?"

"会纺纱,会织锦。"

"好。董永,你这娘子来路不明,本该将她赶出府门,将你送官查办,且念你卖身葬父一片诚心,老夫今日慈悲为怀,留你二人在我府中。"

傅官保在一旁高叫:"董永还不过来谢谢我爹爹!"

董永急忙过来谢傅员外,傅员外伸手一指:"且慢,听我说完,我要她一夜给我织出十匹云锦。"

董永急了:"十匹云锦?这不是故意难为人吗?娘子,我,我连累你了!"

傅员外得意地捻着胡须:"你若是能在一夜之间织成十匹云锦,我就将他的三年长工改为一百天。"

七仙女听此话,问:"员外,你的话当真?"

"我堂堂傅员外,说话岂能当儿戏!"

"员外,你敢立下文约吗?"

董永正想阻止,可是傅员外抢先搭了话:"好,就立下文约。"说着吩咐账房先生拿纸笔写文约。

七仙女和董永接过文约细看,只见上面写着:"一夜织成十匹锦,三年长工改百天。"下面紧接着还有一句,"倘若一夜织不出十匹锦,三年期满再加三年。""心肠好毒呀!"董永赶忙拉住七仙女:"娘子,万万不能答应!咱把文约退给他!"

七仙女柔声对董永说:"董郎,别担心,为妻自有主张。这文约你好好收藏起来,有了它,我们可以早日回家呀!"

傅员外怕董永夫妇改变主意,马上吩咐手下人将他二人带到织房去,董永还想说什么,被狗腿子推推搡搡不由分说拽走了。

机房里,董永愁眉紧锁,唉声叹气。傅官保这狗东西,按照他爹的吩咐扔进一捆无头乱丝,让织女用来织锦。这无头乱丝怎织得成锦?漫说一夜,就是十夜也织不成呀!董永急出了一身冷汗,看着忙里忙外安顿住处的七仙女:"娘子,我劝你连夜逃走吧!我实在不忍看着你受他们的欺负!"

七仙女说:"董郎,话是我说出来的,祸是我惹出来的,我怎能一人连夜逃走,叫你一人在这受苦?"

"娘子,我宁愿一人在此挨打受罪,你不要管我了,赶快逃到远处去吧,逃出去还有一条生路。"董永急切地劝着妻子。

"董郎,你我既已配为夫妻,你到哪儿我到哪儿,为妻绝不与你分开!董郎,我知道你发什么愁,不就是一夜织出十匹云锦嘛,你放心好了,我织锦的手艺可好了,别说十匹,就是千匹百匹我也能织。你万万不要如此烦恼,只管放心睡吧。"

董永心里焦急,尽管娘子说得如此轻松,还是放心不下,躺在铺上,辗转反侧,无法入睡。正翻腾时,只听机房门啪啪地响,随即听见傅官保的公鸭嗓:"董永开门!董永开门!"

董永正要去开门,被七仙女一把拉住。"问他什么事?"董永问了,傅官保道:"我爹爹叫你去推磨!"

半夜三更,推哪门子磨?七仙女想起傅官保那不怀好意的贼眼,就什么都明白了。门外傅官保一个劲儿地催,这里董永只得起身穿衣,开门,出去干活。

七仙女知道傅官保在门外窥视,单等董永离去好溜进来,她决心教训一下这个坏蛋,免得他日后老来纠缠。于是她毫不动声色,也不去关门,只让它虚掩着。

过了片刻,门"吱呀"一声,傅官保溜了进来。

"傅公子,夜深人静,我夫又不在家,你来干什么?"

傅官保高兴得声都颤了:"小娘子,一见你,我就没了魂了。小娘子,发发慈悲,成全咱俩的好事吧!"

"傅公子,我是有夫之妇,我夫妻恩爱和睦,情重如山,岂有与你成好事的道理!"

"你那夫君身为贱奴,上无片瓦,下无寸土,你跟着他今后只有忍饥受冻,吃不完的苦。你若顺从了我,我保你吃穿不愁,长享清福!"

"傅官保,我不想你那吃穿不愁,长享清福,你请便吧。"

傅公子急了,三角眼一瞪:"你从是不从?你怎敢不顺从大爷我。"说着扑上来。七仙女不慌不忙,手持白扇轻轻一摇,顿时那傅公子感到天旋地转,"扑通"一声栽倒在地。半晌他才迷迷糊糊爬起来,看看那七仙女,正从从容容整理衣服。

"好哇,你敢戏弄大爷!"他怪叫着又扑上去。七仙女并不躲闪,拿起白扇一扇,顿时那傅官保双手抱头,浑身抽搐,"哎哟妈呀"地叫起来。

七仙女坐在一旁,冷眼看着这个坏蛋,不说也不动。傅官保这会连讨饶的话都说不出来了,连哭带嚎,屁滚尿流地跑了。

七仙女这才上了门闩,回过头来准备理丝织锦。看着地上那堆乱丝,她心中明白,靠她一个人是断难一夜织成十匹锦的。她想起临来时大姐的话,马上打开包袱取出那枝"救难香",焚烧起来。为了夫妻早一日脱离苦海,她一口应承了一夜织锦十匹的无理要求,这时她知道,只有几位姐姐才能帮她的忙。

轻烟袅袅,随着一阵清风,几朵彩云飘进窗来,彩云落处,六位姐姐翩然而出。

众姐姐拉住七妹,问长问短,左打量右打量,七仙女左顾右盼,不知回答谁好,与姐姐们只一日不见,真好像隔了许多年似的。最后还是大姐止住众姐姐七嘴八舌的话头,问七妹:"七妹,董永在哪里?叫他出来与我们姊妹见见面。"

"大姐,员外叫他推磨去了。"

"这员外也太不通人情了!"众姐姐气愤不平。

"七妹,你焚起难香,请我们来,想必是遇上麻烦了吧?"

七仙女遂把傅员外要她一夜织云锦十匹的事说了,大家一听,放下心来:"妹妹只管放心,别说十匹,就是百匹千匹,姐姐们三梭两梭就给你织出来了。"

二姐三姐忙来整丝,一看这捆乱丝,爽直的三姐就叫起来:"这家人家心眼子真坏,这把黄丝给抖得这么乱,怎么能织得起锦呀!"

于是,众仙女都看着大姐:"大姐,干吗不用天丝呢?"

大姐痛痛快快地答应了:"好,咱们就用天丝。"说着口中念念有词:"天丝下凡尘,天丝下凡尘!"

刹那间,只见天边泻下透明的银纱,大家接呀、捣呀、缠呀、绕呀、梳呀,忙活起来。

金鸡高唱,天亮了,众姐妹收拾辞行,驾起祥云飘然回天庭去了。

送姐们走后,七仙女返回机房,眼看着十匹云锦闪闪发亮,心里的高兴劲儿就别提了!

再说董永推了一夜石磨,转呀转呀,直转得昏昏沉沉,再加上心里惦念娘子,不知那十匹云锦如何是好,连困带累更添心愁。

董永归来,七仙女看他面色土灰,双眼布满血丝,心中一阵疼痛,赶紧指给他看:"董郎!你看啊!"

顺着七仙女的手指望过去,但见十匹云锦闪闪发光排在案上,匹匹簇新、件件耀眼。他一把抓住七仙女:"娘子!娘子你莫非是天上的织女星?"

七仙女顽皮地一笑:"我哪里是什么织女星呀,我有名师指教,你说,我的手艺精不精?"

七仙女偎在董永怀中说:"董郎,忙了一夜,织出这十匹云锦,三年期限改成了百天,你我就可以早跳出这火坑,回家过我们的好日子。"

七仙女早算过不止一次了。来到傅家做牛做马,日夜操劳,心里就一个念想儿:七月十三,百日期满。

这一夜,七仙女问董永:"董郎,明天是什么日子呀?"

"七月十三哪。"

"七月十三是什么日子呀?"

董永回答不出,七仙女嗔怪地瞪了他一眼:"你我四月初五上工,到明天,七月十三,算算吧,百日长工,明天就到头了!明天一早,五鼓天明,告诉傅员外一声,咱们就可以回家啦!"

董永高兴得手舞足蹈:"明天一早,就可以回家啦!娘子,多亏了你呀!一夜织了十匹云锦,不然,咱们还得在这儿当牛做马呢!"

七仙女说:"往后,再不用当牛做马,挨打受气,咱们就该给自己种地织锦了,你耕我织,凭咱俩的力气、本事,你说,还愁没有好日子过吗?"

董永"嘿嘿嘿"地乐:"苦日子就要熬出头了,天一亮咱就走!"

七仙女心疼地对董永说:"快歇息吧,累了一天了,有话咱们明天再说。"话还没说完,就听到外面公鸡"喔喔"地叫起来。"呀,还说呢,鸡都叫了,天亮了。"

夫妻俩正说着,窗外响起了傅家父子的声音。只听得傅员外说:"天已大亮了,董永怎么还不下田干活?官保,叫董永快快下田去收割!"

随即就响起傅官保的公鸭嗓:"董永,董永,还不快起来,下田去收割!"

董永走出机房门:"我正要去找员外。"

傅员外说:"那就赶快下田干活去!"

"不,我满工了,我要告诉您一声准备启程了。"

"满工?你三年长工只做了几个月,怎么说满工了?官保,去取董永的卖身文书来!"

傅官保颠颠地取回了卖身文书,恶狠狠地打开,向董永说:"你看看!这上面明明写着'卖身不卖年月久,三年一满就回程'哩!你想走,没那么容易!"

"傅员外,傅公子,你们难道忘记了一夜织出十匹云锦的事了吗?"七仙女说着,走出机房,手里拿着前次定下的文约,递给董永。董永展开文约,对傅员外说:

"员外,这上面明明写着'一夜织成十匹锦,三年长工改百天'哩!员外,我们就这里告辞了。娘子,我们走。"

傅员外恼羞成怒:"慢来!董永,你就想这么走了?带着你那娘子回家过日子?那是痴心妄想!告诉你,你若老老实实,在我家做满三年,倒也罢了。如若不然,我将你告到衙门,叫你吃不了兜着走!"

董永扬扬手中文约:"有你亲笔签的文约在此,告到哪里我也不怕!"

傅员外捻了捻老鼠须,阴险地一笑:"你这娘子,乃中途拐骗的,老夫就告你个拐骗良家妇女!不但叫你夫妻分离,还要让你坐牢!"

百日夫妻的耳鬓厮磨,使董永跟从前大不一样了:"员外,漫说我这妻子不是拐骗来的;就是拐骗来的,也是你的罪大,我的罪小!"

"这话怎讲?"

"员外,我夫妻成婚以来,住在谁家?住在你家。为谁耕田织锦?为你耕田织锦。你既然知道是拐骗来的,为何早不报知官府?早不告到衙门?这事追究起来,你明知故纵,窝藏犯人。你说,若告到官府,是不是你的罪大,我的罪小?"

"这……"傅员外一时哑口无言。

董永继续说道:"员外,我早就告诉你,我们夫妻成婚之时,是有媒有证的。你告到官府,那时候,媒人上堂,证人出场,将你问成诬告之罪,那时候,不罚你一千,也要罚你八百!"

傅员外没想到小小董永,如今变得如此厉害。一计不成,眼珠一转,又生出一计,马上换了一副笑脸,对着董永:"董永哇,其实,我这是对你的一片好心哪!你想想,你上无片瓦,下无寸土,那孔破寒窑,比我的机房差百倍。如今你又要带回一张嘴去,你夫妻俩吃什么?穿什么?用什么?不如就留在我家,吃有你的吃、住有你的住、穿有你的穿、用有你的用,何乐而不为呢?"

董永笑了笑,不软不硬地说:"员外,你的美意我领了。只是金窝银窝不如我家的狗窝,寒窑虽破,总能遮风雨,回到我的家,忍饥受冻、再苦再累我也情愿。傅员外,我们告辞了!"说着,董永夫妇手挽着手,转身离去。

傅员外气得杀猪般大叫:"造反啦!官保,给我打!给我狠狠地教训教训这对狗男女!狠狠打!"

傅公子带着一伙狗腿子,手舞棍棒,恶狠狠地扑来。七仙女见状,把手中的白扇只一摇,傅公子浑身冒冷气;再一扇,这伙狗腿子全都晕头转向了,手舞着棍棒,相互殴打起来。混乱中,只听傅员外、傅官保鬼哭狼嚎般的叫声:"哎哟妈呀!混蛋!怎么打我呀!疼死我啦!"

在一片鬼哭狼嚎声中,董永和七仙女手挽着手,背着来时带的小包袱、破雨伞,欢笑着离开了傅家宅院。

想到从今后再不必替财主做牛做马,夫妻双双还家,从今后男耕女织、挑水浇园、推磨舂米、纺纱浆衫,夫妻恩爱……董永越想越高兴,拉着七仙女在路上手舞足蹈起来。

七仙女给拽得气喘吁吁:"董郎!董郎!我觉得有点乏累了,我们在路边歇息歇息吧。"董永还头一次听妻子诉说乏累,赶紧找块平整的大石头,扶七仙女坐下,自己也在近旁坐了下来。

七仙女抚着董永的肩头,这衣服又不知在哪儿挂了个洞:"董郎,你这衣服又破了,我给你补几针。"说着打开包袱,取出针线缝起来。

董永坐在一边,乖乖地让娘子为他补衣。一低头,看见包袱里一团闪光的云锦,抖开一看,是件小孩衣裳!董永看看小衣裳,再看看七仙女,突然明白了:"娘子,你……有喜了?"董永猛地跳将起来:"我娘子有喜了!我娘子有喜了!"说罢跪下来,向着天、地咚咚地磕了两个头:"待我谢天谢地!"然后又跳起来,"娘子,你有喜了,我去雇顶轿子,抬你回家!"

七仙女忙拉住他:"你看看,线还没扯断呢。不必雇轿,你陪着我慢慢走就行了。"

董永又跳起来:"娘子在这里歇息,我去给你讨杯水来!"

七仙女坐在路边等着董永。突然,一阵狂风从天而降,乌云蔽日,山摇地动。七仙女睁眼看去,但见乌云密布之处渐渐闪现出一个天神,金盔金甲,横眉立目。正是天宫的金甲神。

金甲神开了口说:"七仙姑听着,玉帝临驾斗牛宫,知你私自下凡,很是震怒,命你午时三刻,即返天庭!"

玉帝旨意如晴天霹雳,把七仙女震倒在路上。天规谁敢触犯?但自己与董郎情深如海,又怎能割断这夫妻情分!七仙女望着天上的金甲神,哀求道:"金甲神,金甲神,请你转禀父王,我与董郎情深如海,利剑也难斩我夫妻情!我夫妻刚熬过百日奴隶苦,我只愿做凡人,与他寒窑度日,再不要长生不老的神仙日子!求你转禀父王!"

金甲神鼻子里哼了一声,睬也不睬。她知道金甲神心肝全无,求也没用。

想到父王的冷酷无情,她的决心反而坚定了,对着金甲神她字字斩钉截铁地说:"金甲神,你去告诉父王,我决心已定,纵使粉身碎骨,我也绝不回天庭!"

金甲神凶相毕露:"七姑你休要执迷不悟!午时三刻回宫便罢,如若不然,就将董永碎尸万段!"说罢,金甲神驾起狂风,呼啸而去。

七仙女知道,父王叫谁今日死,谁就活不到明天。为了董郎的性命,自己只能回天庭去,她不得不离开董郎!

正在悲恸欲绝之时,董永急匆匆地从前边村子回来了。

"娘子,喝了水我们还是快点走吧,你看,红日当头了。"

"红日当头?!"七仙女心中一惊,午时三刻就要到了,不能再瞒了!七仙女指指前面的沙滩:"董郎,你看那是什么?"

"那是一对鸳鸯。"

"鸳鸯可有雌有雄?"

"当然有雌有雄。在娘子这边是雌,在为夫这边是雄。"

"董郎,你看那雌鸳鸯在低头落泪。"

"它为何低头落泪?"

"董郎,雌鸳鸯与雄鸳鸯乃一对恩爱夫妻,今日雌鸳鸯要抛别雄鸳鸯上天,故而低头落泪。"

董永心中疑惑:"我不信。"

七仙女长叹了一口气,说:"雌鸳鸯,雌鸳鸯,今日你要上天,为什么还不展翅高飞?"话音刚落,雌鸳鸯"扑簌簌"展翅飞上了天。

董永在一旁急了:"雄鸳鸯,雄鸳鸯,你与雌鸳鸯乃是一对恩爱夫妻,今日雌鸳鸯上了天,你为什么不跟着上天?你飞呀!你飞呀!"雄鸳鸯纹丝不动,董永急得捡起石头赶它,它还是不动!

七仙女失声痛哭:"董郎,雌鸳鸯乃是仙鸟,为妻乃是仙女,所以我能赶它上天;雄鸳鸯是一个凡鸟,董郎你是一个凡间的人,你怎能赶它上天?"

董永不肯相信:"你是仙女?"

"董郎啊,我是玉帝的七女儿,我趁父王大宴四海众仙,私自下凡而与你相配成婚的。实指望恩爱夫妻,天长地久,谁曾想父王发现我私自下凡大怒,命我今日午时三刻返回天庭!董郎,天规森严,我不得不从啊!"七仙女哭得说不下去了。

董永转过头来:"娘子,你我在这槐荫树下成婚配,难道真要在这槐荫树下生离死别吗?我要叫主婚人来评评理!"

"董郎,你知道主婚人是谁?他就是本方土地。"

董永急得拼命地跺地:"土地神!土地神!"大地纹丝不动。董永悲愤地喊道:"土地神呀,当初你是我们的证婚人,今天她要上天去,你为什么不显显神灵?"四野仍是一片寂静。

董永又回过头来对着老槐树:"老槐树呀老槐树,当初我婚之日,亏你开口说话,做了我们的大红媒。你是我的大恩人!今天她要上天去,董永求你把她留下!求求你了,老槐树,请你开口说话!"

老槐树纹丝不动。

七仙女痛苦地说:"董郎啊,它是哑木头!"

董永猛扑到老槐树下,痛哭失声,连连用头撞树,撞得头破血流。

七仙女紧紧地抱住了董永,眼中哭出了血水,恩爱夫妻的血水与泪水混在了一起。

午时三刻到了!天空忽然乌云密布、雷声隆隆、狂风骤起、飞沙走石。金甲神恶煞般出现在云头:"午时三刻即到,七姑速速返回天庭!"

董永一听,冲上去对天高叫:"玉帝!玉帝!你为什么要活活拆散我们恩爱夫妻!我决不让我的娘子走!"说罢,与七仙女紧紧搂在一起。

金甲神发怒了:"七姑听着,若再迟延,定要降罪董永!"

七仙女像被撕裂了一般,浑身颤抖着挣出了董永的怀抱,就叫道:"不要伤害我家董郎,七女我跟你走就是了!"

董永拼死紧紧抱住七仙女:"娘子!娘子!不要走!不要走!"

金甲神见状,哇哇大叫,立时,一道接一道的闪电从天而降,将董永劈昏在路上。

眼见董郎昏死在荒郊,七仙女拼死从金甲神的手中挣脱出来,扑在董永身上,哭昏过去。

天上雷声轰响得更厉害了,金甲神暴跳如雷:"午时三刻已到,七女若不速速归天,董永碎尸万段!"

七仙女哭着扯下一片罗裙,用力咬破自己的中指,用鲜血在洁白的罗裙上写下了几行字:

来年春暖花开日,
槐荫树下把子交。
不怕天规重重活拆散,
我与你天上人间心一条。

一阵狂风骤起,卷起七仙女,霎时间无踪无影⋯⋯

荒郊上,云开雾散,董永慢慢醒来,捧起七仙女留下的血书。

他紧咬钢牙,怒视着天庭;他肝肠寸断,怀念着他的妻子。尽管他们被迫分离,天上地下,但是他俩的心,永远是在一起的。

白蛇传说

峨眉山是座仙山。山上古木参天、云烟缭绕,很多生灵在山上修炼,取天地灵气,收日月精华。

东山峰上,有条白蛇在修炼;西山峰,有只癞蛤蟆在修炼。他们天天迎着红日,吐出各自的仙丹,来来回回,吞吞吐吐,天天如此,从不间断。

这天,白蛇把仙丹吐上了天,癞蛤蟆也把仙丹吐上了天,两颗仙丹在半空中如同上下翻滚的火球。

癞蛤蟆看着心里痒痒,生了歹心想偷吞白蛇的仙丹。

于是,两个仙丹碰在了一起,可是白蛇的根基比癞蛤蟆深,一下子把癞蛤蟆的丹给吸去了,癞蛤蟆这是"偷鸡不成蚀把米"。从此,传下一句古话"蟾蜍要宝,蛇要命",他们两个成了对头冤家。

白蛇把癞蛤蟆的仙丹吃下去,加深了修炼的根基,一下变成了人形。癞蛤蟆没了仙丹,还是个癞蛤蟆,不能在这里修炼了,就偷偷逃到了西天佛国。

如来佛在西天佛国讲经说法,这癞蛤蟆趁机偷偷在大殿底下的阴沟洞里藏身,装成老实敦厚的样子,天天靠吃西天佛国的烂菜馊饭度日,日日偷听如来佛讲经。转眼间,癞蛤蟆在阴沟洞里修炼了数千年。

一天,佛祖正在和众仙家讲经说法,忽然不讲了,说:"佛堂之上,怎么会有股怪味道呢?"

癞蛤蟆一听,忙不迭地从阴沟里爬了出来,朝佛堂上一跪,连喊:"佛祖饶命!"

众仙家一望,哈哈大笑,原来是一只木盆大的癞蛤蟆,身上长满了七凸八凹的癞疙瘩。

佛祖说:"念你在这里安分守己,如今派你到东土去,镇江金山寺正缺个当家的和尚呢。"

说着,佛祖指着癞蛤蟆说声:"变!"顿时,癞蛤蟆变成一个又黑又丑的大和尚。

"佛法广大,普度众生,若生歹念,苦海无边。赐你一个法号,就叫法海吧!"

法海跪在地上一动不动。

"法海呀,你还有什么要求啊?"

"求佛祖赐宝。"

"你这个鬼精灵!好吧,赐你三样宝:风火禅杖、紫金钵和袈裟。"

"谢谢佛祖。"

法海领了三样法宝,便去金山寺做当家和尚去了。其实,癞蛤蟆是假装老实,他骗走佛祖三样宝贝,溜到人间去找白蛇娘娘报私仇去了。

再说,白蛇拜黎山老母为师,跟师傅又修炼了数千年。

一天,黎山老母告诉白蛇:"徒儿,你和许仙有姻缘之分,至今宿缘未了,快去人间报答救你性命并养育你三年的恩人许仙,他就在西湖边上住。"

"徒儿遵命。"

黎山老母喊来青蛇:"青儿。"

"嗯。"

"派你下山,保护白儿。她当姐,你当妹。"

白娘子和小青就结拜为姐妹,打扮成一主一仆下山去了。

白娘子与小青赶到杭州城,找到许仙,白娘子和他结成了一对恩爱夫妻。

后来,白娘子和许仙迁居到镇江,开了个保和堂药店,两人恩恩爱爱,日子过得甜甜蜜蜜。

当时,镇江正闹瘟疫,很多人都得了急症。

一天,许仙愁眉苦脸地跟白娘子说:"外面闹瘟疫,急等药用,店里药不多了,怎么办?"白娘子想了想,说:"我倒认识草药,我明天到山上采药去,好解救百姓。"

第二天,白娘子驾云飞到百草山,很快采满了一篓子草药。

保和堂药店的门口,摆起大缸,装满了汤药,治好了很多人的疾病,救了不少人的性命。

哪晓得,这件事触犯了金山寺的长老法海和尚。为什么呢?本来百姓有病,总跑到金山寺找法海和尚画个符、念个咒,弄点什么"灵丹妙药",少不得要给香钱的;不想如今有了病,都往保和堂跑了,香钱收不到了,他不恨吗?再一细打听,原来这个事情是冤家对头白娘子做出来的,他更恨了。他下了狠心,闭着一双眼睛,捻着那挂佛珠,想出一条毒计。

这天,到了五更三点,白娘子去采草药了。许仙刚刚关好门,只听见外头"笃笃笃",传来了敲木鱼的声音。许仙把门一开,看见一个老和尚盘膝坐在门口。

许仙便笑笑说:"老禅师,大清老早的化什么缘?"

法海慢慢睁开眼,一双眼珠子直转,转到许仙的脸上,说:"施主,老僧看你脸有妖气!"

许仙随口问道:"老禅师,此话怎讲?"

"施主,此处不是说话处,明日到金山寺找我法海。"法海说着站了起来,压低嗓门说:"这事上不能告诉父母,下不能告诉妻子儿女,不然可要五雷击顶啊!"法海说完,敲着木鱼向金山方向走去。

第二天,许仙从金山寺回来后,一直闷闷不乐,本来的恩爱夫妻变得离汤离水了。

五月端午到了,家家户户门上插菖蒲艾草,人人喝点雄黄酒,辟辟邪气和蛇虫百脚。

小青根基差,白娘子怕她被雄黄酒伤害,叫她躲进了深山。

中午,许仙死缠硬拉,一定要白娘子陪他吃雄黄酒。为什么呢?原来那日法海在金山寺一口咬定白娘子是蛇妖,告诉许仙要她端午节喝雄黄酒,她要是喝了,就会现出蛇形来。许仙一直疑疑惑惑,所以端午节他想试试!

白娘子晓得许仙硬拉她喝雄黄酒是法海的诡计,就不肯喝。许仙一看这不是应了法海的话吗?脸朝下一沉,说:"你我如是真夫妻,你就喝了它!"

这一说嘛,白娘子为难了。不喝吧,丈夫心里怀疑,就中了法海的奸计;喝吧,自己要是现了形,也中了法海的计。怎么办?她倚仗自己根基好,苦笑了笑,勉勉强强喝了半杯。

雄黄酒酒性药性一并发作,白娘子心里着实难过,她跟许仙说:"相公,今天我头有点昏。"

"那你就上床躺躺吧!"

白娘子躺在了床上。许仙又过了一会儿也想上床休息。他把半边帐子一掀,看见一条白蛇挂在帐沿下面,许仙一吓,"咚"地一倒,昏死过去了。

午时一过,白娘子雄黄酒性过了,一看许仙死了,晓得是被自己现了原形吓的,哭得死去活来。这时,小青躲过午时也回来了。

白娘子对小青说:"如今要救许郎的性命,只有到昆仑山上去盗仙草,就是不晓得能不能回头。现在拜托妹妹一件事:许郎请你照应着,我七天不回头,恐怕就死在那里了。"

白娘子驾了白云,越过了九十九座山,跨过了九十九条河,从昆仑山取来了能够起死回生的灵芝草救活了许仙。

俗话说:"菩萨面,蝎子心。"许仙刚刚病好,法海又花言巧语把他骗上金山寺,藏在宝座背后。这下可急坏了白娘子。

小青跺着脚,说:"姐姐,法海欺人太甚!走,我们上山找他要人;如若不给,就杀他个鸡犬不留。"白娘子一想,事到如今,也只有上门要人了,不过还是先礼后兵的好。

白娘子站在船头点篙,小青站在后艄摇橹,小船迎着浪头向前,一篷放到金山寺门前。

法海站在金山顶上,手执禅杖,早叫小和尚把寺门关得像个铁桶似的。白娘子一见法海,客客气气地说:"长老,我和许仙是结发夫妻。如今我已怀孕六月,家中无人照料,看在我们夫妻面上,请放他回家。"

　　白娘子好说歹说,法海总是不答应,还指着白娘子骂道:"你这个孽畜,本是深山一个妖精,怎好和许仙成婚?这里是佛门净地,怎容你胡闹?阿弥陀佛!"

　　小青一听,气得眼冒金星,没容法海把话讲完,抢上一步,大声骂道:"这是什么佛门净地?你放着经书不念,伤天害理,拆散人家夫妻。今日你如若不把许仙交还我姐姐,我小青定要割下你这颗秃头!"

　　法海气急败坏,提起袈裟,把禅杖举了举,露出凶恶的真相,嚎了起来:"阿弥陀佛!你们这两条蛇精,胆敢胡言乱语,兴风作浪,可不要怪我法海!"

　　白娘子肺都气炸了。她站在船头,对着东、西、南、北各方拜了一拜,说道:"各路龙王师兄,想我白素贞和许仙真诚相爱,不料法海一直从中挑拨,现又威逼许仙修行。今天不为别事,只求夫妻团聚,请各位师兄帮忙!"说完对四方恭恭敬敬磕了四个响头。

　　一时间,天上乌云翻滚,狂风四起,白浪滔天,看着江水哗哗直涨:东海的水、南海的水、西海的水、北海的水,一齐都往这儿涌来。四海的水,汇聚到一起,一浪高似一浪,如同山呼海啸,向着金山涌卷而来。白浪滔滔的江面上,东边蹦跳着一排排扁担大的湖虾,撅起来总有丈把高;西边曲尾伸头的是一队队圆桌大的鱼精鳖怪,都碰到金山寺门边儿了;南边有手舞刀剑的蚌精站在一个个磨盘大的蚌壳上;北边有一团团的螃蟹横着身子直往金山寺上爬……

　　但是,白娘娘、小青和众水族没能敌住法海和尚的法力,那和尚用钵摄住白娘娘,镇在了杭州西湖雷峰塔的底下,小青则回到雁荡山中修炼功夫,发誓三年过后再见分晓。

　　三年过去了,小青来找法海,没打过他,又回到雁荡山苦练功夫。

　　又过了三年,小青还是打不过法海,又回到雁荡山苦练功夫。

　　又过了三年,小青的功夫深了,把法海打败,但是给他逃走了。

　　三年又过了,到了第十二个年头上,小青带了一把青龙剑下了雁荡山,第一天到雷峰塔祭了白娘娘,第二天就到了镇江金山寺。

　　法海和尚知道小青又寻上门来,他马上叫小和尚关上山门,贴上符,带了一班大和尚在佛殿里设了法坛,一齐念经,想叫小青进不来。但小青已不是当年的小青了,她跳过院墙到了大殿前面。

法海没地方躲藏,只好拿了禅杖迎战。他的禅杖一碰到青龙剑,震得浑身发麻,再打几下,拖了禅杖就往山门外面逃跑。

法海逃得快,小青追得紧,法海想了一个脱身的办法,绕着树林子跑,一闪身变成一棵树。小青一下就识破了,她举起青龙剑往树上砍,法海马上现了原形,逃下金山寺。金山寺山脚下便是长江,江边没有桥也没有船,法海急了,看见一只螃蟹在岸边,他念了几句咒语缩身躲到蟹壳里。小青追过来,又识破了法海的伎俩,她想:你既然把白娘娘镇在雷峰塔下,我也把你镇在这蟹壳里。她就用青龙剑在蟹壳上面画了几道符,任凭法海在螃蟹壳里叽咕叽咕念着经拼命想出来,但是蟹壳上被小青画了符,怎么念也出不来。小青报了仇,就回到雁荡山去了。

我们常常看到蟹嘴里吐泡沫,那就是法海在念经;螃蟹的壳上有好多道痕迹,那就是小青画的符。

粽子和龙船

屈原投江以后,楚国的人民对他非常痛惜怀念。为了悼念这位伟大的爱国诗人,每逢端午节那天,大家都驾着船、带着饭,划到汨罗江中流,把饭投入江里来祭祀屈原。

这样过去了一两年。一天晚上,他们忽然梦见屈原来了:头上戴着高高的砌云冠,腰间挂着一柄长长的宝剑,身上还佩戴着一些珍珠和美玉。大家都很高兴,一一向他行礼。屈原笑着赶上来,对大家说:"乡亲们,非常感谢你们对我的好意。从你们的行动可以看出我们楚国人民都是爱国的,也都是爱憎分明、坚持正义的。"大家见屈原仍很消瘦,就关心地问他:"三闾大夫,我们给您的米饭,您都吃到了没有?"

"谢谢你们!"屈原感激地说,可是,接着又叹了一口气,"你们送给我的米饭,都被那些鱼虾龟蚌等水族吃了。"

大家听了都很气愤,说:"不能让它们吃呀!"

屈原苦笑了一下:"我总不好和它们争着吃啊!"

大家就问:"要怎样才不至于被水族吃掉呢?"

屈原说:"如果你们用箬叶包饭,做成有尖角的角黍(即粽子),水族见了,以为是菱角,它们就不敢吃了。"

第二年端午节,人们就照着这样做了。可是,在端午节过后,屈原又给人们托了一个梦,说:"谢谢你们送给我的角黍,我吃到了不少;可是,还有不少仍然被水族吃了。"人们又问他:"那还有什么法子没有呢?"屈原说:"有了,你们在用舶送角黍的时候,可以把船装扮成龙的样子。因为一切水族都属龙王管辖,它们看见是龙王送来的,就一个也不敢吃了。"

以后,人们一年一年就照着这样去做,于是就留下了端午节吃粽子、划龙船的风俗。

吃娘最后一口奶

从前有一个大盗,被官家捉住了,绑进了法场,准备斩首示众。在临斩之前,监斩官问他还有什么话要说。

大盗说:"杀我没有话说,只要求最后和妈妈会一面,吃一口奶。"

监斩官同意了,就派人把大盗的母亲找来了。

妈妈来了,看见儿子判了死刑,哭得死去活来。大盗说:"妈妈不要哭了,您只给我最后一口奶吃,死了也瞑目。"

他妈妈看到儿子如此情景,马上要被斩首,也不怕羞,就当场解开衣扣,把奶喂到儿子的嘴里。大盗用劲把他妈妈的奶头一咬,他的妈妈疼得大叫。

这时监斩官大怒,喝问大盗:"为了什么你竟敢咬母亲的奶头?"

大盗这时哭着说:"我死有恨。"

监斩官指责大盗说:"你这个强盗,不知危害了多少黎民百姓,活该死!你现在又说'死有恨',恨从何来?"

大盗边哭边说:"我从小死了父亲,家里很穷,有时到邻居家玩,发现人家鸡窝有蛋,我就想法把它偷回,妈妈见了不仅不怪我,反而说我很乖,有板眼。所以,今天偷这儿,明天偷那儿,胆儿越来越大,习惯越变越坏,

'真是小来偷针,长大偷金'。我恨母亲,小时对我没有严加管教,到现在才成了大罪人。"

监斩官说:"你犯罪问斩,罪有应得;你母亲平时对儿子不加管束,并纵子作恶,今天咬掉她的奶头也是活该!"

杜康造酒醉刘伶

铁匠敬老君;木匠敬鲁班;戏子敬唐明皇,而造酒的人敬的是酒仙杜康。

古书上写的:"天下好酒数杜康,酒量最大数刘伶……饮了杜康酒三盅,醉了刘伶整三年。"说的就是酒仙杜康引渡名士刘伶的事。

刘伶是晋代"竹林七贤"之一,出名的好喝酒、能喝酒,酒量之大,举世无双。他对当朝统治不满,到处游历、喝酒。

一次,刘伶来到洛阳城的南边,走到杜康酒坊门前。抬头一看,门上有一副对联,写的是:

猛虎一杯山中醉,
蛟龙两盏海底眠。

高处那横楣上写的是:

不醉三年不要钱!

刘伶一看这副对子,算是恼透了,心说,你开酒馆未曾先访一访,谁不知刘伶是个好酒量:往东喝到东洋海、往西喝过老四川、往南喝到云南地、往北喝过塞外边。东西南北都喝遍,也没把我醉半天。今天来到你这儿,竟敢口气这么大,怒一怒进酒馆,把你的坛坛罐罐都喝干,不出三天叫你把门关。

刘伶带着气进了酒馆,杜康拿出酒来让他喝。刘伶喝了一杯还要喝,杜康劝他别喝了,他不依,又要了第二杯;喝了第二杯,刘伶还要喝,杜康说,再喝就醉了。他不听,又要了第三杯。三杯酒下肚,刘伶说:"头杯酒甜如蜜,二杯酒比蜜甜,三杯酒喝下去,只觉得天也旋来地也转,头脑发晕眼发蓝,只觉得桌椅板凳、盆盆罐罐把家搬。"他喝醉了。

出了酒坊,刘伶一路上东摇西晃往家走,嘴里面还嘟嘟囔囔地说着醉酒的胡话。

回到家中,刘伶醉倒了,给他媳妇交代说:"我要死了,把我埋到酒池内,上边埋上酒糟,把酒盅酒壶给我放在棺材里。"说完,一辈子爱喝酒的刘伶就这样喝酒喝死了。

刘伶死后,他媳妇就照他的嘱咐把他埋了。

不知不觉间三年过去了。这一天,杜康来到村上找刘伶。村上的人指给他刘伶的家。杜康上前拍门,刘伶的媳妇打里边出来,问他有啥事。杜康说,刘伶三年前喝了他的酒,还没给酒钱哩。刘伶媳妇一听,心中好恼,骂道:"他三年前不知喝了谁家的酒,回来就死了,原来是喝你家的酒呀,你还来要酒钱哩,我还得找你要人哩!"杜康就说:"他不是死啦,是醉了,走走走,你快领我到埋他的地方看看去。"

他们来到埋葬刘伶的地方,挖开坟墓,打开棺材一看,见刘伶穿戴整齐,面色红润,跟生前一个模样。杜康上前拍拍他的肩膀,叫道:"刘伶醒来!快醒过来!"

话音刚落,刘伶果然打了个哈欠,伸伸胳膊直起了腰,睁开眼来,嘴里连声叫道:"杜康好酒!杜康好酒!"

从那以后,"杜康美酒,一醉三年"就传开啦。

后来,据说杜康和刘伶都成了神仙,上天去了。

杜康造酒醉刘伶,那是渡刘伶成仙的呀。

姑娘的头发

从前,有一个姑娘和她的爸爸、后妈住在一起。爸爸很爱这个姑娘,后妈却时常虐待她,成天叫她干重活儿、脏活儿,不许她休息。姑娘每天从早到晚,煮饭、扫地、洗衣服,累得都直不起腰来,可是后妈还是不停地骂,说她是个懒孩子。

一天晚上,姑娘的后妈又大发雷霆、气势汹汹地说:"懒丫头,饭都烧焦了,猪肉也煮得太咸了。真不像话!"

姑娘低着头,不敢吭声。

"别跟她过不去,"父亲劝道,"我看饭菜烧得挺好吃的。"

后妈恶狠狠地瞪了她一眼,不声不响地走进厨房,偷偷地做了一种特制的茶汤。

第二天一早,姑娘正在干活,后妈端来一杯茶,假惺惺地对她说:"喝了它吧,我的孩子,它会使你增添力气的。"

姑娘信以为真,把茶汤喝下去了,顿时她感到头昏脑涨、昏昏欲睡,就连忙回到自己的房间,倒在床上酣睡起来。当她一觉醒过来时,天已经黑了。她赶紧起床,跑到厨房,父亲早已在那里了。

"我给你留了一点干饭,"父亲关切地说着,然后抬起头看了看她,忽然惊讶地大叫起来,"孩子呀!你的头发怎么啦?"

姑娘跑到镜子前仔细一看,她的头发全脱落了,光秃秃地像一个鸭蛋。姑娘号啕大哭起来。接着,她就冲出屋子,跑进森林,在一棵大树下面痛哭流涕直到昏厥过去。

沉睡中,姑娘做了一个梦,梦见一个美丽的女神站在面前,手里拿着一个瓶子。

"孩子,把这瓶油拿去,"女神慈爱地对她说道,"把油抹在你的头上,准保万事如意。"

姑娘醒来的时候,发现身旁真有一个瓶子。她赶紧揭开盖子,里面盛满了金黄色的油脂。她细心地用油擦抹全头,不一会儿头发便全长好了。姑娘又披上了一头美丽的金发,她高兴地朝森林深处走去。

林子里住着一个慈祥的老妇人。姑娘来到她家,把发生的一切都告诉了她。善良的老妇人安慰她说:"没有什么,孩子。我欢迎你,你爱在这里住多久就住多久。"这样,姑娘就在老妇人的家里住下了,两人生活得非常愉快。

自从姑娘出走后,父亲不知女儿的去向,整天郁郁不乐,而老婆又成天对他瞎嚷嚷,他坐卧不宁,非常痛苦。

一天,他遇到一个老朋友,就把自己的心事对他和盘托出。

朋友同情地说:"我可以叫我的儿子帮你去找。"

姑娘的父亲很受感动,觉得有了一线希望,因为他了解那个朋友的儿子,那确实是一个聪明能干的好青年。第二天,姑娘的父亲约上朋友的儿子,一同出发去寻找姑娘。

两个人一起查访了整个村落,又走访了邻近的一些村庄。一天夜里,他们在一个村子里宿夜,强盗闯进了屋里。朋友的儿子不幸负了重伤。第二天清晨他实在无法起床,姑娘的父亲只好独自前去寻找姑娘。

碰巧,邻村的一些老百姓认识林中的老妇人,他们也知道老妇人收留了一个姑娘,都热情地告诉姑娘的父亲,老妇人的家应如何去找。他谢过乡亲们,直奔森林,当他发现那座房子时,姑娘正站在窗前沉思。

"女儿啊!"他欣喜若狂地叫道,"可把你找到啦。你知道吗?你走后爸爸整天愁眉苦脸、心事重重,我朋友的儿子,也为了寻找你而负了重伤。"听了这些话,姑娘心里感到非常不安:"爸爸,我跟你走!"姑娘接着又恋恋不舍地对老妇人说,"我永远不会忘记您的恩情。"

"别这么说,"老妇人安慰她说,"还是赶快回去吧,你父亲和那个青年需要你。"

姑娘随从父亲穿过森林,迅速跑到朋友的儿子养病的村庄。那小伙子一见到姑娘便被她的美貌迷住了。当他可以走动的时候,三个人一起回到了家乡。

姑娘的父亲带着女儿回了家,但是姑娘没有再和后妈住在一起,她与父亲朋友的儿子成了婚。小两口给林子里的老妇人捎去许多礼品,从此姑娘和她丈夫过着幸福美满的生活。

鹿　王

很久以前,森林深处住着一群鹿。它们的鹿王十分仁慈,非常爱护自己的部下,因而森林里的鹿,都很尊敬它、爱戴它,跟随它的鹿也越来越多。

有一天,它们一路寻着食物,边走边玩耍嬉戏,来到国王的皇家林苑里。

一个牧人发现了它们,就去报告国王。

国王听了很高兴,派了许多士兵包围这个地方。

士兵的吵嚷声惊动了鹿群,等大家意识到将要发生什么事时,已经太晚了,它们已被团团围住。在这危急关头,鹿王心里非常难过,也非常懊悔,它想:"就是因为我没有及早防备,才使得群鹿陷于重围,面临这样可怕的危险,哪怕拼了命,我也要救大家出去!"鹿王想着,跑到离围栏不远的地方,跪下两只前腿,对鹿群喊道:"快!蹬着我跳出围栏,你们就能活命了!"

于是群鹿一只接一只,都蹬着鹿王跳出了围栏,获得了自由。鹿王却因此而身受重伤、血流不止,扑倒在地、动弹不得。

那些已经逃出去的鹿看到鹿王身受重伤,都在围栏外边自动聚拢过来,哀声啼叫,不肯离去,丝毫没有想到自身的危险。

国王远远看到鹿王受到了重伤,血流遍地,而其他鹿都站在栏杆外边悲哀地望着它,忙问道:"这是怎么回事?"

鹿王回答说:"陛下!是我没有管教好部众,为了寻找丰美的草场而侵犯了您的林苑,我的罪是很深重的。现在,我身体受了重伤,肉也残缺不全,但内脏仍是完好无缺的,我情愿供给您做一顿早饭,但请不要杀害其他的鹿吧!它们没有错。"

国王听了这一切,感动得热泪直流,说:"你虽然是牲畜,却具有天地间最高尚的慈善心肠,愿意牺牲自己,来拯救别人;而我是人类的国王,却要杀害生灵,真是罪恶深重啊!"

为了避免这样的事件再发生,国王颁布了一道命令:"从现在起,全国一律禁食鹿肉!"并下令毁掉一切捕鹿的工具。鹿群看到鹿王伤势严重,都围拢过去用舌头轻轻地舔它的伤口,又从远处的树林里、山崖边找来草药,细心地敷在伤口上。

国王目睹这一幕动人的情景,擦着泪叹息道:"君王对百姓慈爱关怀,百姓才会爱戴、拥护君王。鹿王实在是仁义之君啊!"

自此,国王心怀慈悲,不再杀生,处处关心百姓的疾苦,成为全国老百姓尊敬、爱戴的人。

五指山的传说

从前,海南岛上并没有五指山,那地方原来是一片平原。在这块平原上,住着一对夫妻。他们生下五个儿子。一家七口人同住在一起,不分日夜地干活。那时候什么工具都没有,他们用木棍当锄头,用石头当刀斧,用平原上的野生禾的种子种植。

他们七个人整天劳动,只能开半亩荒地。一天夜里,全家人都在茅屋里休息,母亲和孩子们都睡了,只有父亲在想着第二天耕种荒地的事情。夜深了,他昏昏沉沉地正要睡去,忽然梦见一个长着白胡子的老人站在他床前,响亮地对他说:"你们拿出力气来开辟这块肥沃的大地吧。在你们家附近埋有一把宝锄和一把宝剑,你们就把它挖出来使用吧。只要你把那把宝锄高高地举在头上叫一声'挖',这平原上的荒地便会变成良田;只要你把那把宝剑举起来挥动一下,叫一声'砍',大树就会应声倒地;要是坏人来侵犯你,你只要叫一声'杀',坏人就会断头落地。"

第二天一早,父亲把梦中的话告诉了全家大小,他们各个听了都很兴奋,便拼命在茅屋的周围挖起来。挖呀!挖呀!一直挖到中午,大儿子忽然"哎哟"叫了一声,从土里拿出一把黑油油的宝锄和一把发亮的宝剑。父亲按照白胡子老头的话,高举宝剑叫了一声"砍",果然,一阵巨响,许多古老的大树都一齐倒在地上,惊得大伙发了慌。母亲又高举宝锄叫了一声"挖",平原上果然变出了一片片良田,全家人乐得哈哈大笑。

从此以后,他们一家人的生活过得很幸福,吃得饱饱的。坏人也有眼红的,想霸占他们的土地;因为他们有宝剑,都不敢来侵犯。

过了很多年,年老的父亲临死的时候,叫五个儿子到跟前,嘱咐他们好好地在这块肥沃的土地上种植。话没有说完,他就合上眼睛死了。父亲死后,五个儿子遵从父亲的遗嘱,依照母亲的话,在埋葬父亲的时候,把宝剑作为陪葬品,同时埋下土去了。

这个消息传到坏人亚尾的耳朵里,他便悄悄地跑去告诉海贼,叫他们派数百个人来,霸占这块肥沃美丽的土地。他们来了以后,把母子们都包围住了,后来还杀死了母亲,把五个儿子都捉起来。

狠心的亚尾用铁链锁着五个儿子,审问拷打了十天十夜,迫他们交出宝剑。但是他们无论如何都不肯说出埋宝剑的地方。亚尾发怒了,便用火烤他们。他们流下来的泪水把平原冲成了五条溪。他们断气死去的时候,四面八方的熊、豹、白蚁、毒蜂、恶鸟,都成群结队地奔来,成千上万地飞来,把亚尾和海贼通通咬死了,并搬来了许多泥土和大岩石,把五个儿子的尸体葬起来,堆成了五座高高的山。

后来,人们为了怀念这五个儿子,便把这座山叫作五子山,又因为五子山直竖着,好像五根手指一样,人们就把它改称为五指山了。

白 蘑 菇

京城里头,住着个金丞相;京城旁边的村子里,住着一个小伙子。小伙子的媳妇长得很美,金丞相一看就起了坏心,想尽办法要把小伙子的媳妇弄到手。

一天,金丞相派人把小伙子找来,对他说:"明天咱俩下棋,你要是输了,就得把媳妇给我。"小伙子回家告诉媳妇,她想了想说:"不要紧!"就给他画了个图样,教他怎么个走法一定能赢。第二天,小伙子照着媳妇教给他的办法走棋,果然赢了,金丞相没了主意。

过了些天,金丞相又派人把他找去,对他说:"这次咱俩比赛打鱼,谁胜了,媳妇就归谁。"

没有办法,小伙子只好答应。金丞相使的是好船,新木头新钉子,下了海又结实又稳当;给小伙子用的是破船,烂木头锈钉子,一沾水就东歪西斜。出海不大工夫,就遇上大风大浪,小伙子的船散架子了,他游呀游的,游上了一个小岛。岛上树多,鸟多,白鹤和猴子也很多。他没有别的办法,就天天钓鱼,钓上来自己吃不完,就把剩下来的鱼喂给一只白鹤。天天喂,天天喂,一连喂了三年。

这天白鹤问小伙子:"你现在心里最想什么?"他说:"我最想回家!"白鹤说:"你骑到我背上来吧!"小伙子骑到白鹤背上,白鹤就展开翅膀飞起来,飞呀飞,白鹤回头说:"到了!"把他放在地上,飞走了。

小伙子走进村里一看,村子里很多东西都变了,房子有的塌了,有的是新盖的,自己的家竟然找不到了。他就近走进一间破茅屋,正赶上这家摆着供桌,一位寡妇在祭奠丈夫。他说自己是过路的,要找一碗饭吃。这位寡妇走出来,他一看,正是自己的媳妇。原来朝鲜族有个风俗:丈夫死了三年以后,寡妇才能出嫁,明天正好是小伙子出海三周年的日子,公鸡一叫他媳妇就要嫁人了。半夜以后,他媳妇把供桌撤走,找出一套男人的衣裳。第二天一早,客人们都来了,金丞相、李丞相、朴丞相也都来了,她把那套衣裳拿出来说:"今天我要改嫁了,谁穿上这套衣裳最合身,我就嫁给谁。"金丞相赶紧抢上前去,夺过衣裳来就穿,他又胖又大,怎么穿也穿不进去;别的人也一个一个地争着抢着来穿,不是太瘦太小就是太肥太大;最后小伙子走过来说:"让我穿穿试试。"一穿,身长、袖长、领长、腰围都正合适,不大也不小,不瘦也不肥。他媳妇说:"现在我找到丈夫了,虽说他很脏很丑,可是我自己找的!"金丞相气鼓鼓地走了,朴丞相、李丞相也都走了,他们夫妻又过起了幸福的日子。

过了几天,金丞相又派人把他找去,对他说:"这几年不见,我很想你,今天我请你喝酒。"他偷偷地在小伙子的酒杯里放了一只毒蜘蛛,小伙子喝下去就被毒死了。小伙子死后,金丞相把他的尸首放在屏风后边,说他喝醉了。小伙子的媳妇左等他也不来,右等他也不来,就到金丞相家去找。到那一看明白了,把尸首领回来,埋在了茅屋后面。

从此,小伙子的媳妇一天天不言不语,光是低着头干活。她没心思梳洗,没心思打扮,每天用块手巾把头发一罩,穿上她丈夫的衣裳裤子就下地、上山。有一天,她走到河边,看见一群小孩正在那吵吵嚷嚷,走上前去一看,原来是他们抓到了一条大鱼,正要砍开分肉。她看那条鲤鱼黑里透红,又可爱又很可怜,就把它买下来,放到河里。那鱼下水后又翻上来,一对圆圆的眼睛一闪一闪地仔细看她。第二天她又走到河边,看见一个漂亮的大姑娘,穿一身黑里透红的衣裳裙子,一对圆圆的眼睛闪着亮光地望着她说:"我是海龙王的女儿,昨天出来玩被孩子们抓住,多亏你救了我。你跟我去见见我爸爸吧!"她没法推辞,就穿着一身男人衣裳跟着去了龙宫,龙王待她很好,龙女天天陪着她到处游玩,不知不觉快到三年了。有一天在花园里,她看见一棵奇怪的花:一个枝上开着三朵颜色不同的花,一朵白色的、一朵蓝色的、一朵红色的,花匠特别小心地照看着它们。她就问:"这花可真稀罕,它有什么用处?"龙王的女儿说:"这叫三色花,它能叫死了多年的人活过来,白色花能接骨头,蓝色花能生筋长肉,红色花能叫血液流通。"她听了心里一动,第二天就向龙王告别,说要回家看看。

龙王问她需要带点什么回去,她说:"我就要一棵三色花。"龙王叫人挖来给她,并叫龙女送送她。龙女送了一程又送一程,舍不得放她走,最后分手时跟她说:"我爸爸的意思,叫我跟你成亲。我一定等着你,你回家看看可快点回来呀!"小伙子的媳妇一听,犯了难,一时也说不清,就问龙女说:"我回去以后,人间的变化很多,我要是来晚了,你还等我吗?我要是变丑了,你还跟我吗?"龙女说:"无论怎样我也要跟你!"并跟她约定了见面的日子。

小伙子的媳妇回到家,挖开坟墓一看,丈夫只剩下一堆骨头。她掐下白色花,往骨头上一扔,骨头"咔吧咔吧"地接上了;她掐下蓝色花,往骨架子上一扔,骨架子上也很快地生了筋,长了肉;她掐下红色花,往死人的身上一扔,只见他全身血液流通起来。丈夫坐直了身子,揉揉眼睛说:"我真喝醉了,睡了这么大一觉!"媳妇把事情前前后后跟他一说,他才明白。眼看到了去龙宫结婚的日子,媳妇说:"实在没有别的办法,你就替我去吧!就说你回到人间以后,样子变了。结婚后把她接回来,咱们三个人一块过,我和她一定能处得挺好的。"她丈夫打扮起来就去了。

丈夫走了以后,她就等啊等啊,等一天不来,再等一天也不来……她丈夫到了龙宫以后,看见龙宫那么好,龙女那么美,早已忘了回来,在龙宫过起好日子来了。可是,她天天站在山上一棵大松树下面,向海水里望着、望着……刮风天,她用手遮着头;下雨天,她撑着一把伞。天长日久,她的白衣裳变黄了,她的皮肤干裂了,慢慢地她变成了蘑菇。日子长了,头上的小伞也裂开了几道缝儿;有时候菇伞下滴着几滴露水,人们说那是她在流眼泪啊!

宝刀和竹笛

从前,有三兄弟跟父亲到江边玩耍。江边沙滩上有各式各样的小贝壳,有五光十色的小石块。江岸上,香蕉结满树,又大又香。他们玩得很高兴,忘了回家,晚上就在江边住下。江里有一个凶恶的龙王,它最喜欢吃人肉,江边来往的人常被它吃掉。当这三兄弟睡得正熟的时候,龙王来把父亲吃掉。他们醒来找不到父亲,不敢回家,就在江边靠打铁过日子。

生铁和炭的气味呛着龙王。龙王派白鱼来告诉三兄弟说:"你们不要在这里打铁,龙王闻不惯铁的味道和炭的味道。"三兄弟回答说:"他闻得惯闻不惯我们管不着,找不着父亲,我们就是要在江边打铁。"白鱼说:"不搬走,龙王要来吃你们。"三兄弟用烧红的火钳夹住白鱼,把它的尾巴都夹得变成了红的。红尾巴鱼回去报告龙王,说三兄弟不听它的话。龙王又派圆鱼来对三兄弟说:"你们不要在这里打铁,龙王闻不惯铁味道和炭味道。"三兄弟理都不理,用烧红的火钳夹住圆鱼,把圆鱼夹成了扁的。龙王又派大头鱼去警告三兄弟,三兄弟又用烧红的火钳子把大头鱼的头夹扁了。

三兄弟继续在江边打铁。龙王发怒了,它亲自到三兄弟打铁的地方,坐在铁砧上,张牙舞爪要吃人。老大老二害怕,悄悄地逃跑了。老三毫不畏惧,他忙着拉风箱,把火钳烧得通红,用力夹住龙王的肚皮。龙王的肚皮上烫起一大串水泡,痛得扭头摆尾,大喊大叫地向老三求饶:"快快松开火钳,你要什么我都给,你喜欢在这里打铁就打吧。"老三看见龙王腰间挂着一把宝刀和一支竹笛:刀鞘上镶着珍珠玛瑙;竹笛上镶着宝石。便说:"我就要这两样东西。"龙王解下宝刀和竹笛交给老三,垂头丧气地夹着尾巴走了。

老三吹响竹笛,悠扬婉转的笛声像仙乐一样好听。老大老二听到笛声赶了回来,看见老三便说:"你还活着,我们担心龙王把你吃掉,急得要死。"老三说:"龙王是欺软怕硬,你越怕他,他越要吃你。我用烧红的火钳夹住它,它就告饶了。你们看,他还给我两件宝物。"老大老二看着宝刀和竹笛,心里又羡慕、又嫉妒,便起了歹心。老二对老三说:"三兄弟,老大是我们的大哥,我们要听他的话,你把宝刀给大哥。"老大对老三说:"三兄弟,你要听我的话,把竹笛给二哥。"老三说:"是我拿命换来的东西,不能给。"

老大老二得不到宝物,怀恨在心,便打鬼主意想陷害老三。老二找老三说:"兄弟,我们明天去打野猪,你撵,我和大哥等着打。"老三同意了。老大老二悄悄地到山上挖了一个很深很深的坑,用草铺在上面,布置得像个野猪窝一样。第二天,他们一齐去打猎,老大对老三说:"山上有个野猪窝,你去把野猪撵出来,我们堵着打。"老三爬到山上,看见野猪窝就冲上去,"扑通"一声,跌到深坑里,怎么爬也爬不上来。

老三在坑里哭。一只竹鼠从坑边过,听到有人在哭,便伸头向坑里问道:"朋友,你为什么哭?"老三把原因告诉竹鼠,央求它啃一棵竹子给他。竹鼠见老三哭得可怜,便啃断一棵竹子衔来,老三顺着竹子爬出深坑。他很感激竹鼠,说:"谢谢你,竹鼠朋友,我没有什么东西,就把这支竹笛送给你。"竹鼠得到竹笛,很高兴,它边走边吹,从天亮吹到天黑。

老大、老二害了老三以后,也不再在江边打铁了,各自回家里去了,还告诉老三媳妇说:"你男人被豹子吃掉了。"从此,他们常常欺负老三媳妇。

老三和竹鼠分手以后,他怕两个哥哥再来害他,不敢回江边,也不敢回家,一个人躲在箐头上。有一天,老三媳妇来箐里背水做饭,老三在箐头上看见了,心里很难过。他就想了一个办法,想试试她的心变了没有。当他媳妇刚要从涧筒口接水,他便在箐头上把水源搅浑。他媳妇等水澄清了,刚要接水,他又把水搅浑。他媳妇很奇怪:自己的丈夫才死,现在一接水,水就浑,到底是什么东西作怪?她又耐心地等水澄清后再去接水。老三放一只田鸡在水槽里,田鸡顺水淌到她的竹筒里。她以为这是不吉祥的兆头,便把田鸡抓出来,把它脖子底下的皮撕开。田鸡央求说:"大嫂,你的男人并没有死,你帮我把脖子皮补好,我告诉你他在哪里。"老三媳妇听了,很高兴,便赶紧用白竹子叶把田鸡的脖子皮补好(所以至今田鸡脖子下的皮是白的)。田鸡对老三媳妇说:"你男人在箐头上,你快去找他吧。"老三媳妇半信半疑地继续接水,准备接满水后去找老三。老三又把自己手臂上戴的一只手镯放在水槽里,手镯顺水淌到媳妇的竹筒里。媳妇捡起手镯,赶紧跑到箐头上,果然看见老三坐在那里。她高兴极了,叫老三和她一起回家去。老三怕两个哥哥再害他,便对媳妇说:"你把这趟水背回去,第二趟来背水时,带一包火炭灰来。"媳妇照他的嘱咐,第二趟来背水时,带着一包火炭灰来了。老三用火炭灰把媳妇的脸抹黑,叫她把宝刀藏在怀里。媳妇走在前面,老三跟在后边。媳妇到了家里,老大老二见家里来了一个黑脸女人,便忙着围上去看。老三就趁他们不注意的时候,从媳妇怀里抽出宝刀。他刚把刀抽出鞘,一道白光闪过,老大老二便倒在地上死掉了。从此,老三不再担心坏心肠的哥哥来陷害他了,他继续靠打铁过活,夫妻俩过上了安宁的日子。

兴安岭的故事

传说古时候,美丽的兴安岭里有过一个猎人,名叫乌和奈。人们说:他是一百个猎人中最勇敢的一个。他的力气胜过老虎,他有吃一只狍子还不饱的胃口。他不但勇敢,而且也是一个英俊的男子汉。兴安岭里的姑娘们,连那没见过他的,都打算嫁给他。

乌和奈骑一匹枣红马,备一副金色的鞍,穿一套闪光的武士服,他还有一张用宝石镶的弓箭。他的武士服冬暖夏凉,宝石弓箭百发百中。他是征服高山、捕杀猛兽的英雄。

他骑着枣红马飞驰在兴安岭的峰顶,沉睡的兴安岭被猎人"嗒嗒"的马蹄声惊醒了,伏睡在山林中的马鹿、罕达犴叫了起来,九十成群的马鹿飞跑起来,七十成群的熊儿也出洞了。

在清泉边,有一只正在照着自己美丽容颜的鹿,从水影中发现了猎犬,回头就跑,飞跑到山涧上,一只犬在上边拦住,另一只犬在下边拦住,逼得马鹿跳了山涧。马鹿游过山洞爬到岸边,哪知,从林中又飞来一箭。这一箭射中了鹿的胸部。乌和奈就把鲜美的鹿肉一人一块送给人们,柔软的鹿皮送给姑娘做衣裳。

忽然,乌和奈听见山林的近处有声音,他下马仔细一听,是一男一女在说话。女的问:"你说世界上还有比我更聪明美丽的女人吗?"

男的说:"你的确聪明美丽,但比起太阳落的地方住的溪卧吐汗的小女儿卡拉来,还差一些。"

接着男的问:"你说世界上还有比我更聪明英俊的男人吗?"

女的说:"你的确聪明英俊,但比起太阳出的地方住的乌和奈来,还差一些。"

乌和奈一听很奇怪,抬头一看,见说话的不是人,是一只公鹿和一只母鹿。但他被"太阳落的地方有个世界上最美丽的女人"这句话迷住了,他决心去找这个姑娘。他骑上马,就飞似的向太阳落的地方跑去了。

松涛飒飒、水流潺潺,山林中响起了马蹄的回声。乌和奈的心充满了希望,五天的路当半天的路走。他拿出口弦,吹出了他喜爱的歌。声音婉转缠绵,山林中的百鸟听到他的口弦都飞来了,在他的头顶上团团转。他的口弦把兴安岭也吹得笑起来。乌和奈抬头问百鸟:"溪卧吐汗的小女儿卡拉是个什么样的人?"百鸟道:

> 她是一千朵花中最美丽的一朵,
> 一千个姑娘中最好的一个,
> 她比天仙还美!
> 野雉看见她的影子,

连忙收起美丽的彩毛。
她的脸像鲜艳的水果,
她有月亮般动人的眼睛,
她不但美丽更有银铃般的歌喉,
声音清脆、嘹亮!
她歌唱,画眉鸟不敢高声叫,
夜莺也嫉妒得发抖!
这个姑娘,
连那没见过她的人,
都打算娶她,
和她熟悉的青年,
没事一天找她三遍,
有事一天找她九遍。

乌和奈听了百鸟的话,心里更高兴了,快马加鞭,飞过一山又一山。他一面吹着口弦,一面祈祷山神,那白云绵绵处可能是溪卧吐汗的宫殿吧!他的口弦声,把密布的白云也吹散了。

在白云的背后露出了堂皇富丽的宫殿,它是多么美丽啊!乌和奈动人的口弦吹得更有劲了。溪卧吐汗听见口弦的声音,心醉了,派人出去找,看看是谁吹出这样美的音乐。派出去的人找到乌和奈,把他领进了宫殿。第一个大门由狐和狸看守着,开了门;第二个大门由乌鸡和飞龙看守着,开了门;第三个大门是由狍子和獾子看守着,开了门;第四个大门由马鹿和罕达犴看守着,开了门;第五个大门由老熊和野猪看守着,开了门;第六个大门由虎和豹看守着,开了门。进了第六道门,就看见溪卧吐汗了。汗一看乌和奈是个年轻漂亮的人,而且会吹动人心弦的口弦,便说:"你吹得太好了!你要宝贝吗?你说吧,要什么都行。"

乌和奈说:"你的小女儿卡拉是世界上最美丽的女人,我要你的女儿做我的妻子。我是来求婚的!"

汗一听高兴极了,有这样英俊的女婿多好啊!他说:"好,我答应你!"

汗就准备为小女儿办婚事。

汗的小女儿卡拉听了这个消息,心里很高兴,但不知这个人怎么样,就让小白兔去看一下。小白兔一看,为卡拉高兴极了,多么英俊的一个青年哪。这时汗的大女儿也来偷看乌和奈。她心想:哼!这个英俊的男人应该归我呀!于是一把抓住小白兔说:"你回去不准说实话,就说是一个鼻涕拖得长长的、胡子长到腰间的八十岁老头。不然我杀了你!"小白兔吓得要命,只好向卡拉说了谎。卡拉有点半信半疑,让小黑兔再去看一下。小黑兔只得去了,可是又被大女儿看见了,她说:"你回去不准说实话,就说是个鼻涕拖得长长的、胡子长到腰间的八十岁老头。不然我杀了你!"小黑兔吓得也说了谎。

卡拉心里非常难过。这时,汗的大女儿来了,她说:"卡拉,爸爸要把你嫁给一个丑老头,你快逃走吧!"卡拉一想也对,连夜逃出了家门。汗的大女儿高兴极了,对着镜子左照右照,又赶紧去洗澡。把肉皮都擦破了,还是很黑;脸怎样洗,还是很丑;她虽然穿上漂亮的衣裙,但和老熊穿的衣服差不多。

快要举行婚礼了,可是汗的小女儿卡拉不见了。汗非常焦急,怎么办呢?这时大女儿笑嘻嘻地说:"爸爸,我来替她吧!"

汗想了想,点点头说:"也只好由你替妹妹嫁给乌和奈了!"

乌和奈和汗的大女儿举行完婚礼,揭开头布一看:"妈呀!为什么这样丑呢?难道这就是世界上最美丽的女人吗?"但已经举行过婚礼,只好忍耐了。

乌和奈领着新娘往回走。在他回家的途中,逃出去的卡拉在山林中偷偷地看见了乌和奈,卡拉情不自禁地自言自语:"我的天啊!他是个多么英俊的男子汉,我……我受骗了!"她后悔地咬自己的手指。此刻,卡拉来不及左思右想了,她就从山林中的另一条路绕到乌和奈的前面,把自己亲手做的一个烟口袋放在路上。乌和奈捡到这个烟口袋,非常喜欢,就交给在车中坐着的新娘。新娘一看是妹妹的东西,顺手扔掉了。卡拉又绕到他们的前面,把一把猎刀放在路中央。乌和奈把猎刀捡起来,又交给了新娘,猎刀同样被新娘偷偷扔掉了。卡拉两次遭到失败,眼角上挂着泪珠走了。

乌和奈的家乡,为了迎接他和美丽的新娘,忙忙碌碌。当新娘的车到了家,人们看到新娘,都互相伸了舌头:"英俊的乌和奈呀!你的眼瞎了吗？怎么娶回来这样一个丑女人啊！"

从此，人们再听不见乌和奈动人的口弦声了。乌和奈仇恨那一对兔子说了假话。

按照风俗，过了一个月，新郎要同新娘一起回老丈人家。头一天，在途中住在一个老太太家里。老太太有个女儿。不知为什么，新娘进屋之后，女儿的头始终不敢抬起来。让她吃东西也不敢吃，唯恐什么人见她。原来，卡拉做了这老太太的干姑娘。卡拉早就认出姐姐了，在姐姐面前她不敢抬头，但乌和奈这英俊的男人又吸引着她，禁不住抬起头来看。乌和奈也盯住卡拉的脸不放，互相看得发了呆。龙的心事只有凤凰才知道，美丽的孔雀和金黄色雄狮相会了。到这时，新娘的头几乎缩到脖子里去了。

卡拉的脸像火烧一样。她跑出门外，来到黑龙江边。乌和奈的心里像敲着鼓，也跑出屋，来到江边。后来卡拉鼓起勇气告诉乌和奈，自己就是溪卧吐汗的小女儿卡拉，是被姐姐骗了，才没能嫁给他。

乌和奈听了，把他真正的妻子紧紧抱在怀里。

那假新娘就投江了。乌和奈领着美丽的妻子，回到了家乡。许多蝴蝶来欢迎他们，许多蜻蜓来迎接他们，白鹤从树林中飞出来欢迎。小白兔、小黑兔在欢呼；蝴蝶献上美丽的鲜花；蜜蜂献上甜蜜的美酒；野雉也出来跳舞。

卡拉和乌和奈戴着耀眼的珠冠，披着彩虹似的绸带，在人们的欢呼中举行了婚礼。乌和奈的口弦又重新响起来了。

北斗七星

从前，彝家有个好猎手，他能光着脚底板撵老虎，赤手空拳打豹子。当然，最难得的还是这人有颗善良的心。走遍附近九岭十八寨，只要是穷人，都得到过他的帮助，都吃过他送来的兽肉。

有一天，天热得像火烤一样，猎手仍然上山去打猎。跑了几座山，他渴得口里冒烟，就找水喝，找遍山山洼洼，也没有找到水，只找到了一个又红又鲜的野果子。正当他张口要吃果子时，身后传来了一阵呻吟声。原来是一个老奶奶，口渴得倒在地上直哼哼。猎手舔了舔干裂的嘴唇，把果子给了这个不相识的老奶奶。然后，又背着这个老奶奶，送她回家去。

天上有六个仙女，她们拨开云雾，看到了这个情景，很受感动。小妹悄悄爱上了这个善良的猎手。她下到了凡间，变成一朵生在路边的灵芝。猎手看到这朵灵芝，忙把它采下来带回了家。

第二天，猎手睡醒了，一睁开眼睛，看见自己身旁睡着个俊俏的小媳妇。

从此，这个猎手和小仙女成了一家人，男耕女织，日子过得像吃甘蔗蘸蜂蜜一样甜。

一年后，仙女生了个儿子，取名叫拉普。

拉普刚满一岁，玉皇大帝查知小仙女私自逃下了人间，就把她收回去了。

仙女走后，拉普长大了，去读书，别的同学取笑他，叫他"没娘"。

拉普在学堂里受了气，回家来哭着向参要娘。猎手答不出来，只是暗自掉眼泪。

拉普去问老师。老师翻开天书一看，知道他是仙女的儿子，就告诉他：某月某日，有六只天鹅在天山上的天池里洗澡，第六只就是你妈。

拉普照老师的指点，果然找到了妈妈。他一把抱住了妈妈，痛哭起来，妈妈也哭了。别的仙女化成了天鹅在空中盘旋，催小妹快走。小仙女没法，对儿子说："今天，我没法带你走，过几天，我会想法带你走的。"又问拉普是谁告诉他来这里的。拉普说是老师说的。仙女点点头，给了他三个葫芦，叫他回去时摇着第一个葫芦走，见了老师送他第二个葫芦，回到家里再打开第三个葫芦。

拉普下山时，边走边摇着第一个葫芦，葫芦里不断飞出些花花绿绿的东西。到了山下，他回头一望，葫芦里飞出来的东西变成了花草树木，长满了地面，使他再也找不到上山的路了。见了老师，拉普把葫芦交给老师，老师拉开塞子，葫芦里喷出火来，把老师的天书烧得一干二净。从此，地上的人就再也无人知晓天上的事了。

拉普回到家，打开第三个葫芦，从里面倒出来一颗金瓜子。拉普把它种到地里，地里长出了棵瓜秧，瓜秧出奇的壮实，长呀长呀，瓜藤长到了天上,拉普便顺藤爬上去找他娘。

现在,每当晴朗的夜晚,我们抬头就可以看见,北方的天空中,有六颗明亮的星星,就是天上的六个仙女。稍远一点,还有一颗小星星,那就是爬藤上天去找娘的拉普。彝家人叫它"拉普星",又叫它"没娘星"。

阿凡提故事三则

死期比国王早两天

有一次,阿凡提和国王宠爱的一位大臣开玩笑,说他明天就要死了。谁知第二天,那个大臣不小心从马上摔了下来,真的死了。国王知道了这件事,非常生气,马上派人把阿凡提抓来,怒气冲冲地喝问:"阿凡提,你既然知道我心爱的大臣的死期,那你也一定知道自己什么时候会死了?马上把你自己的死期告诉我,要是说不上来,我现在就要杀死你!"

阿凡提看了一眼国王和他身旁凶恶的刽子手,慢条斯理地说:"我当然知道了!按照真主的旨意,我的死期就在您死的前两天啊!"

国王一听,生怕杀了阿凡提,自己的死期也会跟着到来,不但把他放了,还在心里希望阿凡提活的时间越长越好。

饭香和钱响

一天,阿凡提路过一家饭馆,看见一群人正围在饭馆门前吵嚷。

阿凡提挤进人堆一看,原来是饭馆的老板正揪住一个穷人厮打。阿凡提挡住了老板,问:"这人怎么了?你为什么要打他?"

"正好,你给评评理吧!"饭馆老板气势汹汹地说,"这穷光蛋在我的饭馆门口站了足有半个时辰,把我的饭菜的香味儿都给闻去了。他闻了我的香味儿,转身就要走,却不付给我钱。你说说,阿凡提啊,难道世界上竟有这么便宜的事情吗?他最少也得付给我十个铜钱吧!"

"说得有道理。"阿凡提说,"他闻了你饭菜的香味儿,理当向你付钱。"

"可我什么东西也没有吃他的呀！再说我身上一个铜钱也没有哇！"穷人叫苦说。

"没有关系，"阿凡提说，"我来替你付钱好了！"

说着，阿凡提取出自己的钱袋，一边掏钱一边对饭馆老板说："我这儿正好有钱。"

饭馆老板笑得眼睛眯成了一条缝儿，伸手就要接钱。

"慢着！"阿凡提一把揪住他的耳朵，把钱袋放在他耳边抖了几下，只听见铜钱在钱袋里叮当作响。

"听见我的铜钱的响声了吧？"阿凡提问。

"听到了！听到了！"饭馆老板回答说。

"那好，他闻了你的饭菜的香味儿，你听到了我的钱的响声，咱们的账两清了。"

说完，阿凡提拉着那个穷人扬长而去。

金钱和正义

一天，国王问阿凡提："阿凡提，要是把两样东西放在你的面前，一边是金钱，一边是正义，你到底需要哪一样啊？"

"我当然需要金钱。"阿凡提回答说。

"阿凡提啊！金钱容易得到，正义可是不容易找到的啊？"国王说，"要是我呀，一定要正义而不要金钱。"

"我的陛下，谁没有什么就需要什么啊！"阿凡提告诉国王，"我需要的东西是我没有的，而您需要的东西正是您所没有的呀！"

叉鱼能手莫日根

从前，赫哲族人中有一位名叫莫日根的叉鱼能手。他的邻居中有一个青年小伙子，要他教给自己叉鱼，莫日根没有推辞，很爽快地答应了下来。

一天,莫日根扛着鱼叉叫上那个邻居一块儿到江边去叉鱼。小伙子非常高兴地拿上鱼叉、背上桦皮船,乐呵呵地走出了自家的地窨子。莫日根他们两人各划一只桦皮船,一前一后,向叉鱼的地方划去。

快到地方了,怕鱼被划船的水声惊走,他们便换上小划子划到鱼的近旁。后面的小伙子刚看到前边水面上发出圆圆的波纹,莫日根已经把叉举起,只听"唰"的一声,鱼叉已叉入水中。鱼还没有提出水面,莫日根便兴奋地喊道:"快来,叉住大鲤鱼了!"小伙子怔住了,问:"鱼还没提出水面,你怎么就知道是鲤鱼呢?"莫日根笑着说:"咱们先用它做生鱼片,然后我们一边吃一边说,我再详详细细地告诉你。"

莫日根用刀把鲤鱼脊背上的肉,片成薄薄的片,两人大吃起来。

莫日根一边吃着生鱼片,一边向小伙子传授说:"鲤鱼是吃草根的鱼。当它吃草根时,鱼身倒立在水中,尾巴朝上,头朝下,这时水面上便会出现圆圆的波纹,有时尾巴还会露出水面。刚才水面上出现的就是这种圆形波纹,这就是为什么不把鱼提出水面,我也知道叉住的是一条鲤鱼的原因。"

小伙子打心眼里佩服莫日根。他们吃完生鱼片,又叉了一会儿,便回去了。

晚上,小伙子又来到莫日根家里,他本想当着莫日根老婆的面,夸夸莫日根的叉鱼本领。可是一进门,只见他老婆正数落他呢。原来莫日根的老婆嫌他叉的鱼皮子上留下了鱼叉的眼儿,做衣服太费事。小伙子惊讶地想:没有叉眼,怎么能叉着鱼呢?他心中暗暗责怪莫日根的老婆太挑剔了。可是他转过脸去看莫日根时,发现莫日根竟没有生气,反而心平气和地问他老婆说:"那你说往哪儿叉呢?"他老婆想了想,说:"最好叉在鱼头上分水鳍的中间。"莫日根一口答应下来:"这有什么难的,以后我一定每叉都叉在那个地方。"这话使小伙子吃惊不小,他心中暗想:就算你莫日根本事大,也不可能每叉都叉在分水鳍的中间啊,这话也说得太口满了吧。

第二天,那个小伙子又同莫日根一道下河叉鱼。只见莫日根一连叉了三四尾鱼,果真全叉在分水鳍的中间,真把那小伙子给惊呆了。

从此,他天天都跟着莫日根学叉鱼,很快也成了一名叉鱼的好手。

田螺姑娘

从前,有一个穷苦的农夫,孤单单地住在一间破草房里。当他出去劳动的时候,家里空空的,很少有人到他这里来。

一天晚上,他拿着火把,到水田里捡田螺。他捡到了一个很大很大的田螺。拿回家把它养在水缸里,每天换水的时候他总要俯在水缸边上看它半天。他喜爱这个大田螺,宁愿挨饿也舍不得吃它。

过了一些日子以后,有一天,他从田里劳动回来,开门一看,发现饭已经做好了。他觉得很奇怪,心想:谁这么好心眼儿,会替我做饭呢?

第二天,快到做饭的时候,他回家后,发现又有人把饭给做好了。农夫越发感到奇怪,就跑去问邻居,邻居都说没有帮他做饭。

他想出了一个办法来,假装到田里干活,然后躲在门外边等着,想看看到底是什么人帮他做饭。结果,农夫从门缝里看见一个漂亮的女人从水缸里出来,走到灶边点火做饭。原来是田螺变成的姑娘为他做的饭啊。

农夫推门走进屋去。田螺姑娘没想到他会在这个时候回来,也来不及回到水缸里去了,就红着脸说:"因为你待我太好了,为了报答你的恩情,我才来帮你做饭的。"

从此以后,两人成了恩爱的夫妻,男的在田里种庄稼,女的在家里纺棉花、做饭和缝补衣服。

可是,那个农夫太爱他的妻子了,一刻都不想离开,就是到地里干活,不一会儿就要跑回家去看看他妻子。妻子见丈夫老来回跑,就对他说:"你为什么老跑回来,这样的话要到什么时候才能干完活呢?"

丈夫回答说:"因为我在田里干活,心里老想着你,干不下去,所以一会儿就得回来看看你。"

妻子便笑了笑说:"原来是这样,那好办啊。我画一张自己的像,你把它带到田里去,可以随时看看,就不必老往家跑了。"

说完,妻子就动手画像,让丈夫随身带着,什么时候想念自己了,就拿出来看看。

农夫真的把画像带到田里去。他把画像夹在一根竹竿头上,插在自己的面前,一边锄着禾苗,一边看着画像。这个办法果然很好,农夫再也不用老往家里跑了。

就这样,小两口儿小日子过得恩恩爱爱、快快活活。

天有不测风云。一天,忽然起了暴风,把竹竿上的画像给刮跑了。农夫追了上去,可是风刮得太猛,眨眼间像不见了。农夫心里很是着急,但也没办法,只好回家把这件事情告诉了妻子。

那张画像被风刮着,一直刮到很远的地方才落了下来,被皇帝的一个侍从捡到了。侍从看到画像上的女人像天仙一样的美丽,立刻把画像送给了皇帝。皇帝一看到这个美女的画像,连饭都不想吃了。他从来也没有看见过这样的美人。他想:这样漂亮的女人,能给自己做老婆该是多么幸福啊!于是,皇帝立刻下令,让侍从们马上到各处去寻找,把那画像上的女人送进皇宫。侍从们都不敢怠慢,每人拿着一根打狗棍子,挨庄挨户查寻。他们每到一处,就一边叫嚷一边搜索,闹得天翻地覆、鸡犬不宁。

一天,他们在那个农夫家里,发现了画像上的漂亮女人,侍从们喜出望外,就七手八脚地把她拉出来,带到皇帝那里。

皇帝一看真的是画像上的漂亮女人,心中非常高兴,就重赏了侍从们。从此,那个农夫心爱的妻子,就成了皇帝的老婆。皇帝得到了这个女子,心里有说不出的快乐。可是,美中不足的是那个女子自从进宫以后,一天到晚总是皱着眉头、噘着嘴,很少露出笑容。

农夫从田里回来,发现妻子不在家中,饭也没人做,为他缝补的破衣服也都原封不动地摆在那里。他在家里等着,等了好久,没见妻子回来。农夫着急了,就跑到邻居家去问,邻居也不知道。他又回到屋里四处寻找,水缸里空空的,妻子的耳环和首饰都整整齐齐地放在桌子上。人到哪里去了呢?农夫到处去找,就是找不到。

日子一天天过去,农夫每天都在思念着妻子,活儿干不下去,饭也吃不下去。一天一月一年地过去了,总是不见妻子回来。

没有办法生活,农夫只好把妻子的首饰拿出去变卖。

他进了京城,来到一座华丽的宫殿门口,大声叫喊着卖首饰。

这时,从屋里走出一个女人,农夫一看,便立刻认出是自己的妻子。

女人也认出卖首饰的人就是自己日夜思念的丈夫,悲喜交集。她把首饰拿在手里看了又看,心中想着计策。她在丈夫耳边低声说了几句话,然后回到宫中笑着对皇帝说:"我很喜欢这些首饰。"皇帝看见女子由于喜欢这些首饰笑了,就问那个卖首饰的人要多少钱。

卖首饰的人回答说:"我不稀罕你的黄金白银,只需要一把长而宽的快刀。有这样一把刀,我就把这些首饰给你们。"卖首饰的人一边说着一边用手比量着。

皇帝说:"这很容易。"说着就进屋里拿出一把刀来,交给卖首饰的人。

卖首饰的人接过刀来就对皇帝说:"很好,我就需要这样一把刀。现在首饰归你们,刀归我了。"

皇帝听了,低下头去拿首饰。

这时,卖首饰的人一拳便把皇帝打倒在地,趁势一刀把他的头砍了下来。

皇帝死了,那个农夫和他的田螺妻子走出皇宫,欢欢乐乐回家去了。

青稞种子

古代有一个名叫阿初的王子。他聪明、勇敢、善良,为了让人们吃上粮食,他决心到蛇王那里去讨青稞种子。

他带着二十个武士,骑上骏马,不畏艰难险阻,翻过一座大山,又是一座大山,渡过一条大河,又是一条大河。

阿初王子身边的战士,有的被毒蛇咬死了,有的被猛兽吃掉了,有的被野人杀害了。当翻过九十九座大山,渡过九十九条大河之后,就剩下阿初王子一人一骑了。但是,阿初王子毫不退缩,继续前进。

在山神的帮助下,阿初王子终于从蛇王那里盗来了青稞种子,可是,不幸被蛇王发现了。蛇王既吝啬又凶狠,罚他变成了一只狗,只有当他得到一个姑娘的爱情时,才能恢复人形。

后来,这只狗果然获得一个土司三姑娘的爱情,又恢复了人身。由于他们的辛勤播种和耕耘,大地上长满了青稞。人们从此吃上了用黄灿灿的

青稞做成的香喷喷的糌粑。

因为人们当初只看见一只狗撒下青稞种子,地上便长出了像黄金一样的粮食,还以为是狗神给他们带来的青稞。于是,为了感谢狗神,人们便在每年收割完青稞之后,在开始吃新青稞做成的糌粑时,先要捏出第一团糌粑来给狗吃。

松赞干布迎娶文成公主

藏王松赞干布是个英明有为的赞普,他仰慕唐朝,又听说太宗皇帝有一位贞淑美丽的女儿文成公主,便想求娶来做妃子。于是他派出聪明能干的大臣噶尔东赞率领求婚使团,前往唐的都城长安请婚。

不料,同时还有波斯、霍尔、格萨和印度等国也都派出使团前来求娶文成公主。各处的求婚使节都希望能迎回贤惠的文成公主做自己国王的王妃，这使唐太宗非常为难。他为了公平合理，就决定让婚使们比赛智慧，谁胜利了，便可迎娶公主。

于是，展开了一连串比巧斗智的场面，唐太宗先下令给了使臣们一颗九曲明珠和一条丝带，叫他们把柔软的丝带穿过明珠的九曲孔眼。其他使臣抢先接去，千方百计，可是怎么也穿不过去。

这时，噶尔东赞坐在一棵大树下想主意，偶然发现一只大蚂蚁，便灵机一动，将一根丝线的一头系在蚂蚁腰上，另一头系紧丝带的一端。在九曲孔眼的一边抹上蜂蜜，把蚂蚁放进另一边，蚂蚁闻到蜂蜜的香味，便带着丝线，曲曲弯弯爬去。爬了一阵丝线忽然不动了，原来蚂蚁太累了，在半道休息呐。噶尔挺着急，忙顺着孔眼往里慢慢吹气。这时，蚂蚁也歇过来了，便借助吹气的力量，很顺利地从那边爬出来。由于拉着丝线爬弯弯曲曲的路，特别费劲，所以蚂蚁的腰都给勒得细细的了。噶尔东赞见蚂蚁爬出来，高兴极了，赶紧抓住丝线，慢慢拉扯，把丝带也拉过来，穿在明珠上了。

噶尔胜利了。接着又开始了第二场比赛。这时，皇帝叫人牵了一百匹母马和一百匹马驹来，让婚使们分辨出哪匹母马是哪匹马驹的母亲。各位婚使轮流辨认，有的按毛色分，有的照老幼配，有的以高矮比。但是，都弄错。最后，轮到噶尔东赞了，他把母马和马驹分开关着，在一天之中，只给马驹料吃，不给它们水喝。第二天，他把马驹放到母马群中。马驹都急急忙忙地找到自己的妈妈去吃奶。于是，马驹妈妈被噶尔分辨出来了。

第三次比赛是认鸡。有一百只母鸡和几百只小鸡，请婚使们指出哪些小鸡是哪只母鸡孵的。这件事又把其他婚使难住了，谁也指认不清。噶尔便把鸡群赶到广场上，撒了很多酒糟，母鸡一见吃食，就"咯咯"地呼唤小鸡来吃，这时大多数小鸡都跑到自己妈妈的颈下啄食去了。但是还有一些顽皮的小鸡，不听母鸡呼唤，各自东奔西跑地去抢食。于是噶尔一边学着鹞鹰的叫声，一边大声喊道："鹞鹰来了！抓小鸡了！"鸡娃听见，以为真的，便都急忙钻到自己妈妈张开的翅膀下藏起来。霎时，广场上一片寂静，只见老母鸡护卫着各自的小鸡，警戒地向四周巡视着，准备抵抗侵袭者。真是一幅奇妙的景象，大家见了，都很佩服噶尔的智慧。

后来，又经过识木、宰羊揉皮饮酒、赴宴择路回店等等比试，也都被噶尔东赞以超人的智谋获得胜利。最后，在汉族老人的帮助下，从五百个穿着打扮一样的美女中指认出文成公主,终于完成了迎亲使命。

文成公主带着汉族的文明前往西藏,成为历史上"汉藏联姻"的佳话。

修建拉萨大昭寺

西藏拉萨原本是一片湖泊沼泽。

到了松赞干布时期,他的尼泊尔妃子赤尊公主想修建佛殿,便选好地方,打下地基,开始修建。不料白天修起来的,一到夜晚,就被鬼神全部拆毁,踪影全无。

反复数次,赤尊公主才悟到应该勘察地形风水。她素知汉妃文成公主擅长此道,便派女仆去向文成公主请教。文成公主详细地分析了西藏各地的地形地貌,并指明须在哪些地方建寺,教以修筑方法说:"要用白绵羊从彭域驮土来,填平湖泊以做基地,在原来的湖泊之处修盖佛寺。"但是,女仆把公主的话有的记错了,有的忘记了。回去对赤尊公主说:"让山羊驮土,填平湖泊!"赤尊公主照此办理,倒进土去,湖里全变成了泥水,根本填不上。

赤尊公主怀疑文成公主存心捉弄她,便去对松赞干布王说了。松赞干布说:"我祈问一下本尊佛吧!"于是向佛上供祈祷,请求指明如何修庙。只见佛像右脚的大拇指放出一道光芒,没入卧塘湖中。

第二天清早,赤尊公主骑马在前领路,松赞策马在后相随,二人到了卧塘湖畔。国王松赞摘下手上的戒指说:"这只戒指落到哪里,便在哪里修佛寺!"说罢将戒指向天空抛去,落下来时,恰恰掉进湖中。赤尊公主心中想道,国王是和文成公主商量好了来捉弄自己的,因而难过得泪水盈眶。国王看了说道:"公主是不会忌妒的,这我知道。你就在这里修佛寺吧,我来帮助你!"赤尊公主听了大喜说:"遵命照办!"

接下来,松赞王命令尼泊尔石匠从桑朴地方运来石头,加工后,让大臣们往湖心扔,在湖心中堆成一座四方形的石碉堡。然后架上长木,铺以木板,盖住湖面,从龙宫取来金刚泥,涂在所有的木料上,使木料不怕浸泡,不易腐烂,好像金刚钻一样结实。再在上面铺上铜砖,熔铜汁灌缝接紧。然后铺上砖、木板、石板、沙子和好土，弄得和平地一样。

接着，国王又下令："吐蕃众百姓都要来帮助修建我的佛殿。"随后，吐蕃百姓为修佛殿而从各地集中到拉萨来动工兴建。在修建过程中，有时狂风呼啸、飞沙走石，有时大雨倾盆、寒冷异常，有时浓雾弥漫、天地茫茫。但是，工地上总是发出叮叮当当的干活声和雄浑整齐的号子声，大家都在紧张地劳动着。这时，松赞干布王也分化成五百个化身，亲自指挥着他们在大殿里劳动，致使女仆前来送饭时，找不出哪个是真正的国王来。

一次，当木工、雕刻、油漆等活刚做完毕时，已经太阳落山，天色傍晚。大臣噶尔说："天空乌云密布、电闪雷鸣，要下大雨了，怕木料上刚刷的油漆被冲掉，应该快点盖好！"说完，就敲起干活的大鼓来，这时，刚歇下的百姓便连忙把牦牛毛布集中起来，跑去遮盖。等到达时，只见木料已被松赞王的化身盖好，百姓们便把天窗盖好回去了。

佛殿修好了，就是大昭寺，落成之日，歌舞欢庆，热闹非常。

密 洛 陀

相传在天地混沌的远古时代，有一座名叫"密洛陀"的大山。

这座大山不断移动，经过九百九十五年，突然发生一声巨响，山肚里爆出了一位密洛陀女神。

这位女神最先做的一件事是，用神仙师傅的雨帽来造了天，然后采集很多种子来撒播，使山上地上长出花草树木和五谷。

接着，密洛陀想找个好地方造人类。她先派四个"爬地"的去找：第一次派聋猪去，聋猪出去只顾拱土吃蚯蚓，没完成任务，密洛陀用棍子打着了它的耳朵，从此它耳朵聋了。第二次派野猪去，野猪出去只顾找红薯吃，没完成任务，密洛陀把一筐火灰泼过去，从此野猪一身灰溜溜的。第三次派狗熊去，狗熊出去只顾找蚂蚁吃，没完成任务，密洛陀用蓝靛水泼它，狗熊染了一身黑。第四次派麝去，麝出去贪吃青草，也没完成任务，密洛陀抓起一根燃烧的柴火掷过去，正中麝的肚皮，烧起了一个泡泡（即香腺结成的块状物）。

四个"爬地"的都没完成任务,密洛陀又派四个"飞天"的出去找。第一个是啄木鸟,它出去只顾找虫吃,吃饱就回来,密洛陀顺手抓起花背带打过去,贴在背上,从此,啄木鸟的背是花的。第二个是长尾鸟,它出去找丝瓜吃,没完成任务,密洛陀顺手就射一箭,正好射中尾巴,至今长尾鸟的尾巴还夹着长长的箭杆。第三个是乌鸦,它出去见到火烧山,就找被烧死的东西吃,全身都被熏黑了。它回来说:没找到地方。发怒的密洛陀往它嘴里塞了一颗石头,乌鸦痛得"呀呀"直叫。第四个是老鹰,老鹰飞上高空,盘来旋去地侦察,终于找到了一块好地方。老鹰回来请密洛陀去看,密洛陀很满意。

地方找到了,密洛陀决定用蜜蜂蛹造人,她用蜂蛹炼了三天三夜,然后放到箱子里密封九个月,蜂蛹变成了人类,地上开始热闹起来了。

白龙掌印

相传,苍山十八溪有十八条巨龙,每条龙各自掌管着一条溪。龙溪的大黑龙有一颗金铸的掌龙印,成了群龙之首。大黑龙凶恶乖张、残暴荒淫、一手遮天,其他的龙都不得不顺从它。每年大理坝子庄稼成熟时,它就挥舞掌龙印,叫群龙大发洪水,把坝子里的庄稼、田地、农舍冲坏,所以人们恨死大黑龙了,想除掉它。

莫残溪里的小白龙,性情善良勇敢。它见大黑龙危害百姓,十分气愤,老想着把大黑龙的大印弄到手,好制服大黑龙,让坝子风调雨顺、五谷丰登。

小白龙知道大黑龙的妻子阿兰,原是一农家夫妇的独生女,被大黑龙抢去为妻。她不愿过龙宫花天酒地的生活,日夜思念父母。小白龙便经常给大黑龙送龙袍,给阿兰送龙衣,逐渐取得了大黑龙的欢心,赢得了阿兰的好感。阿兰见小白龙英俊豪爽,既有本事,又体贴自己,对它产生了爱慕之情。小白龙也觉得阿兰是善良美丽的女子,也爱上了她。

一天,趁大黑龙不在家,小白龙和阿兰商量好,等大黑龙回来由阿兰把它灌醉,从它脖子上拿走金印,双双腾空飞去。大黑龙醒来,发现金印被偷,急得在地上乱翻乱滚,弄得龙宫柱歪墙裂,摇摇欲坠。为追回阿兰,它大发洪水,冲得整个坝子不得安宁。小白龙和阿兰从上空见大黑龙兴妖作怪,一起飞向大黑龙,把金印凌空砸向大黑龙,砸得它瘫倒在地,然后将它镇在龙溪之中。

制服了大黑龙,小白龙和阿兰一起回家看望父母。父母为他俩举行婚礼,一家团圆。从此,大理风调雨顺,年年丰收,白族人民过上了好日子。为感谢小白龙,村民们在莫残溪边建了一座白龙将军庙,岁岁祭奠,以纪念小白龙的功劳。

望 夫 云

南诏王有个美丽、善良的公主,公子王孙争相求亲,她都不称心。

一年春天,公主在绕山林盛会结识了玉局峰的年轻猎人,但父王已将公主嫁给大将军,择定吉日成亲。公主得到喜鹊帮助,把消息告知猎人。猎人在苍山神的帮助下,月夜飞入王宫,把公主带到玉局峰,在一个岩洞内成了亲。

南诏王派人四处寻找公主,但不见踪影。

海东罗荃寺高僧罗荃法师告知南诏王,他用神灯照见猎人和公主住在玉局峰,并派乌鸦去通报公主,要她快快回宫,不然,他即以大雪封锁苍山,把她和猎人双双冻死。

公主说她死也要跟猎人在一起,罗荃法师即用大雪封锁了苍山。

为度严寒,猎人迎着暴风雪,飞入罗荃寺盗出冬暖夏凉的七宝袈裟。

当猎人飞回至洱海上空时,罗荃法师追赶上来,口念咒语,用蒲团把猎人打入海底,化为一只石骡子。

公主得知消息,忧愤而死,化为一朵白云,忽起忽落,好像在向洱海深处探望。

此时,洱海上空也有白云飘浮,两朵白云互相呼应,狂风大作,掀起巨浪,吹开海水,现出石骡,风才止息。

青蛙恋月亮

太阳和月亮是两兄妹,跟金青蛙一起住在天宫里。

太阳哥哥热情奔放,每天都骑着一辆金车,从东到西,将自己的金色阳光送给人间;月亮妹妹容貌俊美,每到晚上就骑上银车,也是从东到西,将她自己的银光送给人间。但由于月亮妹妹很害羞,只是每月十四、十五、十六这三天才把头露出来,天上的神和地上的人也只能在这三天看到她的全部容貌。

居住在天宫里的金青蛙早就爱上了月亮妹妹,但他一来感到自己的相貌太丑,怕众神讥笑,二来又怕月亮的哥哥太阳责骂他,因而只是悄悄思恋,不敢去接近月亮妹妹。后来金青蛙终于想出了个办法,即在月亮全露出她的面貌时,金青蛙便用自己的手袖遮住月亮的银光,悄悄地躲在月亮身边,跟月亮谈情说爱。但是,月亮怕太阳哥哥看见,不敢多谈,过了一会儿,便赶快从金青蛙旁边走开。

从这以后,每年金青蛙都要悄悄地去找月亮谈情,因而每年都会发生月食。

雀 姑 娘

远古时候,茫茫森林里有一种人首鸟身的神鸟,称雀姑娘。

雀姑娘会讲人话,经常到人居住的坝子边缘洗澡。

一天,一个青年猎人进山打猎,在深箐的泉水边遇到七只雀姑娘,她们的面部跟人的容貌一样,身上却长满羽毛,还有一双美丽的翅膀。青年猎人越看越爱,不忍心伤害她们,他用绳子结成扣子,想捉一只回家,但未捉到,雀姑娘飞走了。

第二天,猎人又来到原来的地方,未见到雀姑娘,却听到一阵悲惨叫声。青年猎人在森林到处搜索,突然发现一个凶恶的妖精拔下它的头发,织成大网,罩住了七只雀姑娘。雀姑娘正在网里挣扎,跟凶恶的妖精搏斗。猎人急忙上前帮助,杀死了妖精,救出了七只雀姑娘。

后来,其中一只雀姑娘跟猎人结为夫妻,并生下许多儿女。她的这些儿女,跟雀姑娘一样,会在树枝上搭窝棚,会用树叶织成衣裳,会像鸟一样唱歌跳舞。

孔雀公主

远古时候,辽阔的森林里居住着一群美丽的孔雀,她们是一群可爱可亲的、善歌善舞的精灵,世世代代都跟森林里的千禽百兽和平相处,这些森林居民也都喜欢跟孔雀交朋友,尤其喜欢她们跳舞,只要孔雀一跳起舞,整个森林的居民都会围过来,到处一片欢腾。

有一天,不知从哪里来了两个恶魔,宣布这个辽阔的森林是它们的属地,所有的居民都要由它们统治。同时,恶魔发现孔雀王国的公主长得美丽可爱,便要娶孔雀公主做它的"王后"。

顿时,整个森林都陷入恐怖之中,有的还痛哭流涕,因为他们知道恶魔要吃掉他们,同时又为公主的不幸而伤心。

可是公主却装出十分高兴的样子,说要迎接恶魔到孔雀王国的宫殿里与她成婚。恶魔信以为真,就跟着孔雀去了。孔雀公主边走边跳边飞,还不时催着恶魔快走。恶魔追得气喘吁吁,忽然大叫一声,原来在森林的边缘,有块沼泽地、烂泥塘,孔雀公主把恶魔引到这里,恶魔立刻陷入泥沼之中,被污泥吞没了。森林里的居民们都感激公主。

从此,森林里平安无事了,孔雀公主唱歌跳舞,居民们欢声笑语,森林里一片欢乐祥和的景象。

蛤蟆灵丹

相传,很久以前,尕布拉山下住着一位孤儿尤素福,他是伊玛目诺颜的阿素赤(牧羊人)。有一天,他从苍鹰巨爪下救活一只蛤蟆,并与其成为朋友。

后来,尤素福不慎丢失两只大羯羊,蛤蟆告诉他,羯羊是被通天村的古黑乌斯曼偷去的,让他赶快逃走,否则也会没命,并从嘴里吐出一个灵丹,让他带上。

尤素福在逃跑的路上,先后用蛤蟆灵丹救活了一匹大红马、一条彩蛇和将死的古黑乌斯曼。

可是,被尤素福救了性命的乌斯曼又起歹心,夺走了大红马和蛤蟆灵丹,并把尤素福推进了湖里。

蛤蟆救起了尤素福,大彩蛇告诉他,康通国王的公主被蛇咬伤,国王贴出告示,谁能救活公主,就招婿、封官。彩蛇交给尤素福能治蛇毒的特效药,让他去治好公主。

尤素福带着药来到康通城,治好了公主的蛇伤,并被招为驸马。

当举行婚礼时,古黑乌斯曼捧着金光闪闪的蛤蟆灵丹准备献给国王,谋个一官半职。尤素福认出了他,并揭露了他的罪恶,国王处死了他,使国家得以安宁。

白羽飞衣

相传从前有位姑娘,名叫法吐蔓,从小失去了亲娘。

后娘心肠很坏。在她十三岁时,后娘把她卖给了一个黑胡子男人当妻子,约定三天后驮人。

正在法吐蔓忧愁、伤心之际,一群白鸽子把身上的羽毛留给了她。

在娶亲那天,法吐蔓用羽毛缝制了衣服,变成了一个鸽子,逃出了魔掌。

好心的茶馆掌柜收留了她,法吐蔓过得非常快乐。

不料,有一天,她后娘和黑胡子男人找到了茶馆,准备把她带走。机智的茶馆掌柜用铁壶(魔壶)给他们泡了茶。他们喝了茶后,立即变成了一双烟熏色的小鸟儿,飞到树枝上叽叽喳喳叫道:"回去!回去!死丫头!"

直到如今,我们还可以看到这种丑鸟,人们管它叫"寻人雀"。据说,鸽子最恨这种鸟,一见到它们就去追赶。

金璧讨歌舞

古时候侗家族人不会唱歌,日子过得像煮菜不放盐,清淡无味。听说天上有歌堂,仙女们经常唱歌跳舞,大家就派金璧上天去讨歌。

金璧来到天上,看见许多仙女正在踩歌堂唱歌。天上的歌舞很多,金璧样样都想学,学得流连忘返。

天上一天地上就是一个月。金璧学了七天,地上的人就等了七个月。大家又派相金、相银和苗家后生古赛去找金璧。他们来到天上,看见金璧正在学习歌舞,就说:"快些回去吧,地上的人等久了。"

金璧和他们去找歌师讨歌。歌师听了很喜欢,要他们找管事的。管事的老人说:"要歌可以,要拿三百两银子修鼓楼,就可随便拿。"他们付了银子,得了很多歌。刚出鼓楼,歌本撒了一地,他们又用包头帕捆好;来到天门边又被狂风吹散了,他们从天上找到地上都没有找到。

他们找到大河深潭边,看见水中有闪光的东西,猜想是歌,就请水獭帮忙去要来。水獭说:"你们准我到田里吃鱼,我就去要。"水獭钻到潭底把歌要上来,他们才高高兴兴地捧着歌回家。

古时候侗家族也没有"确"(即歌舞),大家公推金璧上天去买"确"。金璧来到天上,看见神仙们"确"得很好,看得着了迷忘记回来。后又派相金、相银和苗家后生古赛去找。

他们得了"确",回到仙界岭,古赛被摔死,芦笙被摔坏,"确"也没有了。金璧回来告诉大家,大家很痛心,决定分头去找"确"。大家在水獭的帮助下,找到了一些"确"。

芦笙摔坏了,人们就动手仿做,先用竹簧吹不响,后来用角簧吹得又不好听,再用铜簧吹出来声音就好听了;用一种芦笙吹声音太单调,用大大小小的各种芦笙一起吹声音就格外的好听了。

布农人射日

太古时,天有二日,人间酷热。一对夫妻正在田中劳作,孩子被太阳晒死,丈夫悲愤难抑,便率队出征伐日。

他们携带着粟穗,沿途播种柑橘种子,跋山涉水,抵达了太阳出没的地方,挽弓射日,一箭射中一个太阳的右眼。受伤的太阳伸出巨掌抓人,他们从其手指缝隙里逃生;太阳用脚踩踏,他们又从脚趾缝里溜掉。后来,太阳在手上吐唾沫,把他们粘住了。

太阳责备人类无辜射伤它,人类则诉说两个太阳涂炭人间的行为。

后来,双方握手言和。一个太阳受了箭伤,流血不止,变为月亮夜间照耀。飞溅天宇的血点化作无数星辰。人类送布给太阳包扎伤眼,同时答应新月和满月时举行"月祭"。另一个太阳因同伴受伤,吓昏在山谷,天地顿时黑暗。人们摸黑行走,投石问路,无意间击中山羊犄角,山羊一声尖叫,把昏迷的太阳惊醒,又重新从山谷爬上了天宇。

从此,有了日月星辰、昼夜交替,沿袭至今。人世间五谷丰登,人类子孙繁衍众多。

北斗星神话

相传,北斗星原本是世间的北斗神。

北斗神有个漂亮的女儿被一个叫"巧力潘"(柯尔克孜神话中启明星的名字)的青年拐走了,他受不了被人从眼皮底下拐走女儿的奇耻大辱,生气地去追巧力潘和自己的女儿。

小伙子和姑娘在北斗神的紧紧追逐下,跑得筋疲力尽,眼看就要被追上了。这时巧力潘让北斗神的女儿变成一颗星星升上天空,接着,他自己也变成一颗明亮的星星跟了上去。

北斗神见此情况更为生气,却又无可奈何,只得也变成一颗星到天空继续追赶巧力潘和自己的女儿。可是直到如今,也不知过了多少年,他还是没有追上他们,反倒使自己从北斗神变成了北斗星。

月亮中的巫婆

传说,月亮上有个巫婆,总想每天能吃一个人间的生灵。

巫婆的险恶用心很快被月神知道了,于是月神给巫婆一麻袋沙子,让她一粒粒数清,并告诉她,只有数清了沙子,才能到人间随心所欲,尽情享受。但是每当巫婆快要数清那一麻袋沙子时,总有燕子飞来把她数好的沙子弄乱,使她总也无法数清。吃人心切的巫婆,为了达到下凡享乐的目的,不得不一遍又一遍地重新开始数。

日久天长,巫婆就变成了我们看到的在月亮上那副弯腰驼背的姿态——她还在那里一粒一粒地数着沙子。

猴子变人

远古之时,天空没有日月星辰,大地上没有一个人影。天地间浩浩渺渺,不分昼夜。

天神欲建一人的世界,遂遣他的侍臣神猴江求深巴和侍女扎深木降临大地,并授旨使其结为夫妻。

扎深木所生许多儿女,均是猴子模样。于是,天神赐给他们"天铁"石斧和鸡爪谷、青稞、玉米等粮食种子,教给他们狩猎和种植;后又教给他们说话和用火。有了火,他们学会了煮熟食物。喜熟食的猴子渐渐脱掉身上的长毛,尾巴也都缩了回去,变成了人。

从此,人的世界诞生。

鼓舞由来

苗族在很久以前人口众多,苗民遍布山岭、坪坝。

后来,专门吃人的魔鬼加嘎加尼,来到五溪苗家居住的十二个溪洞(吉峒)。九大层山九大层岭的男人,被加嘎加尼吃了,只剩下一大层山一大层岭的男人;九大层平地九大层坪坝的女人,被加嘎加尼吃了,只剩一大层平地一大层坪坝的女人。

苗人为了生存,一大层山一大层岭的男人和一大层平地一大层坪坝的女人,都联合起来,驱赶吃人的魔鬼,加嘎加尼被团团围住,终于把魔鬼打死了。

人们愤恨地剥起魔鬼的皮来蒙鼓,用魔鬼的四大骨做鼓把,兴高采烈地击鼓跳起鼓舞来。后来,苗家用杀牛来庆贺杀魔的胜利,用牛皮蒙鼓,击鼓欢舞,并以姓氏、村寨建造鼓堂。

太 子 坟

很早以前,龙山山寨上住着一户姓王的羌人,家里只有母子两人。儿子叫谷之太,聪明能干,从小就担负起家庭生活的担子。因他勤劳孝顺,龙山布瓦寨一带的羌民都喜欢他。

王谷之太十四岁那年,好几个月没有下雨,土地干得起灰,青苗全部枯黄,庄稼颗粒无收,各寨羌民靠卖工、卖柴维持生活。穷人没有粮食,只得用山萝卜和野菜充饥。但是,可恶的土司勾结官府,派兵到各寨去收粮逼租,把羌民的牛羊牲口全抢走了,逼得羌民走投无路。羌民们一面向官府要求缓期交租,一面准备抗租,并修筑抵御官府兵匪的碉楼房屋。

王谷之太是广大羌族人民的代表,各羌寨组织抗租抗粮的领头人都拥护他为总首领。在抗暴斗争中,他得到天神白石神的指点和弓箭。他手挽神弓,一箭射中京城皇宫里的宝座,吓得皇帝魂不附体。然而,他后来还是被官府残酷地谋杀了,但他不畏强暴的精神,却鼓舞着羌族人民进行斗争。

羌族崇拜天神阿爸木比塔,认为王谷之太是天神之子,故尊称他为"太子",把他埋葬在汶川县龙山之巅,名曰"太子坟"。

钟郎和蓝娘

相传,在很早以前,人们过着安居乐业的生活。

后来,有一只大水鹰,吸干了地面上的水;一条大火龙,吸干了地面上的火,使人们没水没火地居住在黑暗的世界上。

有一对畲族的青年夫妻,男的叫钟郎,女的叫蓝娘,他们看到人们在黑暗中生活,听到人们凄惨的哭声,心中十分难过。为了解除人们的苦难,他俩商定:钟郎去找火;蓝娘去找水。

于是,他们爬山越岭、长途跋涉,历尽千辛万苦,去寻找水与火。

后来,钟郎降服了火龙,火龙把火吐出来;蓝娘降服了水鹰,水鹰把水吐出来。从此,人们又有了水与火。

钟郎为了找妻子,骑着火龙,奔向西方;蓝娘为了找丈夫,骑着水鹰,飞向东方。但是,当钟郎由东向西走的时候,也正是蓝娘由西往东走的时候,两人始终没有见面。高辛王的三公主知道这件事之后,就封钟郎为日神,封蓝娘为月神,还给他们安排了相会的时日。

钟郎和蓝娘就是如今天空中的太阳和月亮。

石 神 宝

传说水家地方有匹石神马,护佑当地人民。但是,凡骑马由此经过,都须经石神马允许,否则马匹就会跪倒不动。贪婪的皇帝想把石神马抢走,派出了大批官兵差役来搜寻。可是,水家人帮助石神马躲藏起来。差役无奈,只在石神马山下捡些奇形怪状的石块带回宫交差。皇帝恼羞成怒,杀了差役解恨,谁知这些石块顿时生出烈焰,把皇宫烧毁了。皇帝不死心,亲自领兵来征讨石神马。这下,石神马不再躲藏,皇帝的马也瘫倒在其脚下。皇上跳上石神马背要制服它,结果被摔死在乱石山中。

慕士塔格的传说

被称为"冰山之父"的慕士塔格,终年积雪、冰川高悬、晶莹耀目、景色壮丽。然而在很久以前,慕士塔格山本没有冰雪,而是一个繁花似锦的人间仙境。

山下住着一个勇敢的塔吉克青年鲁斯塔木,他爱上了一位姑娘。为了爱情,他必须上山去采一种奇异的花朵。

他爬了九天九夜,终于爬上山顶。山顶上,守护神花的仙女恰巧睡着了,他赶紧折了一束红花、一束白花,尔后,转身下山。当他下到半山腰时,仙女醒了,见他采去了神花,便令老雕和大熊去把神花夺回去。但是,老雕和大熊都被鲁斯塔木击败了。

最后,仙女自己变成一个狰狞的巨人,挡住了鲁斯塔木的去路。鲁斯塔木知道自己不是仙女的对手,便说:"我是为了所爱的人来采花的,你如果不放我过去,我就从悬崖上跳下去。"仙女被人间这种诚挚的爱情感动了,于是允许他将花带到人间。

但是,善良的仙女因此触犯了天条,受天惩罚,被永远固定在山顶。她为那对情侣感到高兴,也为自己的不幸而痛苦流泪。年复一年,她的眼泪结成了厚厚的坚冰,覆盖了巍峨的山峰。山上那皑皑白雪和冰川,便是仙女在痛苦中熬白了的长发。

塔吉克人至今仍对慕士塔格顶礼膜拜,每日向它祈祷:"托您的福,愿您佑助我们。"送亲友上路时也说"愿慕士塔格与你同在",意即"愿慕士塔格保佑你"。

雪的神话

以前,天上飘下的不是雪,而是雪白的面粉。人们什么事也不用做,就靠这现成的面粉过日子,过得非常舒坦。

但是,人们对这种舒坦的日子不但不满足,反去破坏神所创造的安逸。他们随意糟蹋面粉,四处抛撒。

一天,一个老大妈正在做面片,恰巧她的孙子在一旁拉了屎,大妈随手扯下一块面来给孙子擦屁股。这事使真主非常愤怒,马上将正在下着的面变成了雪。

从此,人类失去了不劳而获的福禄,一下子就断绝了食物,只得望天乞求哀号。仁慈的真主看到这种景况,又从天上降下一颗粮食种子,让人们进行艰苦的耕作。

据说,现在人们经过辛辛苦苦的劳动而获得的粮食,正是那时祈求后,真主降下的那颗粮食种子所产生的奇迹,下雪的原因也在于此。

祖哈克与魔鬼

在人类诞生之后不久,有一位贤明的塔吉克帝王,名叫哈玉尔马里。他执政五百年后,由于毒蛇作怪,魔鬼当道,帝王与民众一同遭劫,整个世界沉入黑暗之中,没有光明、没有火种,人们就生活在这黑暗的世界上。

哈玉尔马里之孙胡香发明了火种,教民众用火烧肉做饭,教民众牧放牛羊。但是,魔鬼不准他用火。于是胡香便率领民众与魔鬼争斗,最后,胡香终于战胜了魔鬼,保住了火种。

到了加木西德大帝时,民众学会了穿衣戴帽,国泰民安,的确是个美好的年代。然而,民众受到魔鬼的蛊惑,推翻了加木西德,由祖哈克取而代之。

祖哈克即位后,即与魔鬼媾和,拥抱中魔鬼吻了他的肩头,结果祖哈克的双肩长出了两条毒蛇,这两条毒蛇日夜折磨着他。魔鬼企图借此来消灭人类,以达到灭绝火种的目的。魔鬼对祖哈克说:"只要你每天给毒蛇喂两只人脑,它们就不会咬你了。"

从此,民众就遭了殃。祖哈克杀死了铁匠卡维的十七个孩子,用他们来喂养毒蛇。当他要杀害铁匠的第十八个孩子时,卡维忍无可忍,奋起反抗,以铁匠围裙为旗帜,揭竿而起,向祖哈克宣战,并且杀死了祖哈克,拥戴加木西德的儿子法力东为王。

一枚金币

古时候有一个部落首领贪婪成性。他到处聚集和积攒金银财宝,希望死后能把这些珍宝带到来世去。为了聚敛更多的钱财,首领向全部落发出诏告:无论何人,只要交上一枚金币就可以和首领的女儿谈情说爱。

当时,有个寡妇,只生有一个儿子,心里特别疼爱。她这个儿子,看到头人的女儿姿色美丽、容貌出众,便一心思念,特别爱慕。然而,因为家中没有钱财,自己无法前去交往。

儿子由于思念首领的女儿而生了病,身体消瘦、气息微弱。母亲问儿子:"你得了什么病,怎么成了这个样子?"

儿子完全说出了自己的心病,并对母亲说:"我若不能同她交往,必死无疑。"

母亲对儿子说:"现在所有的一切钱财宝物,都被首领搜刮去了,到哪里去寻得金币呢?"母亲再三地思考,告诉儿子说:"你父亲死的时候,嘴里含着一枚金币。你若能挖开坟墓,就可以得到那枚金币,你就用那钱去与她交往吧。"

儿子立即听从母亲的话,去掘开父亲的坟墓,扒开嘴取出了金币。他拿着那枚金币去找首领的女儿。这时,首领的女儿便把这个人和金钱都送到首领那里。首领看完以后,对这个人说:"国内的金钱财宝,一点儿都没有了,除了我仓库里的。你究竟在哪里得到的这枚金币呢?你现在一定是得到了地下埋藏的宝物了吧?"

经过种种严刑拷打,这个人终于说出了这枚金币的出处。这个人向首领说:"我确实没有得到地下埋藏的财宝。我母亲告诉我:父亲死时,曾将一枚金钱放在嘴里。我挖开坟墓去取,所以得到这枚金币。"

首领派人到坟前检验真假,派去的人到了那里,果然发现死父嘴里放钱的地方,首领这时才相信这人的话是真的。

首领听完这些情况以后,自己细心考虑:我以前聚集一切财宝,原来是希望把这些宝物带到来世去。那个人的父亲连一枚金钱都没能带走,何况我这么多财宝!

张古老做天　李古老做地
衣罗娘娘造人

相传洪荒时代,天地挨得很近,大地一片混沌、一片雾罩茫茫,四季不分、日夜不分。一天,墨特巴大神叫来张古老、李古老,对他们说:"无天无地,不成世界,张古老,你造个天吧!李古老,你造个地吧!"

他俩答应了。

张古老搬来五色石头补天,忙了七天七夜,天补得平平展展了。李古老瞌睡还没有醒,张古老喊不醒他,只好在南天门擂起天鼓,把李古老惊醒。李打了个哈欠,揉揉眼睛:"哎呀,张古老把天做好了。"他慌忙用脚在地上一画,成了一条河;双手将地一捏,成了一座山;用棒棒往地上一捅,变成了一个个天坑和溶洞,地上坑坑洼洼、高低不平,这就是李古老毛手毛脚造成的。

张古老、李古老把天地做成后,凡间没有人,空空荡荡的。

有一天墨特巴大神对张古老说:"你做个人吧!"张古老做了五天五夜,人的脑袋、手脚、耳鼻口眼都做了,只是没有屙屎尿的,站着不会走路,睡着不会出气,张古老做人没有成功。墨特巴大神又对李古老说:"李古老,你做个人吧!"李古老做了六天六夜,人的脑袋、手脚,耳眼口鼻都做了,屙屎尿的做了,只是没有肚脐,站着不会走路,睡着不会出气,李古老做人没有做成。

墨特巴大神对衣罗娘娘说:"娘娘,你做个人吧!"娘娘做了三天三夜。用葫芦做脑袋,脑袋上捅了七个眼,耳鼻、口、眼都有了。用竹子做骨架、用荷叶做肝肺、用豇豆做肠子,做了屙屎屙尿的,又捅了一个肚脐眼,衣罗娘娘吹了一口仙气,睡着有气了,站着能走了,衣罗娘娘做人做成了。

雍尼和补所

古时候,有个老太太生了七个儿子和一个女儿。大哥叫齐力,二哥叫蛮力,三哥叫长脚,四哥叫长手,五哥叫沙卡,六哥叫猛卡,七哥叫补所,妹妹叫雍尼。

老娘害了三年六个月的病,只想吃到天上的雷公肉,死也心甘。六个哥哥本领高强,经常云游天下。对于老娘的愿望哥哥们说:"这容易,我们就将雷公捉来。"

他们立即修一新屋,屋上盖着杉木皮,屋下挖了一个大坑,还做了一个大铁柜,蒸了三石六斗小米,倒在坪场用脚踩踏。

雷公看见凡间人糟蹋粮食,便放出火电,下起大雨,一下飞到兄弟们的新屋上,哪知一不小心,一下从树皮上滑到土坑里,被几个哥哥抓住了,大家七手八脚把雷公关进了一个铁柜。老娘见了,身上的疾病减了一半。

几个哥哥外出购买油盐佐料,叫雍尼和补所看守雷公,并叫他们不要让雷公接触水火。

雷公在雍尼和补所面前痛哭,将他俩的心肠哭软了,给了雷公一碗水和一颗火星。

雷公得了水火,阴水起、阳火发,一声巨雷,将铁柜炸开,逃得活命。

雷公到天上向墨特巴大神报告在凡间受辱的经过。墨特巴大神要张古老、李古老将天地翻了,压死可恶的凡间之人。可是张古老、李古老说,只能做一次天地,不能做二次了。

墨特巴大神对雷公说:"有仇报仇,有冤报冤。你把天河水放干,涨齐天大水,把凡人淹没吧。"

这时衣罗娘娘对雷公说:"有人捉了你,也有人救了你,有仇报仇,有恩报恩啊!"

这话提醒了雷公,他想到了雍尼和补所,于是叫燕子给兄妹俩送去了葫芦种子。

葫芦种子种到地里。一天两天就发芽,三天四天就牵藤结瓜,五天六天就长到箩筐大。待到兄妹俩躲进葫芦时,倾盆大雨一直下了七天七夜,大地被淹没了,人们被淹死了,只有雍尼和补所得救了。

天界主持婚姻的神土义图介对他们两人说:"世上没有人,你们去成亲,做个人种吧。"兄妹俩不答应,土义图介通过滚磨子、丢竹子、烧烟子、绕山转等许多周折,最后合天意,在一棵古老的大李树下兄妹俩成了亲。不久,妹妹生下一个肉坨,他们照衣罗娘娘的话,把肉坨砍成一百二十块,背上墨龙坡,和上沙撒出去的,成了客家汉人;和上泥巴撒出去的,成了土家人;和上树苗撒出去成了苗家人。

从此,四处炊烟袅袅,到处都有人了,而且越来越多。

牛王下界

牛王本是天将,力大无穷,心地善良,在墨特巴大神跟前陪驾,得到了他的信任。

有一天他陪墨特巴大神在南天门外观景,看到凡人一个个饿得面黄肌瘦,实在过意不去,就对墨特巴大神说:"你可怜凡人,给他们一点粮食吧!"

墨特巴大神说:"好哇,让他们三天吃一餐吧!"牛王给凡人送去了粮食,并叫凡人一天吃三餐,大家吃得胖胖的。

那时种粮不要施肥除草,大家闲着没事干,吃饱了敲锅子唱山歌,吵得墨特巴大神心里烦躁,对牛王说:"你到庄稼地里撒些草种,让凡人有事做,走三步撒一把吧!"

谁知牛王又听错了,走一步撒三把,这一下庄稼地里全是草。于是凡人又咒骂,骂墨特巴害人不浅。

墨特巴大神听到了,又把牛王找来,说:"又是你老牛把事做坏了,谁叫你走一步撒三把呢!地里的草太多,锄也锄不完,你下界去吃吧,等到地上的青草吃光了,你再回到天上来吧!"

从此牛王被贬下凡间,老老实实地帮农民耕田种地,嘴里一把一把地吃青草。

因为他自己做错了事,所以他老老实实地为人们做好事。

人从石洞里出来

天和地是达利吉神和达路安神创造的。

最初,天像癞蛤蟆的背脊,疙疙瘩瘩,很难看。达利吉神用巴掌不断磨天,才把天磨得光滑明亮。达利吉神此时又在天上安了太阳和月亮。天地刚造好时,天和地是用一根藤条拴在一起的,后来,达利吉神和达路安神用巨斧砍断了藤条,天地从此分开。

最大的神木依吉创造了动植物和人类,并将人放在石洞中。小米雀将石洞啄开,老鼠设计把蹲在洞口的豹子引开,人才从石洞中走出来了。最先从洞中走出来的是佤族,以后依次是拉祜族、傣族、汉族及其他民族。

人刚从洞中出来时,不会说话、种粮食,与各种禽兽生活在一起。人们只能吃土、吃兽肉。后来,人过河时洗了脸,就会说话了,便向木依吉神要谷种。

木依吉神将谷种放在水底,人和野兽均无法取到。是蛇潜入水中,取到了谷种,人类才学会砍树割草,开始种粮食。当人见到岩燕筑巢,也学着做,才有了房子住。

人又向神求火,先让猫头鹰去求火,没有求到;又让萤火虫去求,萤火虫求到了,却没有学到取火的方法。最后蚱蜢从雷神那里学到了取火的方法,教人摩擦取火。

人从石洞里出来时,没有文字,木依吉神拿了一张写着字的牛皮给佤族;拿着一片写着字的芭蕉叶给拉祜族;拿一片刻着字的贝叶给傣族;拿一张写着字的纸给汉族,说:"我给你们各自的文字,要好好保存。"

后来,在一次饥荒时,佤族将牛皮烧着吃了,从此佤族只得靠记忆。一次,拉祜族撵麂子到江边,用芭蕉叶搭窝棚,不料雨水将芭蕉叶淋坏了,一些字变得模糊不清。傣族的贝叶和汉族的纸保存得好,文字就流传下来了。

人逐渐多起来后,人们就请格雷诺和格利比两人来当领导。格雷诺是男子,格利比是女子,他俩结了婚。那时,女人比男人先懂得道理,男人要听女人的话。格利比创造了道理,从此有了兄弟、男女之序。

后来,女人不愿当管事了,便让男人来管事。但男人有不懂的事,还得向女人请教。

树 生 子

维吾尔人祖先居住的土拉河与色楞格河交汇的地方,并排长着两棵大树。

一天,树中间冒出一个土丘,一道亮光从天而降,照在土丘上。从此,土丘慢慢长大了。维吾尔人怀着敬畏虔诚的心情走近时,听到一种像唱歌一样美妙悦耳的声音,而且总有一道天光照射在土丘周围。

后来,土丘裂开了,中间有五个帐篷似的内室,每间室内都坐着一个孩子。部落首领们以为他们是神,都来顶礼膜拜。孩子遇到空气后,慢慢长大了,走出内室。人们把他们交给乳母喂养。

当他们会说话时,一开口就询问父母是谁。人们把他们带到两棵大树前,告诉他们是大树的儿子。孩子们跪在树下祝祷,大树发出人的声音:"品德高贵的孩子们,希望你们常到这儿来,尽儿子的孝道。祝你们长命百岁,名垂千古。"

这五个孩子中最小的一个叫不可的斤,因为长得英俊秀美,才智出众,又懂得各族的语言文字,被拥立为汗王。神还赐给不可的斤汗王通晓各国语言的乌鸦,帮助汗王了解国情、传递信息。

天神与大地

天神造了天和地,也造了人,同时,每年撒下雪白的面粉供人类食用,使其生息繁衍。

大地下面有一神牛,力大无比。它用一只角支撑大地,累了便换另一只角。轮换时,便引起大地的震动。

天上的太阳是男性,月亮是女性,两者相爱,时常幽会,并拥抱交欢;天上有一只天狗,老想着吞吃太阳和月亮。这样,便形成了日食和月食。人们想让太阳和月亮循规蹈矩,并且赶跑吞吃太阳、月亮的天狗,于是,每当日食或月食时,纷纷使劲敲响盆罐。

天狗野心勃勃,最终被天神贬至人间,而人则因面粉自天而降可以不劳而获,从而变得好逸恶劳、随意挥霍,被天狗告知了天神,受到惩罚。天神不再向大地撒面粉而代之以白雪,使人们饥寒交迫,不得不种植庄稼,自食其力。

天神还规定每餐必先给狗,人则吃残汤剩饭。可是,当天神派遣天狗将此话转告世人时,忘乎所以的天狗在返回人间途中被芨芨草绊了一跤,竟将吃饭顺序前后颠倒为每餐必先给人,狗吃残汤剩饭了。

后来,天狗虽然悔恨不已,却也没有办法改变事实了。它只好把怨气撒在芨芨草身上,从此以后,每当见到芨芨草,便抬起一条后腿往上面拉屎撒尿。

太阳妹和月亮哥

古老年代,人世间不分白天黑夜,一片黑暗。人们白天看不见做活,夜晚看不见走路。

天上一位善良的神仙奶奶怜悯人们,要给人们分开白天和黑夜,便叫她的孙子、孙女一个变化成太阳,白天照耀大地,给人们带来温暖;一个变化成月亮,夜晚照亮大地,便于人们走夜路。孙子、孙女两个也都同意了。但是说到由谁变太阳由谁变月亮时,孙女提出,夜晚她害怕,不敢一个人出来;白天呢,她怕羞,害怕人家看她。

神仙奶奶听了孙女的话,就对孙子说:"你胆子大,变化成月亮,晚上出去,照亮大地。"她又拿出一包针递给孙女说:"你胆子小,变化成太阳,白天出去;你又怕羞,不愿意让别人看你,带着这包针吧!谁看你就用针刺谁的眼睛。"结果,人们看太阳便觉得眼睛像针戳一样的疼。

从此,太阳妹和月亮哥,一个白天出来,一个夜晚出来,轮流照耀人间。

三 兄 弟

古时有三兄弟,老大叫夺艾,老二叫夺哩,老三叫夺勒。

三兄弟长大后分手各自去学艺谋生。夺艾找到神鸟黑夺只,在林中学养鸟,学会了鸟语;夺哩找到植物神西夺只,在林中学采草药,获得了一包不死药;夺勒找到山神亨夺方,同她学搓草索,获得一根缩地筋。

三年过去,三兄弟团聚了。他们便凭借各自的本领,到处搭救遭难的人民。

途中,他们还救活了一只死去的虎、一只狗和一只鹰。三兄弟领着虎、狗和鹰,又救活了三个姐妹的死去的爹妈,三姐妹便与三兄弟成了亲。

后来,三兄弟出门去了,三姐妹的爹妈拿出夺哩的不死药来晒。太阳和月亮看见不死药,就全偷走了一半。

三兄弟回家来得知这事,就决心上天要回不死药。他们打了一把长梯子搭到天上。随后,他们先把虎和狗放到了太阳和月亮上。就在这时,梯子脚被蚂蚁啃断,梯子倒了。

虎和狗天天咬太阳和月亮。但因太阳和月亮吃了不死药,永远不会死,日日夜夜挂在天上。而地上的不死药却因此而断了根,所以地上的人和动物死后无药可救,再不能起死回生了。

子居鸟与火把节

很久以前,天上有个名叫苏曲约里的神和一个名叫苏洛乌日卓的神,奉天神恩体古兹之命,经常到人间征收牲畜家禽,激起人民的反抗。

一年,苏洛乌日卓来到人间收猪收鸡,且要惩罚吾吾。吾吾一气之下,把苏洛乌日卓杀死了,把尸首藏在一棵空心树里。

这事被花脸雀发现,告诉了多话的子居鸟。

天神恩体古兹久不见苏洛乌日卓回天,便派雨去查访,雨从子居鸟处打听到了苏洛乌日卓的下落,回报了恩体古兹。

恩体古兹大怒,派人到天地相接的德布阿尔家查问,没有查出是谁杀死的。恩体古兹又派人到地上查问,也未查出来。

恩体古兹认定苏洛乌日卓是被地上人杀死的,就放下天虫到地上吃人的庄稼。人们眼看庄稼被糟蹋,便相互约定举起火把烧天虫。火把举了三天三夜,烧天虫也烧了三天三夜,终于烧死了天虫,保护了庄稼。后来,人们就把这一天定为"火把节"。

眼 珠 儿

很久以前,有一对恩爱夫妻,丈夫是勤劳的牧人,妻子贤惠善良,有一双非常美丽的眼睛。邻居们称赞这对夫妻是从天而降的一对白天鹅。

后来,部落酋长为霸占牧人的妻子,阴谋杀害了牧人。妻子毅然挖掉了自己的眼珠儿,使部落酋长的阴谋未能得逞。

妻子失去了丈夫和双眼,孤身一人,瞎摸着乞讨,常常误入荒漠。在十分危难之时,她家的小狗找到了主人,引着主人走出荒漠,成为主人的得力助手。

一天,小狗引主人到一座破旧的寺庙里过夜。第二天清早,主人突然重见光明,小狗的双眼珠却长在自己的眼眶里。主人正在为小狗悲伤之时,突然觉得腹内疼痛,接着,生下了一个男孩儿。为着自己的眼珠儿失而复得,也为着有救命之恩的小狗失去了眼珠儿,母亲给孩子起名"戈尧斯"(裕固语"戈尧斯"意为眼珠儿)。

戈尧斯成长为英俊的小伙子后,替父母报仇雪恨,在武艺超群的神箭姑娘的帮助下,处决了恶贯满盈的部落酋长。

后来,戈尧斯与神箭姑娘结为夫妻,双双回到母亲身边。

此时,母亲的一双眼睛又显得那样明亮。

"天湖"纳木错

从前,有一位美丽、健壮的牧民姑娘,长年累月地在藏北的草原上放牧。有一天晚上,她梦见从念青唐古拉山上走下来一个穿白衣、戴白帽、骑白马的英俊男子,前来和她幽会。不久,她生下一个男孩。那孩子很快就长得高大强壮起来,而且力大无穷。

母子俩住的帐篷旁边有一块巨大的岩石,巨岩下有一口与大海相通的水井,任何人也不准搬动那块巨岩,否则后果不堪设想。但是,那孩子的好奇心特别强,想试试自己的力气,就用双手抱住那块岩石,轻轻一晃,那块岩石就被抱了起来。他把石头放在旁边,向自家帐篷走去。忽然间,听到背后水响,回头一看,滔天巨浪直涌过来。他慌忙跑进帐篷,把妈妈背起来就向高山上跑去。他们站在山顶,见水位还在上涨,他妈妈便吩咐他搬山挡水。他从念青唐古拉山的阳坡搬来十八座峰,从阴坡搬来十九座岭,终于挡住了大水,这些峰、岭围起来的水,就成了现在的纳木错。

为了生活,那个男孩又去把山上的一百头野牦牛都赶回来,让妈妈喂养。一次,他妈妈没有留神,结果有五十头野牦牛逃跑了,这就是现今藏北野牦牛的祖先。而没能逃跑的另外五十头野牦牛,后来就繁衍成了现今的家牦牛。

有一次,那个男孩出去放牧,遇到一个穿白衣、戴白帽、骑白马、执白矛的老人,自称是念青唐古拉山神,并说可以满足男孩的一切愿望。说完就把他带到山上的一座用水晶建造的宝库前,库里装满了金银财宝。老人命他闭上眼睛从宝库里抓出三把东西来,说是抓到什么,就送给他什么。那孩子第一把抓出来的是盐;第二把抓出来的是碱;第三把抓出来的是白海螺。他高高兴兴地把这些东西带了回家。

这就是今天纳木错产的盐、碱的来源,而那些白海螺就成了沿湖草原盛产的白绵羊。

在藏语中"纳木"是天的意思,所以纳木错的意思是"天湖"。

洪水滔天

藏族有三兄弟常到坡上垦荒,白天砍的树、挖的地,半夜里都被猪嘴人身的怪物将它拱成了原样。

就这样反复数日,三兄弟终于抓住了怪物,老大、老二要杀掉它,被老三劝阻了。怪物告诉三兄弟:"马上就要天降暴雨,滔天的洪水将要淹没世界。你们要想活命,便应准备好一只公鸡和一根盐棒槌,然后躲入牢实木房中避灾。"怪物私下里还特别嘱咐老三再发洪水时一定要躲到楼房底层的地窖里待着。

暴雨从天而降,淹没了地面上的一切,老大、老二连同什物、牲畜也都被洪水冲走了。后来,躲在地窖里的老三将盐棒槌甩出门外,听到"噗"的一声,知道水还没退;又过了些时间,他将公鸡丢出去,听到了"喔喔喔"的公鸡啼声,知道洪水已经退了。他走出屋外,看见天空挂着红日,满地都是稀泥浆。

老三饿着肚子走了数日,见有一对盲翁盲婆坐在山前,便去偷他们面前摆放的东西吃。而这两位乃是菩萨,他们对老三说:"只有到我们指点你去的一个地方,你方能活命。"说完,让老三随一只鸟儿进了一个山洞。山洞里面有漂亮的房子和鲜美的食物,饥饿了很久的老三美美地饱食了一顿。正吃着,听到有人进来的声音,便躲入了一间屋子。不一会儿,有三位姑娘走进了山洞,看见食物少了,就大声喊叫着要吃东西的人出来。接连喊了三次,老三才回答说:"我赤身裸体的,没穿衣服难以见人。"听完老三的话,只见大姑娘用嘴吹出一丝羊毛,变成一件毛布衣服;二姑娘用嘴吹出一丝羊毛,变成一副腰带;三姑娘用嘴吹出一丝羊毛,变成一双靴子。老三穿戴整齐,受到了三位姑娘的盛筵款待。吃喝完毕,三位姑娘又教授他射箭的技艺。

过了些天,三位姑娘指着山上打架的两头牦牛对老三说:"你若不能将那头黑牦牛射死,就不要再见我们了!"老三张弓搭箭,一箭就射死了那只牦牛。三位姑娘又指着山上的老虎、豹子和龙对老三说:"你若不能将其中一个抓住,就不要再见我们了!"老三立刻跑过去捉住了走在后面的那条龙。三位姑娘又让老三朝着山上的禽兽射箭,他也照办了。结果,那些禽兽在地上跑的成了家畜,跑上山的成了野兽。

后来,三位姑娘交给老三一些粮食,让他交给山神。山神用这些粮食喂养出一些泥巴娃娃。

这些泥巴娃娃就是人的祖先。到现在,只要在人身上一抠一搓还会掉泥屑渣子呢。

北斗星和七姊妹星

天上的北斗星原来是七个男孩；七姊妹星原来是七个女孩。

有一天，七个男孩和七个女孩打赌比赛，看哪一家能在一个夜晚从东方走到西方，能赶在天亮前把全部路程赶完。

七个女孩体弱、胆小，她们天刚黑就走出来，紧紧地挨在一起专心致志地赶路。天刚亮，她们已经走到天的西边，翻山下去了。

七个男孩体质好，认为怎样都能赢过女孩子，天黑了好一阵，他们才慢吞吞地走出来，走得散散漫漫、稀稀拉拉的，一路上又是贪玩，东看看、西逛逛，结果，天都大亮了，他们才走了一半路程。

所以，在天刚放亮时，我们抬头看天，已经找不到七姊妹星了，可是北斗星却还挂在空中。

歌圣刘三妹的传说

刘三妹是江华人，她所居住的村子就叫"三妹村"。三妹村附近的河边，有她的歌台，岭上有她的坟墓，山上还立有纪念她的"三娘庙"。

刘三妹唱歌的名声传到了很远的地方。有一个姓李的和一个姓罗的人，自以为学问渊博，便装满一船歌书，前来和三妹赛歌。

他们来到江华，看见河边有一个姑娘正在洗衣裳，便停下船来打听刘三妹的消息。洗衣裳的姑娘正是刘三妹。见到来人打听自己，刘三妹就顺口唱出一首歌："水里浣纱刘三妹，三层楼门四层阶，琉璃瓦巷是她屋，两位客人何处来？"

刘三妹的意思是想让他们接口赛歌，但这两个人只会死啃书本唱不出来，弄得面红耳赤的。刘三妹就用山歌教训了他们一顿："姓罗不见锣鼓响，姓李不闻李花香；唱歌遇着刘三妹，哪怕歌本用船装。"两个人听了无言对答，便狼狈地开船走了。

有一年，山上发了洪水，刘三妹家的房屋都被淹没了。当时她的父兄都不在家，只剩下她和一个小妹妹两人躲在屋后的高山上烤着篝火过夜。小妹妹偎在她的身旁。刘三妹唱了一首又一首瑶歌，小妹妹听到悦耳动听的歌声就忘掉了可怕的洪水，哼起"拉瓦"的衬音来给姐姐帮腔。

刘三妹的歌声感人动人，很受大家的欢迎，但她的哥哥却是一个十分保守的人。他说刘三妹唱歌耽误干活，还容易招惹是非，就禁止妹妹唱歌。一天，刘三妹和哥哥一道上山干活，一路走来、一路唱歌。哥哥不许她唱，抬手要打她，不料用力过猛，竟把三妹推落悬崖，挂在半崖的古藤上。由于悬崖高陡，无人能救。这时，有个挑纸的人路过崖下，就把所有的纸都垫铺在崖下，让刘三妹松开手朝纸堆上跳。三妹跳下后，还是因为伤势过重而死去了。她的鲜血滴落在纸上，一滴血一首歌，千首万首刘三妹的歌便在瑶族民间流传了下来。

鸳 鸯 石

从前，仫佬山的寨子里有一个名叫勒耶的年轻姑娘，她生得聪明、美丽，心地善良，是仫佬山乡有名的歌手，方圆十里八寨的后生常来和她对歌，向她求婚，可是都被她拒绝了。

农历八月十五是仫佬人的歌节。

那天一大清早，勒耶身穿靛蓝花边衣、下套彩色百褶裙、脚穿鸳鸯白线鞋、头插双龙白银针，打扮得似仙女一般，便和同伴们一起去走坡。后生家们蜂拥而来，纷纷要和她对歌。没等后生们开口，勒耶就大大方方地唱了起来：

  大路不走走山崖，
  干柴不烧烧生柴；
  园中有花你不采，
  为何寻花上山来？

一阵喝彩过后,前面的后生互相推让,人群后面响起了清清亮亮的答唱:

  妹是山中一枝梅,
  哥是蜜蜂花上飞;
  蜜蜂为花飞千里,
  妹上刀山我敢追。

勒耶唱:

  山上飘来哥歌声,
  歌声句句露真情;
  出门远道要问路,
  对歌先问哥姓名。

人们听了,给对歌人让出一条道来,只见一个二十来岁的后生走过来,笑着唱道:

  石榴开花朵朵红,
  辣椒结果吊灯笼;
  我是东寨看牛仔,
  只望阿妹莫嫌穷。

这时,勒耶瞄了他一眼,只见这后生长得身强体壮、英俊朴实,心中十分高兴。她接着唱:

  棒槌吹火不通气,
  有心交情山敢移;
  无缘金山懒得看,
  有缘白手做夫妻。

后来，勒耶打听到后生是东寨的放牛郎，名叫索卜。从此两人便经常一起走坡对歌，一起上山割柴草，互相帮助、相亲相爱。不久，两人便定下了婚约。

勒耶和索卜相爱的事，像春风一样传遍了村村寨寨。老人们都说，他们是天生的一对，地生的一双。可是，也有的人说，勒耶有福不会享，多少富家子弟她不爱，偏偏去爱一个放牛郎。这话很快传到了贪财的勒耶阿妈耳里，她又气又急地说："女儿呀，你是妈心上的肉，俗话讲：嫁给富汉，肉汤泡饭；嫁给穷汉，鼎锅刮烂。婚姻大事由阿妈为你做主！"勒耶听了，羞羞答答地说：

"阿妈呀，强扭的瓜不甜，我心里有谁，谁就是我爱的人……"

阿妈拿她没办法，一气之下便把她关在竹楼里，对她说："如果你不依阿妈，以后再也别想到外面去了。"这样，勒耶无法和索卜见面了。

日子一天天过去了，八月十五歌节又到了。勒耶天天想念索卜，但自己被关在竹楼里，整天打鞋、绣花，多想见到索卜，倾吐心头的痛苦啊！她从窗口望去，仿佛看见了索卜消瘦的面容，不由得伏在窗前暗暗哭泣。

突然，远远传来了索卜的歌声：

混水看石石不清，
浓云遮树树不明；
好久不见妹踪影，
不知为何变了心？

这歌声多么亲切。她抬头向外望去，只见寨前的大榕树下坐着一个熟悉的身影，那不是可怜的索卜吗？想着想着，她亮开了嗓子唱道：

妹是林中金丝鸟，
哥是山中守林人；
如今铁笼锁住妹，
隔山隔水难传情。

索卜听到了勒耶清脆、动听的歌声,知道了勒耶的处境,又是高兴,又是发愁。他发誓要把勒耶救出来,便唱道:

金丝鸟儿你莫愁,
千般事儿哥应酬;
来日逃出铁丝笼,
双双飞上白云头。

勒耶听了,万分高兴,心里想:只要逃了出去,就由不得狠心贪财的阿妈了。

但过了好多天,却不见索卜来,勒耶急得像热锅上的蚂蚁。莫非索卜遭了难?这天夜里,她正坐在竹楼上沉思,突然听到阿妈在堂屋里和人在讲话:"做了东寨老爷的二房……嘻嘻!你们娘俩算是老鼠掉进了米缸喽!那老爷家里吃的是山珍海味,穿的是绫罗绸缎,你这做母亲的也有了靠山啦……老爷说,明日就来接亲……"接着又听见阿妈和那媒婆清点彩礼。勒耶冒了一身冷汗,心里想道:索卜啊,今晚不来救我,阿妹便是阴间的鬼了!等到半夜,她正把一条彩带挂到屋梁上,突然一个人从窗外纵身跳了进来,一把扯下了彩带。勒耶定神一看,来人正是索卜!索卜拉起勒耶的手,两人便从窗口跳墙逃走了。

第二天,东寨寨佬的一帮家丁吹吹打打,抬着轿子,前呼后拥,到中寨来接亲,谁知新娘却不见了。寨佬又气又急,当即下令家丁四处查找。家丁们找遍了山山洞洞,查遍了村村寨寨,都不见勒耶的踪影。

原来,当晚勒耶和索卜逃出来以后,躲到了寨前山上的峭壁岩洞里,第二天寨佬的家丁入寨的情景,他们看得清清楚楚。他俩想:这山是寨佬的山,这地是寨佬的地,哪有我们的活路啊!两人紧紧相抱,坐在岩里发愁。勒耶说:"事到如今,我们生要生在一起,死也死在一块!"就这样,他们一直紧紧地抱在一起。

日子一天天地过去了,这对情人慢慢变成了两块石头。寨上的人对他们忠贞的爱情都十分敬佩,可是狠毒的寨佬却咬牙切齿地说:"死了我也不让你们在一起!"叫家丁带着火药,把岩洞里的两块石头炸得粉碎。石头虽碎了,但人们只要把一颗颗碎石头放到醋里,它们仍然会自己合拢来,紧紧靠在一起,就像一对交颈鸳鸯。于是,人们把它们叫作"鸳鸯石"。

樵夫和河伯

有一天,樵夫到河边去砍柴,不慎将斧子掉在河里。樵夫伤心地痛哭起来。河伯听到了樵夫的哭泣声,便从水中探出头来,樵夫把自己的苦衷告诉了他。他极为同情,便潜回水底。当他又出来时,举着一把金斧子,问樵夫:

"哎,朋友!这把斧子是你的吧?"

"不,"樵夫答道,"不是我的!"

河伯又潜入水中,这次又捞出一把银斧。樵夫看了看,说:

"这也不是我的!"

于是河伯又第三次潜入水中,这次,才把樵夫掉的那把斧子捞了出来。看到了自己的斧子,樵夫心悦神爽,并向河伯诚挚地道了谢。

河伯为樵夫的诚实、憨厚和正直所感动,便把金斧和银斧也赠给了他。

樵夫回家后,向隔壁邻人讲了他所经历的一切。那个邻人向他问清了原委,学樵夫的样子把斧子扔进河里。河伯又潜入河里,他再次探出身子,手里举着一把金斧,问:"你是把这把斧子掉进河里了吗?"

贪婪的邻人,见到这金灿灿的斧子,急不可待地喊着:"是啊,是啊!这就是我的斧子,是我的!"

由于贪婪而失去了理智,他匆匆奔去要夺下这把金斧。就在这时,河伯才明白来者的为人,不但没把金斧给他,连他扔下的铁斧也不去操心了,最后还诅咒了这个说谎人。

贪婪的邻人,一无所得地回到家里来。

天　池

　　从前,有一个专门吃火的妖魔,它走到哪里,就把哪里的火都吃掉。没有火的地方便变成了冰冷的世界。

　　这一年,火魔来到了长白山下,天上的雷火让它吃了,天就不下雨;山上的野火让它吃了,气候就冷了起来。它又要把这一带民间的烟火吃掉,让这里的百姓吃不到熟食,全部冻死。

　　百姓们恨透了这个作恶行孽的火魔,便都组织起来,用雪球冰块打它,因为它最怕这些冰冷的东西。火魔被人们捉住了,捆得死死的,全山下的人都拿起锹镐,把长白山挖进了几百丈深,把火魔深深地埋在山里面。

　　可是那吃火的妖魔并没有死,相反,它在地下吃了很多地下火,变得更厉害了。为了报复,每年到了埋它的日子——七月十五,便用浓烟冲破了山峰,然后把它吃了一年的地下火,全部喷了出来。大火烧毁了山林、花草、鸟雀、野兽,也吞噬了牛羊、田园、村舍。喷过七七四十九天之后,火喷

129

尽了,烟吐完了,才慢慢停止。第二年还是照例地喷烟吐火。

长白山光秃秃的,一切生命几乎都绝灭了。除了喷火的日子,几百里内都能烤死人以外,其余的时间都是滴水成冰,成了寒冷的世界。

人们远远地离开了长白山,活动的范围越来越小。为了生存,这年春天,首领召集了全族的人商量对策。这时,一个年仅十七岁的名叫日吉纳(杜鹃花)的姑娘,走出人群说:"为了百姓的生存,为了夺回我们的宝山,我要请求神灵的帮助,除掉这条火魔!"

人们又是高兴,又是为她担心,最终她的请求得到了批准,人们选出了最快的马给她,全族的人捧着鲜艳的杜鹃花送她。姑娘接过鲜花,骑上快马,飞出了家乡。

人心似箭,马蹄如飞,姑娘跑了很多天,来到了一个高高的山顶,那就是风神住的地方。姑娘勒住马,向风神下拜,说:"请救救我们的民族吧,把长白山的大火吹灭了!"

风神答应了她的请求,便在火魔喷火的日子,在长白山上刮起了山摇地动的大风,谁知火不但没吹灭,而且越来越大了。风神累得张口直喘气,说:"不行啊,姑娘!你去找雨神来帮助吧!"

日吉纳姑娘没有灰心,她又骑着快马奔向大海,见到了雨神。姑娘向雨神恳求说:"请救救我们的民族吧,把长白山的大火浇灭!"

雨神答应了她的请求,便在第二年火魔喷火的日子,在长白山上下起了瓢泼的大雨。可是那雨一落在火上,便化作雾气飞走了,而且火越烧越旺。雨神说:"不行啊,姑娘!你去找雪神来帮助吧!"

日吉纳姑娘没有就此罢休,第三年春天,她又骑着快马向西北的大冰山上跑去。她见到了雪神,向雪神叩头,说:"请救救我们的民族吧,把长白山的大火用冰雪冻灭!"

雪神答应了她的请求,便在第三年火魔喷火的日子,在长白山上下起了冰雪来。可是那冰雪没等落到大火上,就全都溶化了,火照样地喷射着。雪神说:"不行啊,姑娘。你还是求别的神人帮助吧!"

姑娘伤心地哭了,她费尽了千辛万苦,奔走了多少路程,消耗了多少血汗,可是还没有制服火魔。她怎样向她的民族,向她的首领,向她的父母交代呢。

姑娘无计可施了,她骑在马上奔走着、思索着。这天,她在湖边遇到了一只白色的大天鹅。姑娘下了马,向天鹅请求说:"请借给我一双高飞的翅膀吧,我要飞上天庭,去见天帝,请他把长白山的火魔降服!"

天鹅十分同情这位忠诚善良的姑娘,便把自己的一双翅膀借给了日吉纳。姑娘有了一双翅膀,便向高高的天庭飞去,她不知道飞了多少个日日夜夜,钻了多少层云雾,这一天,她终于飞到了天庭。

日吉纳飞到了天庭,见到了天帝。

日吉纳跪在天帝的面前,恳切地请求说:"天帝啊,请救救我们的民族吧,把长白山的火魔降服!"

天帝也很受感动,说:"你就有降服火魔的本领!"

姑娘高兴极了,说:"真的吗?如果我真有这样高的本领,我就把它全部地拿出来!"

天帝说:"你能豁得出吗?"

"什么都可以豁上——我的血、我的汗、我的生命!"姑娘坚定地说。

"好吧,我给你一块最冷最冷的冰,等火魔张口喷火的时候,你就钻进火魔的肚子里,只有把火魔的心冻僵了,才能把它降服,把大火扑灭!"天帝把降服火魔的办法,全部告诉给了姑娘。

日吉纳十分感动,她拜谢了天帝,抱着天帝赐给她的冰块,飞出了天外。

这一年的七月十五,高高的长白山又喷出了浓烟,接着火魔张开了大嘴,把熊熊的大火向高高的天空喷去。

日吉纳怀着对火魔的深仇大恨,急剧地向下飞去。近了,更近了,浓烟熏得她睁不开眼睛,大火烧焦了她的头发。她攒足气力,瞅准了方向,一头扎进了火口,钻进了火魔的肚子里去。

只听天崩地裂的一声巨响,烟住了,火停了,山峰塌了下去。

风神来了,他把满天的浓烟给吹散了。

雨神来了,他用大雨把喷火的山口填满了。

雪神来了,他用冰雪把烧红的山峰给冷却了下来。

穷人和法官

有一天,一个穷苦的人骑着马去旅行。中午,他感到又渴又饿。于是,他就把他的马拴在一棵树上,然后坐下来吃午饭。这时,一个有钱有势的人也来到这个地方,并把自己的马往同一棵树上拴。

"请不要把你的马拴在这棵树上。"穷苦的人说,"我的马还没有驯服,它会踢死你的马呢!"

但是,这个有钱有势的人却回答说:"我想把我的马拴在哪里就拴在哪里!"就这样,他把他的马拴牢后,也坐下来吃午饭。然而,不一会儿,他们就听到了可怕的嘶叫声,并看到两匹马踢咬起来。两个人向马奔去,但已经迟了——有钱有势的人的马已被踢死了。

"看到你的马做的好事了吧!"有钱有势的人咆哮道,"你必须赔我一匹马!"说着,他拉着穷人就去见法官。

法官问穷人:"你的马真踢死他的马了吗?"穷人什么也没回答。接着,法官又对穷人提出了许多问题,穷人还是一字不答。最后法官颓丧地说:"这有什么办法呢?他是个哑巴,不会说话。"

"哦,"有钱有势的人惊奇地喊道,"他可以像你我一样讲话呀!我刚见到他时他还说话来着呢!"

"真的吗?"法官问道,"他说什么啦?"

"当然是真的!"有钱有势的人回答说,"他告诉我,不要把马拴在他拴马的那一棵树上。他的马还没有驯服,如果拴在一起,他的马会踢死我的马的。"

"哎呀!"法官说,"这样说来你是无理的了,因为他事先曾警告过你。因此,现在他是不应该赔偿你的马的。"

这时,法官又转向穷人,问他为什么不回答他的所有问话。

穷人说道:"因为我知道,你宁愿相信有钱有势人的万语千言,也不愿相信穷人的只言片语。同时,我想让他告诉你事情的所有过程。你看,现在你不是已经弄清谁是谁非了吗?"

拇指娃娃

很早以前,有一对老大爷和老大娘。他们没儿没女,因此十分盼望能得个小孩,盼呀盼的,每天早晚都要向神仙祷告:"请赐给我们一个小孩吧,即使是像拇指那么大的小孩也好啊!"

结果,过了一段时间,老大娘果真生下一个拇指大的小男孩。尽管矮小,但总归是个孩子呀,老两口儿悉心抚养着他,爱如掌上明珠。这个孩子很聪明,但老也不见长大,人们都管他叫拇指娃娃。

有一天,拇指娃娃想到京城去见见世面,就对父母说:"爸爸、妈妈,我离开家几天行吗?"

父母听他这样说,吃了一惊,问道:"你想干什么呀?"

"我想上京城去长长见识,开开眼界,学点东西,将来当个有本事的人。"

"是这样呀,行啊!"老两口儿虽然放心不下,但想到拇指娃娃是这般聪明伶俐,还是答应了他的请求。

于是,拇指娃娃带上饭碗和筷子,说了声:"那么,我走了!"就离开了家。

拇指娃娃把饭碗扣在头上当草帽戴,把筷子当作手杖来拄着,还带上一根针用麦秸做鞘插在腰上,就成了护身的刀剑。

他听人说过,沿着河往下游去就能到京城。走了不远,遇见一只蚂蚁,他问蚂蚁道:"蚂蚁大哥,蚂蚁大哥,去河边怎么走?"

蚂蚁回答:"穿过蒲公英小巷,走到笔头菜路的尽头就到了。"

他往前走不远,就看见了蒲公英开花的地方,从那里进小巷再往前走,果然矗立着笔头菜,那儿还流着一条大河。拇指娃娃赶紧摘下了一直当草帽戴的碗,这一回把碗浮在水面上当船坐,把筷子当桨来划。

拇指娃娃刚一上船,碗船就漂流开了,像箭一般飞快地前进,时而骨碌骨碌地打转转,时而随波摇晃,一直向下游流去。漂流的树枝时而差点儿碰着他的碗船,他立即用筷子当桨,一划就闪开了。有一回,有条大鱼游来,几乎把碗船弄翻了,他用这支筷子桨好不容易才拨转船头,险些沉入河底。

漂着漂着,水越流越慢,不一会儿船就靠了岸,京城到了。

一上岸,他又把碗船当草帽戴,把筷桨当拐杖用,把针刀插在了腰上。

拇指娃娃首先去拜访大臣。他来到大臣的高宅大院门口,高声叫唤:"劳驾!有人吗?"

家丁答应:"这就来。"走出来一看,门口一个人也没有。他觉得很奇怪,又走进去了;又有声音说:"有人吗?劳驾!"

家丁又出来一看,还是一个人也没有。他又退回去,可又有声音叫。他更觉得奇怪了,就又出去,提起放在大门口的一双高齿木屐,看到了站在高齿木屐的屐齿之间的拇指娃娃。

"我是拇指娃娃,到京城来想学点本领,请把我收为侯爷的家将吧!"

经他这么一说,家丁立即跑到大臣面前报告:"现在大门口来了一个名叫拇指娃娃的奇怪的小孩,他说他情愿做侯爷的家将。他头戴碗帽,手执筷杖,腰插一根针做宝刀。他的个子只有小指头那么丁点大。"

"哦!"大臣听了,觉得很惊奇,"这可是少见的小孩子,带进来看看!"

于是,家丁对拇指娃娃说:"侯爷有请,请进来!"说着把拇指娃娃捏起放在手心上,带到大臣面前,大臣也用手掌接过来,拿到眼前问:"你就是一寸法师吗?"

拇指娃娃回答:"是呀!您是侯爷吗?初次谒见大人,请您收容我做您的家将吧!"说着他在大臣的掌心上下跪行礼。大家看了都十分喜欢。特别是大臣本人,更是觉得拇指娃娃又好玩,又可爱,爱得不忍释手。

"好的,好的,拇指娃娃,我已接纳你为我的家将啦。"

"是,感谢侯爷大人!"拇指娃娃又在大臣的掌上磕头行礼,大家更是喜欢得很。这时大臣问道:"喂,拇指娃娃,你能做什么?"

拇指娃娃回答说:"我什么都行。"

"那么,你在这儿跳个舞看。"

于是,拇指娃娃在大臣的掌上跳了个"掌上舞"。从此他的名声大振,不仅是府上的人们,就连大臣的亲戚朋友,以及周围近邻也都知道了。这真是精湛娴熟,饶有风趣的舞蹈,拇指娃娃仅仅这么一跳就成了大臣家的红人,谁都想把他留在自己身边,大臣的小姐尤其喜欢他,总是亲昵地叫他"拇指娃娃""拇指娃娃"。

在小姐的桌子上,搭起了一个玩具般的小屋,供拇指娃娃起居生活。姑娘看书时,他就给她一页一页地翻书,要么就在砚台边上像走钢丝那样走着玩,而且几乎每天都陪小姐上清水寺的观音菩萨处参拜。要是跟在小姐后面走,一不小心就会被人或马踩着,还得随时随地预防猫或狗咬。所以小姐经常把他装在和服的袖兜里,或者藏在腰带结口里。

有一天,他躲进小姐的腰带结口里跟着出去,半路上遇着三个鬼,正瞧着他们,鬼鬼祟祟地在说些什么。拇指娃娃想:这是不寻常的事,其中必有缘故。想到这里,他告诉姑娘一声,立即从腰带里跳下来,朝着鬼跑去。因为他个子小,鬼一点儿也没有发觉,还一面指着姑娘的方向,一面议论着。有一只鬼说:"咱们把那儿经过的小姐和她带着的拇指娃娃抓走,好不好?"

另一只鬼说:"可是,看不见拇指娃娃呀?"

第三只鬼说:"嗯,他是个像豆粒那么小的孩子,藏在小姐身上的什么地方呢,不是袖兜里就是怀里。"三只鬼如此这般谈着。

拇指娃娃听到这里,把插在腰间的针刀从麦秸鞘里拔出来。刚好有一只鬼弯起胳膊枕着脑袋,躺在地上谈话,拇指娃娃呀的一声,把刀扎进这只鬼的大眼睛里。这只鬼还以为是什么虫子飞到自己眼前来了,惨叫一声,连忙用两只手掩住眼睛。另外两只鬼看到伙伴这个样子就问道:"怎么啦?怎么回事?"说着他们弯下腰,细看被刺伤眼的鬼的脸孔。

正在这时,拇指娃娃又跳起来,以迅雷不及掩耳之势,把另外两只鬼的四颗眼珠,喳喳喳喳地连扎了四针。鬼实在招架不住,虽然他们力大无比,但眼睛看不见,什么也干不成,只好挥舞着手,用脚乱踢,向空中瞎扑一气,到后来甚至互相又踢又打。有一只鬼号叫:"哎呀!受不了,不得了!"另一只鬼说:"逃跑吧,逃跑吧!"三个鬼你东我西地瞎着眼睛逃命去了。

鬼逃跑以后,拇指娃娃发现有一把小槌子掉在地上,这叫作万能小槌,是鬼的宝物。用这槌子一敲,要什么出来什么,这东西对人来说太有用了。由于鬼慌慌张张逃跑,竟把它忘掉了。拇指娃娃捡起它来,拿到姑娘跟前给她看。姑娘看了,说道:"拇指娃娃,这是万能小槌。用它一敲,要钱有钱,要米有米,想要什么就出来什么!"

拇指娃娃却回答道:"我不要钱,也不要米,只要我的个子快快长大!"

于是,姑娘拿着小槌一面敲,一面说:"长!长!拇指娃娃的个子快快长!"于是,拇指娃娃的个子眼看着就长起来了,成为一个英俊的小伙子。

于是,长大了的拇指娃娃娶了小姐,把老爷爷和老大娘也接到京城,一家人过着安乐祥和的日子。

不 死 山

有一个老头,叫笃郎。他靠编竹篮为生。

一天,东方刚亮,笃郎和往常一样,从竹林里砍回竹子,坐下来干活。突然他听见一个细柔的声音:"你好呀!"

笃郎随口回答了一句"你好",就站起身来,前后左右张望了一番,可是连一个人影也没有。

他又坐下来干活,刚拿一根竹管,想把它劈开,细柔的声音又响了,就像在耳朵旁边:"你好呀!"

笃郎向周围打量一下,还是没见到一个人影。再往竹管里一瞧,原来在竹管里有一个小不点儿的女孩。他把小女孩倒出来,放在手掌上,仔细端详了一阵:是一个挺俊的小妞儿!

"你是从哪里冒出来的呀!为什么只这么一丁点儿呢?"老工匠问。

"我是月宫里诞生的,那儿的女孩子都是这么小,不过我们长得很快;昨天夜里,我到月宫旁边幽静的小路上玩。那里风景非常美,我一时给迷住了,走着,走着,不小心摔了跤,就掉到你们地面上来了。幸亏恰好掉进竹管里,要不然,恐怕要跌碎啦!"

"我该怎么办呢?"笃郎自言自语地说。

"把我收做女儿吧!"小女孩说,"我能帮你编竹篮,帮你烧火做饭,帮你栽花种菜,帮你洗衣衫。"

"好,留下来吧。"老工匠和善地说,"从今天开始。你就是我的小女儿,你的名字就叫山竹子吧!"

山竹子留了下来,和笃郎生活在一起。她手脚勤快,帮老工匠编篮子,洗衣衫。小女孩果然长得很快,她日长夜大,不消几时,就长成一个漂亮的大姑娘了。

离老工匠家不远,有一个铁匠,他是一个快活、健壮的小伙子。年轻的铁匠心灵手巧,他能把金银钢铁,甚至宝石,得心应手地打成各种精巧的艺术品。铁匠整天在铺子里一边干活,一边高兴地唱歌。

有一天,铁匠看见了山竹子,立刻就爱上了她,山竹子也喜欢上了铁匠。

当铁匠和山竹子在说知心话的时候,邻近国度的三位显贵的皇子光临了老工匠的家,第一个走进茅屋的是皇子太郎,他对笃郎说:"把你的女儿山竹子嫁给我!如果你不答应,我就下令把你扔到大海里去喂鱼,明天我来听回音。"

紧跟在他后面来的是皇子仓石,他说:"把你的女儿山竹子嫁给我!如果你不答应,我就下令把你扔到山沟里去喂虎,明天我来听回音。"

最后走进茅屋的是皇子道太,他说:"把你的女儿山竹子嫁给我!如果你不答应,我就下令把你的头砍掉!明天我来听回音。"

"怎么办?"老工匠左思右想,拿不定主意。他愁坏了。

正在这时,山竹子回到家里,笃郎把这一切一五一十地告诉了她。山竹子说:"不要紧。明天我来对付他们。"

第二天早晨,首先来到老工匠家的是皇子太郎,山竹子对他说:"你如果真心实意爱我,我希望你能用行动证明它。印度有一只铁酒杯,它薄得像蜻蜓的翅膀,里面装满了宝石。有个狰狞的妖怪日夜看守着它。如果你真是爱我,那么就用你的勇敢和智慧去把它取回来当作聘礼吧!我等你一百天。"

"一定照办,你等着我的好消息吧!"太郎说着,就告辞了。

太郎在路上遇见了皇子仓石和道太,趾高气扬地对他俩说:"你们来迟了,美人儿山竹子已经答应嫁给我了。"

太郎边走边寻思:"我何苦去找妖怪拼命?要一酒杯钻石,我家里有的是。现在只要请个巧铁匠打一只铁酒杯就行了。"

太郎叫来家仆,吩咐说:"你去找个巧铁匠,替我打一只铁酒杯,要蜻蜓翅膀一样薄,如果他能打得好,我要给他双倍的工钱。"

铁匠整整用了一个月的时间,打好了这只精美无比的酒杯。家仆把酒杯取走,可是没给铁匠工钱。

九十九天过去了。第一百天,皇子太郎穿上礼服,拿着这只装满钻石的铁酒杯,大摇大摆地上笃郎家来了。

他把酒杯献到山竹子裙下,说:"为了得到这个酒杯,我不辞千辛万苦,在大海里劈风斩浪,航行了四十天。第四十一天,我才登上了印度国土。在那里我和看守酒杯的妖怪血战好几天。在你死我活的厮杀中,我好几次险些丧命。由于我无所畏惧,从不退却,终于斩下妖怪的八个头颅,带回了这只装满钻石的酒杯。我把它当作聘礼献给你,依照前约,我们今天就举行婚礼吧!"

这时,门口来了年轻的铁匠,他向皇子太郎施了一礼,说:"尊贵的皇子阁下,你答应过:我替你打好铁酒杯,就付给我双倍的工钱,可是你的家仆一个子儿也没有给我。既然如此,酒杯还应该属于我。"

铁匠把酒杯里的钻石倒在地上,双手捧起酒杯,对山竹子说:"我把它献给你,虽然里面没有装钻石,但是它盛满我对你的深情。"

说完,铁匠又回铺子里去了。

山竹子接过酒杯,贴近自己的胸前,对太郎说:"我不想成为骗子的妻子,请你离开这儿吧!"

太郎羞愧无比,溜出了老工匠的家。

他前脚刚走,就来了皇子仓石。他对山竹子说:"那就嫁给我吧!我又勇敢,又忠实……"

"我倒真想考验一下你。"山竹子打断了仓石的话,说:"海上有座飘浮无定的山。山上有棵奇异的樱桃树,树身是金的,树枝是银的,果实是金刚钻的,三只老虎日夜守卫着它。如果你真是又勇敢、又忠实,那么你就去蓬莱山,带回一根结着金刚钻果实的樱桃枝,给我当聘礼。"

"没问题!你等着吧!一百天以后你就请客人来参加我们的婚礼!"

说着,他就走了。走到路上,仓石的老鼠眼骨碌碌转了转:"我何苦千里跋涉去找什么山呢?只要请一个巧铁匠就解决问题了。"

仓石走进打铁铺,对铁匠说:"你替我打一根樱桃枝,树枝是银的,上面结着金刚钻的果实。事成以后,我付给你三倍的工钱。"

铁匠开工了,三十天双眼未合,一个月炉火不熄。在限定的那一天,皇子仓石来取樱桃枝了。

他一看银光闪闪的樱桃枝,就别提心里有多么高兴了。拿着樱桃树枝,他急急忙忙奔向老工匠的家,而付给铁匠的工钱呢?对不起,早忘到九霄云外去了。

皇子仓石来到老工匠家里,把樱桃枝献到山竹子裙下,说:"为了采折这根无价的樱桃枝,我不畏千难万险,不怕惊涛骇浪,第四十一天,我看到船的正前方浮动着一座高山,高耸入云。我鼓足劲头登山,一直到了山顶,才找到那棵奇异的樱桃树。三只斑斓猛虎看到我,咆哮着,向我猛扑过来。这时,我的心只铭记着你的嘱咐,早把生死置之度外。我抽出利剑,左砍右刺,苦战半日,终于割下了一只老虎的头,砍断了另一只老虎的脚掌,第三只老虎夹着受伤的尾巴逃走了。我就折了一根结钻石果实的樱桃枝,带回来献给你,当作聘礼。依照以前的约定,我们今天就举行婚礼吧!"

这时,门口来了年轻的铁匠,他对皇子仓石施了一礼,说:"尊贵的皇子阁下,你以前许下诺言,我若打成樱桃枝,你就付给我三倍的工钱。可是你忘了,一个子儿也没有给我。既然如此,樱桃枝还应该属于我。"

铁匠双手捧起樱桃枝,对山竹子说:"我把它献给你,表示我对你的深情。"

说完,铁匠又回到铺子里去了。

山竹子接过樱桃枝,贴近自己的心口,对仓石说:"我不想成为骗子的妻子,请你离开这儿吧!"

仓石羞愧难当,连忙溜之大吉了。

他刚刚溜走,就来了皇子道太。他对山竹子说:"那就嫁给我吧!我才是真正的勇士和正人君子……"

"空口无凭,用行动来证明吧!"山竹子截断了道太的话,说:"海的西南面有一个幅员辽阔的国度,它就是中国。在中国东海岸边,有一对金鸟儿,它们只有小指甲那么大,小翅上各有一万根鸿毛。一条十头凶龙日夜看守着它们。如果你是真正的勇士和君子,那么去把这一对金鸟儿取回来做聘礼吧!"

"给我一百天期限,你等我的好消息吧!"道太坚定地回答。

　　这位道太倒真的是比前二位强一些,他果真坐上船驶向中国。海面风平浪静。道太航行了两天,海不扬波。第三天,道太忍不住吹起牛了:"我道太是个货真价实的勇士,无所畏惧,海龙王,它算什么?它碰到我手上,我非割下它的头不可。要拿到一对金鸟儿,易如反掌。"

　　海龙王听到这话大怒。霎时间天昏地暗,狂风掀起恶浪摔过来!道太的船眼看要翻了。

　　道太吓得面无人色,浑身像筛糠似的抖着。他连忙跪下来祷告:"饶恕我吧,龙王。小的愚昧无知,说了错话,饶了我这条狗命吧,我不敢再去想金鸟儿,也不敢再去想山竹子了。"

　　天空中风停云散了,浪涛也平静了下来。但是船却早就被吹转了头,在海上继续航行着。晚上,船靠了岸。山后升起了明月,道太上岸一看,吃了一惊,原来船又回到了出发的地点——山竹子住的村庄。

　　"且慢!"道太犹豫了,"我曾向山竹子夸下海口,要把金鸟儿带回来给她。可是如今怎么向她交代呢?难道去承认这次出丑的航行?"

　　突然,一阵铁锤声把道太从沉思中惊醒:"是铁匠!天还没亮,他就开始干活了。"道太灵机一动:"对,找铁匠去!"

　　"你替我打一对金鸟儿吧!"他吩咐铁匠道:"像小指甲那么大,小翅上要有一万根鸿毛。事成以后,我赏赐给你优厚的工钱,绝不食言!"

　　铁匠手不停锤,炉不熄火。经过三个月的辛苦劳动,终于打好了一对金鸟儿:就像小指甲那么大,每只小翅上有一万根鸿毛。金光闪闪的小鸟站在铁匠手里,就像活的一样,好像马上就要从铁匠手里飞起来一般。

　　金鸟儿刚打好,道太就来了,他急不可耐地从铁匠手里接过这一对金鸟儿,连一句客气话没说,转身就奔山竹子家去了,他把金鸟儿献给山竹子,说:"我完成了你的吩咐,你也应该兑现诺言,我们今天结婚吧!"

　　道太双眼一眨,谎话也就像开了闸的河水一涌而出:"我的船向西航行了四十天,一路上战风斗浪,千辛万苦,第四十一天,我登上了中国的海岸。在那里我看到了一条十头凶龙。经过激烈的血战,终于砍下了它的九个头。正当我挥剑要把它最后一个头砍下来的时候,胆小的龙王跪下来哀求道:'饶了我的命吧,你把金鸟儿带走吧……'"

道太还没有讲完,门口来了年轻的铁匠:"尊敬的道太皇子阁下,我为你打的这一对小金鸟,你答应过给我优厚的报酬,可是你一文钱也没给,你既然不讲信用,那么金鸟儿就应该属于我的。"

铁匠双手捧起金鸟,献给山竹子:"我把这一对金鸟儿献给你,愿我们像这对金鸟,永不分离。"

山竹子激动地站起来,走到铁匠身边,亲热地和他并肩站着,对道太说道:"我不愿意成为胆小鬼和骗子的妻子,请你离开这儿吧!"

没等山竹子下完逐客令,道太就识趣地溜走了。

山竹子幸福地笑了。她对铁匠说:"你是一个心灵手巧,勤劳诚实的人,让我们在一起生活吧!"

她的话刚说完,明亮的太阳消失了,在漆黑的天空里,升起一轮阴森森的月亮。

山竹子惊骇地拍拍手,泪流满面,说:"我知道了,这是月神发怒了,她不准我和地面上的人相爱,命令我立即返回月宫。"

"不,不,我们要永远在一起!"铁匠挥着铁锤发誓:"我要日日夜夜守卫着你,绝对不让月神把你带走。"

山竹子什么也没有说,只是绝望地摇摇头。

山竹子和她的老父亲走进屋子歇息,年轻的铁匠守卫在门口。可是神通广大的月神把阴森森的银光照在铁匠身上,铁匠立即睡着了。深夜,月神派她的喽啰要把山竹子带走。喽啰们腾云驾雾飞向茅屋。他们轻易地打开了紧闭的大门,闯入了山竹子的家。

山竹子从梦中惊醒,倔强地说:"我不回月宫,我要留在地面上,和铁匠在一起,决不分离。"

月神的喽啰拿出一个精美的盒子,狡猾地说:"仁慈的月神答应让你们结婚了,你看,这是月神送的贺礼。"

他们把盒子打开,里面有一件银光闪闪的衣裳,比皇后的盛装还漂亮。

山竹子轻信了这些鬼话,放心地穿上了这件美丽的衣裳。

结果中计了,这不是一件普通的衣裳,而是一件魔衣。谁穿上它,就立即会忘却往事。只有太阳的光芒才能解除它的魔力。

山竹子一穿上魔衣,就忘记了她的老父亲,也忘记了心爱的铁匠。

月神派来的喽啰,让山竹子坐在云朵上,离开了地面,向广阔的天空飞升。

就在这一瞬间,铁匠醒来了,他跑进屋里,屋里只剩下老工匠,不见了山竹子。

铁匠慌忙跑出门来,抬头看了看,有一朵云正离开地面,慢慢向天空飞升。他立即明白了,山竹子让月神派来的喽啰带走了。

愤怒的铁匠拿着铁锤,紧追在云朵后面,他追了好几十个钟头。还是没有追上,正在这时,那朵云停在一座高山的峰顶,铁匠快步登上山顶大叫:"山竹子,山竹子,我救你来了!"

但是,那朵云又飞起来了,飞快地飞向月宫。铁匠无可奈何,悲痛欲绝。他绝望地用铁锤猛击山头,发泄心头愤怒。山头裂开了,从裂缝里喷出冲天的火焰,直向云彩烧去,云彩被火烧着了。月神的喽啰们全被烧死了,只有山竹子平安无事,魔衣保护着她。

山竹子掉下来,落在高山顶上。铁匠快乐地奔到她的身边,拉着她叫道:"快跑,快离开这儿。快躲起来,再过一会儿,月神还会派喽啰来追捕你的。"

但是,可怜的山竹子穿着魔衣,她忘记了铁匠。看着铁匠,就像看着陌生人一样。

"你是什么人?"山竹子生气地推开铁匠,说:"快滚开!你拉着我想干什么?"

不幸的铁匠心情实在难以形容,他满怀痛苦跳进山头的裂缝里去了。

就在这一刹那,太阳升起来了,它金色的光芒照射着山竹子穿的魔衣,魔衣的力量消失了。山竹子立刻记起了一切,她悲痛地惨叫一声:"心爱的铁匠,等着我,我要和你一起去!"

说完,她也跳进山头的裂缝里去了。

自山竹子和铁匠从地面上消失以后,已经过去了一万年。可是,我们却还记得他们。许多人都说,山竹子和铁匠并没有死,他们避开了月神,还幸福地生活在地下宫殿里。当他们生火做饭的时候,山头的裂缝里就喷出一股火焰,升起袅袅的炊烟。

从此以后,人们就把这座大山叫作富士山,意思就是不死的山。

神　童

从前有一个小孩,有一个客人问他:"你的妈妈哪儿去了?"

"我妈妈跳舞去了。"

"那么你爸爸呢?"

"我爸爸说不定死活呢。"

"那么你的姐姐呢?"

"我姐姐找麻烦去了。"

这时候又有人来了,客人对他们说:"你们听听,我问这个孩子他妈妈在哪儿,他回答说跳舞去了。好!接着他说他爸爸说不定死活呢,说他姐姐找麻烦去了,这像话吗?"

小孩搭腔了:"好,我给你解释解释,我妈妈跳舞去了,这句话毫无疑问你是懂得的,但是,我爸爸是在森林里,在一棵椰子树上接酒呢。他要掉下来,就得摔死,所以我说他不定死活。"

"真会说话,我的孩子,"客人夸奖他说,"但是你姐姐去找麻烦,这又是怎么回事呢?"

"是啊,你看,"小孩回答说,"我姐姐在这儿结了婚,但是她在邻村还有个男朋友。这件事她丈夫当然一点也不晓得。但是没有不透风的墙,迟早会出乱子的,因此我说她找麻烦去了。"

"哈哈,"客人说,"你真是个聪明的孩子,给你一小块金子,你随便买点好东西吧。"

小孩用这块金子买了一头母牛。他牵着这头牛到神那里去,说:"请允许我把这头母牛暂时寄存在你这里。你有的是公牛,它很快就会生小牛的。"

这头母牛在神那里养了若干年,生了好些小牛。有一天,这个小孩跟他父亲来了。"亲爱的神,"小孩说,"我现在想把我的母牛和那些小牛牵回去。"

"可是,"神回答说,"你在这儿看到的这些幼畜全是我的公牛生的。

你的母牛根本没生过小牛!"

"嗯,公牛生小牛?"小孩说着,对他父亲使了个眼色,爷儿俩就走了。他们离开神的村子一段路,小孩站住了。"爸爸,"他说,"你留在这里,等着我,我现在去牵我那些牛。"

他跑着回去,到了神那里已经上气不接下气。"唉,神,"他喘息着说,"赶快给我水……和一把割脐带的刀,我爸爸在路上生了个孩子。"

"你这孩子疯啦?"神说,"哪个男人会生孩子呢?世界上就没有这种事。"

"原来是这样,那你可骗了我,"小孩回答说,"你对我说过小牛是你的公牛生的,现在你又亲口说没有这种事。"

一句话说得神满脸通红,不声不响把那些小牛都还给小孩了。

伊凡王子和灰色狼

从前有一个国王,名字叫作别连杰,他有三个儿子,最小的一个叫作伊凡。

国王有一座富丽堂皇的花园,花园里长着一棵苹果树,树上结着金苹果。

有人光顾国王的花园,偷了金苹果。

国王心里很郁闷。三个儿子走来安慰爸爸说:"亲爱的爸爸,你不要发愁了,我们亲自去看守花园。"

大儿子说:"今天我来值班,我去守住花园,不让小偷进来。"

大儿子看守花园,一个人也没有查到,他在柔软的青草地上躺下来,睡着了。

第二天早晨国王问他:"喂,你不能叫我快活吗?你看见小偷没有?"

"没有,亲爱的爸爸,我一个通宵没睡,眼睛也没闭上过,可是一个人也没看见。"

第二天晚上,第二个儿子去看守花园,他也睡了一晚上,早晨也说没有见过小偷。

轮到小弟弟伊凡王子去看守花园了。到了半夜,他觉得花园里好像有亮光。这光越来越亮。整个花园都照亮了。他看见一只"火鸟"坐在苹果树上啄苹果。

伊凡王子轻轻地爬到苹果树旁边,一把捉住鸟儿的尾巴。"火鸟"大吃一惊,连忙飞走,可是它尾巴上的一根毛,落在了伊凡王子的手里。

第二天,伊凡王子来见国王。

"怎么样小伊凡,你没看见小偷吗?"

"爸爸,我捉是没有捉到,不过谁破坏咱们的花园我倒看到了。小偷留下的证据,我给您带来了。爸爸,小偷是一只'火鸟'。"

国王接过鸟毛,对三个儿子说:"孩子们,你们马上出发,看能在什么地方找到那只'火鸟'。"

孩子们起程了,大儿子朝一个方向走,第二个儿子朝另外一个方向走,伊凡王子朝第三个方向走。

走了不知道多久,伊凡王子累了,就下马把它拴好,自己躺下来睡觉。

过了一些时候,伊凡王子醒来,可是马不见了。

没有办法,他只好步行。他走了又走,累得了不得。他在柔软的草地上闷闷不乐地坐下。一只灰色狼不知道打哪儿向他跑过来。

"伊凡王子,上哪儿去呀?"

"爸爸吩咐我找'火鸟'去。"

"哈哈,你就是走三年也到不了'火鸟'那地方。它住在什么地方,只有我知道。这么办吧,你坐到我的背上来吧,抓紧点儿。"

伊凡王子坐到狼背上去,灰色狼于是跑起来了。没过多少时候,他们跑到一座高大的城堡下面。灰色狼说:

"听我说啊,伊凡王子,你翻过城墙,可以看见一座楼上有个小窗子,窗子上挂着一个金鸟笼,鸟笼里就关着那只'火鸟'。你拿起鸟儿,放在怀里,可当心不能碰那鸟笼!"

伊凡王子爬过城墙,看见了金鸟笼,鸟笼里关着那"火鸟"。他拿起鸟儿来放在怀里,看见了那鸟笼。他把灰色狼吩咐他的话全给忘了。他的手刚碰到鸟笼,喇叭吹起来,鼓敲起来,看守人醒了,把伊凡王子捉住,带他来见阿夫伦国王。

阿夫伦国王很生气,问他说:"你是打哪儿来的?"

"我是别连杰国王的儿子——伊凡王子。"

"呸,多么不要脸!王子竟来偷东西。"

"你的鸟儿飞去破坏我们的花园,这话又该怎么说呢?"

"如果你到我这儿来,老老实实地向我要,因为尊敬你的爸爸,我是会把它给你的。可是现在呢,我让全城都知道你的坏名声。否则,你只有替我做一件事情,我才能饶了你。邻国的库斯曼国王有匹金鬃马,你去把它给我带来,我就把'火鸟'连笼子送给你。"

闷闷不乐的伊凡王子回到灰色狼的地方。狼对他说:"我早跟你说过不要碰那鸟笼子,你怎么不听我的话呢?"

"哎,灰色狼,原谅我吧。"

"得啦,坐到我的背上来吧。开了头的事情是没办法回头的啊!"

灰色狼背了伊凡王子,又跑起来了。跑了不知道多少时候,他们来到了库斯曼国王的城堡。

"翻过城墙吧,伊凡王子,看守的人都睡了,你走进马房,把马牵出来,可是当心别碰马勒啊!"

伊凡王子翻过城墙,走进城堡,里面所有的看守人都睡着了,他走进马房,一把抓住金鬃马,可是他实在舍不得那副马勒——它是用金子和贵重的宝石镶成的,金鬃马戴上这么一副马勒,不过是为了出去溜达溜达。

伊凡王子的手刚碰到马勒,喇叭吹起来,鼓敲起来,看守人醒了,把伊凡王子捉住,带他来见库斯曼国王。

"你是哪儿来的?"

"我是伊凡王子。"

"哎,王子?居然做出偷马这种连一个普通庄稼人也做不出的事情来。好吧。伊凡王子,你要是替我做一件事情,我就饶了你。大尔马特国王有一个女儿,名叫叶烈娜。你把她偷到手,送来给我,我就把金鬃马连马勒送给你。"

伊凡王子更加闷闷不乐,回去见灰色狼。

"伊凡王子,我早跟你说过不要碰那副马勒,你怎么就是不听我的话嘛!"

"哎,原谅我吧,灰色狼!"

"得啦,坐到我的背上来吧。"

灰色狼背了伊凡王子,又跑起来。他们来到大尔马特国王的城堡,美丽的叶烈娜正在花园里跟奶妈保姆们一块儿散步,灰色狼说:"这一回我不让你去了,我要亲自出马。你原路回去吧,我很快就会追上你的。"

伊凡王子打原路回头走,灰色狼跳过城墙,走进花园,抱住美丽的叶烈娜,把她放在背上就跑了。

灰色狼追上了伊凡王子,在它背上坐着叶烈娜。伊凡王子快活得了不得。灰色狼对伊凡王子说:"你也赶快坐到我的背上来吧,别让人家追上了。"

灰色狼背了伊凡王子和叶烈娜,飞快地回到库斯曼国王的城堡。灰色狼看到伊凡王子一声不响,很不快活,就问他为什么这样。

"我怎么会快活呢,灰色狼?我怎么能够跟这样一个漂亮的姑娘分开呀?我怎么能够拿美丽的叶烈娜去换一匹马呀?"

灰色狼回答他说:"我也不想拆散你和这样一个漂亮的姑娘——我们先把她藏起来,我再变成叶烈娜,你把我带到国王那儿去。"

就这样,他们把美丽的叶烈娜藏在树林子当中一间小房子里。灰色狼翻了个跟头,变成了叶烈娜。伊凡王子带她去见库斯曼国王。国王非常高兴,对他说:"伊凡王子,谢谢你把新娘子带来给我。你就把金鬃马连马勒带走吧。"

伊凡王子上了马,抱起叶烈娜,一路跑开了。

晚上,库斯曼国王把美丽的叶烈娜带进卧房,刚跟她上床,发现年轻的妻子变成狼的嘴脸啦!国王吓得从床上滚了下来。

灰色狼赶上伊凡王子,问他说:"你又想什么心事啊,伊凡王子?"

"我怎么不想心事呢?我舍不得拿金鬃马去换'火鸟'哇。"

"用不着伤心,我来帮你的忙。"

他们来到阿夫伦国王的地方。狼说:"你把马和叶烈娜藏起来,我变成金鬃马,你带我去见阿夫伦国王。"

灰色狼翻了个跟头,变成一匹金鬃马,伊凡王子带它去见阿夫伦国王。国王非常高兴,就把"火鸟"连鸟笼给了他。

阿夫伦国王吩咐把送来的那匹马牵过来,正想骑上去——马却变成了一只狼。国王吓得站不稳脚,摔了一跤,灰色狼马上撒腿逃走,很快赶上了伊凡王子。

"现在我不能够再向前走了,咱们该再见了。"

伊凡王子下马,深深地鞠了三个躬,恭恭敬敬地谢过灰色狼。可是狼说:"你不会就这样跟我永远分开的,我以后还要帮你忙的。"

伊凡王子骑上金鬃马,带了美丽的叶烈娜和"火鸟"回到自己的国土。

伊凡王子的两个哥哥来到他面前。他们看到伊凡王子什么都到手了,于是商量说:"咱们把弟弟杀了吧,那么所有的东西就都是咱们的了。"

他们杀死了伊凡王子,骑上金鬃马,提起"火鸟",把美丽的叶烈娜放在马上,恐吓她说:"到了家里,你可一句话也不要说!"

死了的伊凡王子躺在地上,乌鸦已经在他的头上飞来飞去想要啄食他了。灰色狼跑过来,一把抓住老乌鸦和小乌鸦说:"老乌鸦,你去把活水和死水带回来吧,只有这样,我才放你的小乌鸦。"

老乌鸦没有办法,只好飞去找来了活水和死水。灰色狼把死水洒在伊凡王子的伤口上,伤口马上收口,它再把活水洒在他身上,伊凡王子活过来了。

"嘻,我睡得多么熟哇!"

"你睡得熟极了,"灰色狼说,"要不是我啊,你就醒不了啦。你两个亲哥哥把你杀死,把你得来的东西全拐走了。快坐到我的背上来吧!"

他们跑上前去,追上了两个哥哥。灰色狼登时把他们撕碎,一块一块撒在地上。

伊凡王子骑着金鬃马回到家里,给父亲带回来"火鸟",给他自己呢,带回来美丽的新娘子叶烈娜。

伊凡王子和美丽的叶烈娜从此过着无忧无愁的日子。

渔夫和北风

很久很久以前,当大地上还没有多少居民的时候,有一个打鱼人的部落。他们一到夏天就走很远的路,跑到北方来,在这里,他们会捉到许许多多好吃的鱼。但是一到冬天,他们就得回到比较温暖的地方去。因为北方有一个统治者,名叫卡比保努加,也叫北风。这个凶恶的老头子会把他们赶走的。

有一天早晨,渔人们起来,看见他们撒网的湖面上,已经蒙上一层薄冰了。不久又下起雪来,冰也越冻越厚。渔人们已经能够听到卡比保努加从远处走来的脚步声了。

"卡比保努加要来了!"渔人们喊起来,"卡比保努加快来到了,是我们该走的时候了。"

但是,一个叫作辛几比斯的渔人,只笑了一笑。

他对同伴们说:"我干吗要走呢?我可以在冰上打一个窟窿,用钓丝来钓鱼吃。我才不管卡比保努加来不来呢!"

渔人们惊奇地看着他。当然,他们知道辛几比斯是个聪明的小伙子,但是这点聪明又怎能帮他来对付可怕的北风呢?

他们说:"卡比保努加比你强壮多了,连树林里最大的树也在他面前低头,流得最快的河碰到他也会冻结。除非你能变成一只熊或是一条鱼,要不然,他会把你冻死的。"

辛几比斯还只是笑着。他说:"白天我可以穿上皮袄,戴上皮巴掌,晚上我可以在小屋里烧起很旺的火,这都能够保护我。卡比保努加要是有胆量的话,就请他到我的小屋里来吧!"

渔人们离开的时候,心里都很难过。他们都喜爱辛几比斯,他们的确认为不会再看见他了。

渔人们往南方去了,辛几比斯就立刻动手。他准备下许多大圆木头,收集起许多干树皮和枯枝,每天晚上,他都把屋里的火燃得很旺很亮。早晨他到湖上去,在冰上打个窟窿来钓鱼。

在傍晚,他就拉着一大串的鱼从雪中的小路走回家去。

"呜,呜!"北风怒吼起来,"大雁和野鸭早都飞到南方去了,谁还敢留在这里?咱们看看到底谁是这个冰天雪地的主人!今晚我就要到他的小屋去,把他的火堆给扑灭!呜,呜!"

夜来到了,辛几比斯坐在小屋里的火堆旁边。多旺的一堆火啊!每一根大木头都够烧一个月的！辛几比斯在煮鱼,这是他白天刚钓到的一条大鱼。鱼的香味鲜美极了,辛几比斯高兴地搓着双手。这一天他走了好几里路,在这温暖的小屋里坐在火堆旁边,真是怪舒坦的。他想到他的那些回到南方去的伙伴们。他对自己说:"他们认为卡比保努加是一个凶神,认为他比任何一个印第安人都厉害。的确,我比他怕冷,可是他一定比我更怕热呀。"

这个想法使他高兴得又笑又唱起来。他吃着晚饭,北风在他小屋周围的树林子里呼啸,他简直听不见。雪下得又密又急,北风把地面的雪卷起来,对着小屋抛过去。但是雪片没能够进到屋里,只是把小屋盖了起来,像一层厚毛毯似的,保护着小屋,不让它受寒冷的袭击。

卡比保努加气坏了。他站在小屋门口叫喊,声音大得吓人。但是辛几比斯一点也不怕。他倒觉得在这一片空阔安静的大地上,有些声音来打破寂寞,也很不错。他笑着回答:"哈,哈,你好吗,卡比保努加？你要是不留神的话,会把腮帮子胀破的。"

小屋被大风吹得摇晃起来,门口的皮帘子也在呱嗒呱嗒响。

"进来吧,卡比保努加,"辛几比斯高兴地叫着,"别害怕,进来烤烤火吧！"

卡比保努加听到这些嘲笑的话,就鼓起勇气,把皮帘子掀开一条缝,挤了进来。嗬,他吐出来的气可真凉呵！这冷气使得小屋里仿佛充满了云雾。

辛几比斯装作没有理会。他站起来,嘴里唱着歌,又往火里添了一根大木头。这根大松树干发出很大的热力,热得辛几比斯只好往后坐远了一些。他一看卡比保努加的样子,招得他又笑了起来。这老头子的颧上热汗直流,头发上的雪片和冰块都不见了。这个凶猛的北风卡比保努加正在融化下去,他的鼻子和眼睛越来越小,连身体也越来越矮了。

辛几比斯招呼他说:"到火堆边上来吧,再靠近一点,烤烤你的手和脚吧。"

但是,北风卡比保努加不敢到火堆边上来。他跳起来,用比进来时候更快的速度,窜到门外去了。

冷空气给他增加了些力量,他的满腔怒气又发作了。他不能把辛几比斯冻死，就把怒气发泄在他周围的一切东西上。他把脚下的雪都跺硬了，他把冷气喷出来，树林都颤抖着，所有的野兽都吓得躲了起来。

卡比保努加又跑到辛几比斯的小屋前面。他喊："出来！你有胆量就给我出来。咱们在这雪地上摔跤，早晚能看得出到底谁是这冰天雪地的主人！"

辛几比斯想了一会说："火力一定把他烤得软弱一些了。我的身上却是热的。我相信我能和他摔跤。让他看到我的确比他厉害，他就不敢同我捣乱了。那么，我在这地方爱待多久就能待多久了。"

他从小屋里跑了出来，一场猛烈的摔跤开始了。他们俩在坚硬的雪地上翻滚，爬起来又倒下去。

他们俩摔了一整夜的跤。辛几比斯并不感到寒冷，因为他时刻不停地活动，他的血脉流得更快了。他感觉到卡比保努加越来越没劲儿了。他的冰冷的呼吸不再像一阵狂风，而只像一声叹息了。

当太阳从东方升起的时候，卡比保努加终于被征服了。他怒吼了一声，回身就跑；跑到世界的顶点，那很远很远的北方去了。辛几比斯站在小屋旁边，大声欢笑着，因为他知道快乐和勇敢是能把凶猛的北风征服的。

谁是房子的主人

有人造了一幢房子。一天，来了一个陌生人，要求借住一宿，主人答应了。那人一住就是一个月，还暗地数清房子有几根梁，地上有几块板，房顶上有多少片瓦。然后，他对房主人说："这是我的房子，请你出去！"两人争执不下，就去找法官。房主人说："我造了一幢房子，他借住了一个月，就说房子是他的了。"

那人说："不对，是我造了一幢房子，留他住了一个月。要是这房子是他的，那么，让他说说，这房子有几根梁，地上有几块板，房顶上有多少片瓦？"

"我没数过。可房子是我的呀！"房主人说。

法官问那个借住的人："你说得上来吗？"

那人早已记熟,马上把数字说出来。

法官听罢,心想:他知道这些数字,一定是房主了。就把房子判给了那人。房主人不服,又同那人一起去见国王。国王听完双方的申诉后问那人:"你既然说得出房子有几根梁,地上有几块板,屋顶上有多少片瓦,那么,你再告诉我,房柱子底下有什么?"

"没什么呀!"那人回答。

这时候,房主人说:"东南角的土地潮湿,我在那边柱子下垫了一些木头橛子。"

国王派人去验看,果然不错,他把房子判归原主,惩处了骗子。

杜达与鱼美人

杜达是一个孤儿。他独自住在海边,靠捕鱼为生。一天下午,他在海边钓鱼,有一条非常大的鱼上钩了。杜达满心欢喜,正准备往小船上拖时,大鱼拼命挣扎,折断了渔竿,衔着渔钩逃遁了。

第二天下午,他又到老地方钓鱼。突然海面上泛起了一阵阵水泡。不一会儿,一个年轻美丽的姑娘浮出海面,向杜达的小船游过来。姑娘温柔地对杜达说:"先生,你会医治牙痛吗?"

杜达十分惊愕,然而强作镇静地答道:"我会。"

"那就请您跟我来,"年轻漂亮的姑娘说,"我父亲是鱼中之王,他现在患了牙痛病。如果你能治好他的病,他会满足你的一切要求的。"

杜达笑了笑说:"我愿意跟你走一趟,不过我不会潜水,那样我会溺死的。"

"别担心,"公主说,"我会保护你的。"

于是鱼美人紧紧拉着杜达的手,一同潜入海底。在海的底部,杜达看见一条宽广的大路。在路的尽头坐落着鱼王的城堡,城墙是用美丽的珊瑚筑成的,有两条大鱼在城门口把守着。

鱼王坐在御座上,一只手按着脸颊,十分痛苦的样子。

"爸爸,"公主说,"我带了一个人来给您治牙痛。"

这时杜达深深鞠了一个躬,然后有礼貌地请鱼王张开嘴巴给他查看。当鱼王张开嘴时,杜达确实吓了一跳:原来正是他自己的渔钩卡在鱼王的牙缝里了!杜达迅速取出渔钩,鱼王的疼痛即刻解除了。"谢谢你,年轻人,"鱼王高兴地说,"请说吧,我该怎样答谢你?"

"陛下,"杜达回答说,"我什么都不要,只想娶您的女儿。"杜达确实被年轻公主的美貌所吸引,他怎么也不想离开她了。

起先,鱼王闷声不响,他舍不得女儿远走高飞。但公主一再恳求父亲答应杜达的要求,因为她自己也偷偷地爱上了杜达,希望能与他结成终身的伴侣。最后鱼王只好勉强地答应了。不过他提醒女儿说,她应有经受磨难的准备,也许他们将会遇到许多麻烦。

鱼王为他们举行盛大的婚礼后,杜达与公主双双返回地面。年轻的公主不喜欢杜达的小茅屋,她请求父亲赐一座漂亮的房屋。第二天清晨,当杜达醒来时,他发现自己住在一座又宽敞又漂亮的砖房里。他的小茅屋早已不翼而飞了。

"我们怎么会住在这里?"他惊讶地问妻子。

"这就是我们的房子啦,"公主微笑着答道,"它是我父母亲送给我们的结婚礼物。但是在头三天里,你可不能打开大门。不然,我们要倒霉的。"

第一天飞逝而过。杜达只是在房屋里转来转去,新房子里的一切都像磁铁般地吸引着他。对屋里富丽堂皇的摆设,他赞不绝口,对箱子里的新衣服更是爱不释手。

到了第二天,杜达已经看遍了屋子里的一切,开始感到厌倦了。他想到外面花园里散散步,呼吸新鲜的空气。那花园里美丽的景致从窗子里可以一目了然。他多想走进花园,好好欣赏一下姹紫嫣红的花朵。但是他妻子在一旁又一次提醒他:"没过三天,你千万不能打开大门。"他只好强忍着待在屋里。

第三天,杜达的好奇心又在作祟。整个早晨他无所事事,实在按捺不住了。他心里嘀咕着:"为什么不能把门打开瞧一瞧呢?那门外边究竟有什么秘密不让我看呢?"最后他决心打开大门偷看一眼。可是当他把门刚打开一角,一阵狂风席卷而来,大门被狂风吹得来回晃荡,接着砰的一声巨响关上了。那关门声如同雷鸣,震耳欲聋,地动山摇。

这一天,国王外出打猎,此刻正路过这里。他感觉到大地在颤抖,心想一定是发生了地震。他派随从到附近查看。然而,他的随从回来禀报说:"那不是地震。陛下,据说那是关门的声音。"

国王大为震惊,说道:"谁家的大门这么大,关门的声音竟连大地都在颤动?我一定要找到它的主人。"说完国王派了侍卫到附近寻找。

侍卫返回后报告说:"海滨附近有座富丽堂皇的砖房,一对年轻的夫妇住在里面。那年轻的娇妻是位绝代佳人。"

"真的?"国王眉飞色舞地说,"她比王后漂亮吗?"

"当然啦!"士兵们异口同声地答道。

"比我最小的妃子还要漂亮吗?"国王紧逼着追问。

"当然啦,"士兵们回答说,"在我们见到过的妇人中,没有比她更美的了。她的容貌可以赛过天仙。"

"如果她和天仙一般艳丽,那我得见见她,"国王急不可待地说,"立即带我上她家去!"

士兵们抬着国王的金轿来到杜达家。这时杜达正在花园里观赏花草。

他见国王驾到,立即恭恭敬敬地迎了上去,说道:"愿为陛下效劳!"

"听说你有一位妩媚可爱的娇妻,"国王恬不知耻地说,"叫她给我拿些水来,好让我仔细瞧瞧。"

"小人的爱妻不过是个普通的妇女,并不出众。"杜达应付着说,他害怕贪色的国王会把他的妻子带走。

国王哪肯让步,他厉声喝道:"立即叫她出来!"杜达只好进屋告诉妻子说,国王要见她。

"现在我们该怎么办?"他忧心忡忡地问公主。

"我早就警告过你,开门会惹下大祸,"公主抱怨说,"让我想想该怎么对付。"

公主施了个魔法,把一个花环戴在头上,花环如同太阳一般闪耀着使人眼花缭乱的光芒。随后她端了一杯水出来拜见国王。

耀眼的花环照得国王头晕目眩,它散发出的热浪使国王难以忍受。他差不多从坐椅上跌落下来。但是,他仍然看见了公主的容貌,确实比他九个漂亮的妃子合起来还要美丽。

"快把花环拿走!"国王喊道,"我实在受不了了。"

于是公主回到自己的房间。国王这时对杜达说:

"你的妻子才貌出众,我要将我的九个妃子和王宫,与你的妻子和砖房对换,怎么样?"

"小人怎敢占据陛下的王宫,这是上天不容的,陛下!"杜达一边回答,一边下拜,"小人实在受之有愧,不敢当。"

国王深知,用强迫的手段逼杜达交出妻子不是上策,因此他想了一条诡计,狡猾地说:"明天我们举行一场斗牛比赛,假如你的牛输了,你的妻子必须随我到宫中去;假如你赢了,我就把九个妃子送给你。"说完,国王坐上金轿回宫去了。

"我们怎么办?"杜达悲叹道,"我连一头牛都没有。"

"别着急,亲爱的丈夫,"公主安慰他说。接着她回到海边向着大海大声呼喊着:"爸爸!妈妈!把金牛借给女儿吧!"转眼间,海里卫兵牵了一头大金牛从水里浮上来。

第二天,金牛轻易地击败了国王的公牛。可是国王紧盯着公主不放;

他又变换花样,说道:"明天我们举行斗狗比赛。你的狗必须与我的狗相斗。假如你输了,你的妻子就属于我。"

杜达又悲伤地对妻子说:"我们怎么办?我们没有狗呀。"

"别着急,亲爱的丈夫,"公主说,"虽然我们没有,我父亲却有一只。"于是她又来到海边呼唤道:"妈妈!爸爸!把红眼狗借给女儿吧。"红眼狗立即应声而至。第二天早晨,杜达牵着它来到王宫。

这回,国王又失败了。红眼狗很快赶跑了国王的狗。然而国王仍不甘心失败,他又耍阴谋施诡计了。他对杜达说:"明天把公鸡带来,我们斗鸡比赛。"

杜达回家担忧地对妻子说:"国王死不甘心,他又要和我斗鸡。你父亲有公鸡吗?"

"当然有,"公主轻快地答道。因而她又来到海边呼唤道:"爸爸!妈妈!把铁嘴公鸡借给女儿吧!"

次日,杜达抱了一只小公鸡到达王宫,国王见到这样小的公鸡,真是喜出望外。他自我安慰道:"这回我准赢,他的妻子将属于我啦。"

可是国王估计错了。铁嘴公鸡把国王的公鸡斗得一败涂地,趴在地上,再也爬不起来了。

后来国王干脆大耍无赖,故意刁难说:"杜达,你带来的三只动物都是魔法变成的,想必你一定精通魔法。你明天必须变一套魔法让我观赏。如果我不满意,我就要带走你的妻子。"

杜达沉浸在绝望的痛苦中。他对妻子说:"国王要我给他表演魔法,我哪里会呢?我什么魔法也不会呀!"

"别着急,亲爱的丈夫,"妻子镇定地说,"我教你一种魔法。"说完她拿了一些大米,把它碾碎,再用米粉做成一小块糕饼,然后把它放在碟子里,拿到杜达面前。她轻轻念着:"小糕饼,快快长!"话音刚落,糕饼一直往上长呀长呀,长成一棵大树,几乎快碰到了天,上面开满了红色的、白色的和蓝色的花朵。

接着公主又喊道:"大树,大树,快还原!"于是大树又慢慢缩了回来,又变成一块小糕饼。公主教会了丈夫念咒语,于是丈夫就带着糕饼向王宫出发了。

"你来了吗?"国王眼睛瞧着天花板,傲慢地问道:"你现在开始表演吧!"

杜达从袋中取出糕饼,呼唤着:

"小糕饼,快快长!"于是糕饼一直往上长呀长呀,长成一棵粗壮的大树,几乎碰到了天。树上开满了红色的、白色的和蓝色的美丽花朵。国王连连拍手叫好,禁不住手舞足蹈起来。

"把这块糕饼送给我!"他得意忘形地说,"我再也不打扰你的妻子了。"

"大树,大树,快还原!"杜达喊道。接着大树又缩了回来,重新变成一块小糕饼。

这时国王接过糕饼,召集全体大臣、侍卫和九个妃子前来观看他变魔法。他想好好显示一下自己的本领。当人们聚集起来以后,国王取出糕饼,命令道:"小糕饼,快快长!"于是小糕饼一直往上长呀长呀,几乎碰到了天。树上长满了红色的、白色的和蓝色的花朵。

到场的臣民无不拍手称赞。国王沾沾自喜乐不可支。"现在请接下去看,"他卖弄地说,"我让大树恢复原状。"

然而,国王忘了使大树还原的咒语了。他想着,想着,一急之下胡乱喊道:"大树,大树,快倒下来!"霎时间,大树断裂成碎块,朝国王当头砸了下来。国王当场被砸死了。

杜达和公主从此过着宁静美满的生活。贪色的国王死了,再也没人来干扰他们幸福的生活。

国王的秘密

古时候,泰国有一个国王整天愁眉苦脸,闷闷不乐。一些老百姓很替他担忧,以为国王生病了。但是宫廷大夫说,国王像水牛一般强壮。另一些老百姓又担心,怕是国王没钱花了。但是宫廷司库说:"国王拥有的财宝和粮食比中国还多得多。"举国上下传说纷纭,议论纷纷,都希望能找到真正的原因,揭开这个秘密。

然而，全国只有一个人知道国王的秘密，这人就是国王的理发师。有一天，正当他给国王理发时，偷偷地对国王说："陛下，臣明白你为什么不高兴。"

"可不许对任何人讲。"国王马上制止道。

世上的事，往往是事与愿违的，这位理发师喜欢多嘴，不善于保守秘密，凡是他知道的事，他怎么也藏不住，总会脱口而出。然而这一次，他下最大决心不把这件事泄露出去，甚至连老婆问他，也坚决地回答："请原谅我。这一次，我绝不泄露秘密。"

但是老百姓探听到他知道国王的秘密，就成天围着他转。他走到哪里，就跟到哪里，希望从他身上打听一些消息。因此，他成了全国瞩目的中心人物。有一次，理发师泛舟于大湖之中，立刻有许多小船围拢过来。此事过后，理发师为逃避人们的纠缠，远离城市到乡间去，没想到，立即又被周围的农夫包围住了。

他到寺庙烧香拜佛，也被熙熙攘攘的香客围得水泄不通。最后，他想也许待在家里可以清静些，结果连他的家也被人团团围住，不得安宁。理发师被弄得不知所措，痛苦极了。

妻子很为理发师的处境担忧，但同时也勾起了她强烈的好奇心，她多么想知道这其中的奥妙。有一次，家里又是里三层，外三层地围满了人。妻子实在憋不住了，跑到丈夫面前恳求道："告诉我吧，我决不转告任何人。"此刻理发师已感到，国王的秘密再也保不住了。于是，他飞快地冲进国王的御花园，数百名群众在后面追赶着他。他钻进一个树洞里，不顾一切地、撕裂着嗓门大声述说国王的秘密，由于太紧张了，声音在颤抖，以致谁也听不清他嚷了些什么。然而这样做以后，理发师感到如释重负，轻松多了。于是，他长长地呼出一口气，钻出树洞往家里走去。沿路上，他感到今天的空气也格外清新，心情特别舒畅。

回到家里，当妻子恳求他将秘密和盘托出时，他非常轻松地说："我再也没有什么秘密啦，因此也没什么可说的了。"

"可是你什么也没说呀。"妻子惊讶地反驳道。

理发师一笑了之。

事也凑巧，皇家乐师要为国王造一个大鼓。国王十分喜爱打鼓，而且对打鼓有精湛的技艺。于是,乐师们来到御花园选择优质木材。无独有偶,正好选中了理发师藏身的那棵有树洞的大树。

他们锯下大树,由大象把它拖回王宫,用它制成了一个大鼓。当鼓制成后,国王举槌击鼓。"咚!咚!咚"大鼓发出铿锵的隆隆声。国王满心欢喜,决定要在下一个重大节日里,在宫内表演一番。节日到了,数百名文武官员和百姓,前来听鼓。国王举槌猛击大鼓。大家聚精会神地聆听:"咚——达达——咚",但是除了鼓声以外,还伴有一个巨大的声音:"陛下的头秃顶啦,头秃顶啦。"

听众们啼笑皆非。有的人用手捂住嘴巴,生怕笑出声来。国王看上去比以前更加愁眉不展了,他恼羞成怒地喝道:"宫廷理发师在哪儿?"

理发师被带到殿前。国王训斥道:"你为什么把我的秘密告诉了大树?"

理发师惊恐万状,但他还是把前前后后发生的事情统统照直对国王说了。

"放了他,"国王见他忠诚老实,就命令道,"这不是他的过错。他不了解那棵树能重复叙说人的话。"

百姓们焦虑地等待着,看看国王将如何处置理发师。就在这时,大鼓重又嚷起来:"陛下的头秃顶啦,头秃顶啦!"大家面面相觑,不知如何是好,气氛显得异常紧张。

这时,国王打破了寂静,从容不迫地对众人说道:"是的,我承认这个事实。因为,没有任何人可以隐瞒自己的缺陷,也没有一个人是完美无缺的。"说着,国王坦然地笑了。这是多年来国王第一次笑。他心情如此愉快,是因为他再也没什么可隐瞒的了。

金 盆 子

有一次一个农民被送进了监狱。他可不是一个坏人,也未做过任何坏事。因为那会儿国王要钱打仗,就到处搜刮钱财,向百姓增派捐款。那个农民穷得身无半文,当国王的手下来到他家时,他说:"我一文钱也拿不出来，我穷得连饭也吃不起了。"

国王手下的人大笑起来。"别以为我们会相信你"，他们说，"我们听说你很富有，你有一只金盆子呢。"他们搜查了每一间屋子，都没有找到任何值钱的东西。于是，他们便逮捕了农民，把他送进监狱。"不交出金盆子就别想出去！"他们说。那可怜的农民非常忧愁。他虽身在监狱，心里却挂念着他的庄稼，他的妻子一个人没有力量耕地。

一天他接到妻子写给他的一封信，写道："我真替我们的庄稼担心，春天就要来了。"农民悲伤地读着信，想道："怎么办？"后来，他想出了一个好主意，暗自笑了起来，他给妻子回了一封别去翻地的信。信中写道："我的金盆就藏在地里，除非我通知你，不要种马铃薯。"

农民把此信交给监狱看守，他说："请把这封信送给我的妻子。"当然，监狱看守照例是要把犯人的来往信件一一拆开过目的。他们读过农民妻子的来信，现在又读了农民的回信，他们嚷道："嗯，听起来倒很有趣，看来这个农民的确是个富翁，他明明写着有一只金盆埋在地里。""可他没说在哪块地里。"另一个看守说，"这个农民有一大片土地。"

"没关系！"第一个看守说，"反正我们已经知道他的地里藏有金盆子。"

两周之后，农民接到他妻子写来的第二封信。"出了件稀奇的事儿，"他的妻子写道，"两周前来了十个人，全都带着镐头，一来就开始挖地，把我们的地全都翻了一遍，后来又走了。我真不明白，据我看，他们似乎在寻找什么东西，怎么办？"

当农民读着妻子的信时，他笑了："我虽然是在监狱里，现在可放心了。"他立即给妻子写了一封回信，信写得十分简单。"那些人已经替我们翻了地，"他写道，"因此，你可以种马铃薯了。"

巨龙和珍珠

好多年以前，有一条巨龙住在北婆罗洲的基纳巴卢山洞里。山下的老百姓都说，他们时常看到巨龙在戏弄一颗大珍珠，一会儿把它抛到空中，一会儿把它衔在嘴里。

这颗珍珠是如此之大而美丽,以致许多村民都想窃取它,但是巨龙防守得非常严密,他们无从下手。

一天,中国皇帝得知有此宝物,决定派他的两个儿子到婆罗洲为他取珍珠。

"你们俩年轻力壮,聪明过人,我相信你们一定能取回珍珠。"皇帝召见儿子说。

皇子由中国登程,经过几星期的航行,终于来到婆罗洲的口岸。只见那巍峨的基纳巴卢山高耸入云霄。想要攀上陡峭的悬崖,真是比上天还难啊!尤其是当巨龙戏耍珍珠的时候,那真是地在动、山在摇。

小皇子见到这副情景频频地把头摇。忽然,他想出一条妙计,命令随从道:"帮我做一个圆的灯笼和一个能把我载入空中的风筝。"

灯笼做好了,他把一支点燃的蜡烛插在里面,圆形灯笼辉映出一种既柔和又明亮的光芒,恰似巨龙的那个大珍珠。

然后他们又花很长时间做了一个巨大的风筝。小皇子一直等到深夜,风筝才完工,他把自己系在风筝上。当风朝山坡方向刮起时,他命令随从把风筝放上天空,不一会儿风筝便冉冉升入高空,随风飘向山顶。皇子从风筝上迅速跳了下来。此刻正是深更半夜,巨龙正在酣睡。小皇子勇敢地钻进龙洞,敏捷地抱出珍珠,把点燃的灯笼留在那里,然后登上风筝,返回船上。

次日清晨,巨龙醒得很早。每天早晨,它总要戏弄它的珍珠。今天也不例外。它坐着观赏了一会儿,觉得今天的珍珠太美啦,就用爪把它抱起来。"啪"的一声灯笼破了,巨龙这才发觉上当了。巨龙发出一声吼叫,嘴里喷出一道道火焰,飞奔下山了。它四下寻找那宝贝珍珠,但仍是无影无踪。后来,它发现几里外的海上有一条中国帆船,正急速离岸驶去。巨龙扑进大海,全力追赶。

"强盗!强盗!"它怒吼道,"还我珍珠!"

船上的水手开始惊慌起来。他们看着巨龙从后面向他们游来。

"停住!停住!如果你们还给我珍珠,我保证不伤害你们。"

"我们还是还给它吧,"哥哥胆怯地对弟弟说,"否则我们都要葬身海底。"

"慢着,别怕。"弟弟沉着地说,"我们花了九牛二虎之力才把它弄到手的。"接着他命令水手用船上的大炮瞄准巨龙开火。

当炮弹在朝阳的辉映下朝巨龙飞过来时,巨龙还以为那是自己的珍珠,于是张开大口把它吞了下去。

"哟!"原来是一颗炽热的炮弹。它在巨龙的肚子里爆炸。巨龙开始下沉,很快就消失在海浪下面。

水手们兴高采烈,手舞足蹈地欢呼他们的胜利。

两兄弟顺利地回到家里,他们的父王设宴为他们接风洗尘。宴席上皇帝让兄弟俩讲述他们的经历。

猎人与女神

有一天,一个叫基吐庞的达雅克人到森林里打猎,看到一只罕见的红眼鸟。他举起梭镖,"嗖"的一声,刺中了那只鸟。他弯下身子捡了起来,突然红眼鸟变成了一件用鸟的羽毛编织成的漂亮的衣服。这衣服既灵巧又松软,可以折叠起来放在小小的装镖的竹筒里。他正想往回走,突然听见一个细声细气的声音,"你看见我的衣服了吗?"基吐庞向四周环视,查看是谁在跟他说话,结果发现是一个可爱的姑娘站在身后。他对姑娘的出现感到非常的意外。基吐庞用惊奇的目光,仔细端详着姑娘。少许,他像从梦中惊醒似的说:"在我这里。但我不能交给你,除非你答应嫁给我。"他从未见过这么迷人的姑娘。这几年他妈妈经常催促他结婚,眼下真是个好机会哩。

没想到姑娘很快答应了,但是他们约定,不准打听她的姓名。不久,他们就结婚了。第二年,他们生了一个儿子。基吐庞和他的妻子生活得挺美满的。他们非常恩爱,爱子如命。然而,过不久,基吐庞发觉妻子时常呆呆地凝视天空,总是若有所思的样子。"你在看什么?"他问妻子,她只是摇头不语。

有一天,他看见妻子在织两件外衣,颜色翠绿,样式很不一般,好像鸟

儿的羽翼。

"这些衣服你是给谁织的呀?"丈夫有所警觉地问。

"是给你和儿子织的。"她回答道,"织好后,你们可以穿上它飞到天空。"

"我才不飞呢。"他表示异议。

"傻瓜,"妻子笑了笑,"你还不知道我是谁吗?我是辛加琅·布戎的女儿英钦·蒂玛加。我的家就在天上。"

基吐庞倒吸了一口冷气。他曾听说过辛加琅·布戎这个名字。那是达雅克的战神,是一个赫赫有名的常胜将军。"这么说来,我妻子肯定是个神仙了。"他心里嘀咕着。

忽然,他妻子身披羽毛出现在丈夫面前,转眼间,她的臂膀变成了翅膀,"忽"的一声飞入空中。丈夫拼命地想抓住她,可惜已经太晚了。她飞呀飞呀,一直冲进云霄。

"回来!回来!"丈夫呼唤着。妻子的声音从天而降:"要是你想见我,穿上我织的那件衣裳!"

年复一年地过去了。丈夫盼望妻子能重返人间,可是苍天茫茫,杳无音信,他的希望慢慢的破灭了。后来为了解除孤独的痛苦,他又娶了一个妻子。在这期间,儿子心情抑郁,思母心切。父亲见他如此忧伤,十分心疼,不知该怎么办才好。

"带我去见妈妈,"儿子时常哭着说,"我要见妈妈。"

"但是我们有什么办法呀?"父亲一筹莫展,不知所措。一天,他忽然记起,妻子离家时曾经留给他们两件衣服。父子俩连忙找出来,把它穿上,即刻他们感到身体变轻了,渐渐地升入天空,不久,一座雄伟的宫殿展现在眼前。

宫门打开了,一个身穿威武的达雅克战服的武士走了出来。他就是辛加琅·布戎。

"欢迎你,基吐庞!"武士用铿锵有力的声音说道,"我女儿和我等你好久啦。你为什么姗姗来迟呢?"

此时,英钦·蒂玛加女神出来了。她听说丈夫已经另娶,心里大为不解,生气地说:"你还是回到地球上去,我知道你现在已另有新欢。把儿子给我留下,交给我父亲管教,他会教他许多本领。到必要的时候,再让儿子回到你的身边。"

这样,基吐庞不得不重返地球。

就在这个时间里,辛加琅·布戎的一个部下,被一个巨怪杀死了。辛加琅·布戎把孙儿叫到跟前,谆谆教诲,希望他做个勇敢的人,为死者报仇。

过了一天,孙儿跟着爷爷一同来找巨怪算账。

在路途中,爷爷给孙儿传授施展魔法的要领以及各种高超的武艺。

不久,他们就到达巨怪居住的长屋。他们商定在屋外等候。直到天黑,他们才悄悄溜进长屋。爷爷大喝了一声,飞出一个梭镖,击中了巨怪,巨怪应声倒地。孙儿一个箭步跳上前去,用刀朝它的头部猛砍下去,巨怪头落地,污血四溅。

辛加琅·布戎和孙儿提着妖怪的头颅回到家里,众人皆大欢喜,为此大摆庆功酒宴,一直欢庆了三天三夜。

散席后,孙儿指着长柱顶端雕刻着的一只奇特的大鸟,好奇地问道:"那是什么,爷爷!"

"那是犀鸟。它是达雅克人的圣鸟之一。它会在战斗中帮助我们去击败敌人。"

"为什么犀鸟能够帮助我们呢,爷爷?"

老人慈祥地说:"大概因为它强健而有力。特别是它的头部和尾巴上的羽毛非常美丽。"

数年后,孙儿返回地球,把爷爷教给他的全部本领都传授给自己的父亲和他的邻居。

玛 璐

相传在很久以前,玛璐山麓有一个劳通族人,名叫玛璐。他自幼父母双亡,没有兄弟姐妹,也没有亲戚朋友,孤身一人,终年挨饿受冻。为了生活,他只好去给一家富豪放牛。白天,他赶着牛群到树林里去,晚上,他又同牛群一起睡在牛栏里。玛璐的全部家产,就只有一个装饭的小罐、一支笛子、一把弩和一个装箭的竹筒。

有一天,玛璐上山去放牛。傍晚回来的时候,发现少了一头牛。他非常害怕,想丢了牛,东家会把他打死!玛璐于是把牛拴在树桩上,赶忙去找那头丢失的牛。他搜遍了整个山林和泉水边,嘴里不断地叫唤着,但连牛的影子也没有。玛璐走着走着,不觉到了一块平坦的大石头上。他惊愕地向四周张望,企图辨别方向,一边还自言自语:"真奇怪,我一向住在这里,哪一条小溪、哪一个山谷我不熟悉?可为什么却偏偏不知道有这样一个山清水秀、绿草如茵的好地方呢?"

玛璐正在发愣,忽然传来隐隐约约的一阵阵笑声,这更使他愕然了。但他还是壮着胆子,向发出笑声的方向走去。他穿过丛林,终于发现了六个仙女,正围着一口石井,一边喝水一边嬉戏。接着她们又手拉手在一块平滑的大石头上跳起舞唱起歌来。其中有个仙女还光着身子躺在石头上。她那白净的肤色,就像盛开在乌黑油亮的石头上的莲花一样。

玛璐只顾欣赏美丽的自然风光和那些美丽的仙女,早就把寻牛的事忘得一干二净。他站在那里呆呆地痴望着,直到仙女们渐渐消逝……天快黑了,玛璐正要转身回去,忽见一位美丽的仙女向四处张望,嘴里还不断地呼唤着,好像在寻找什么。过了好一会儿没有回声,她便朝日落的方向飞去了。玛璐这时候才如梦初醒。他恍惚地跑下山去,回到拴牛的地方。这次,他再点牛数,说也奇怪,牛儿全在,一头也不缺。玛璐不假思索,只暗自庆幸免去了东家的一顿毒打,并且还在无意中看到了世上最奇妙的景象。

自从看见仙女之后,玛璐便经常兀自嘀咕:"为什么姑娘们那么漂亮,我却长的又黑又丑?并且还穿不暖、食不饱、睡不安,过着牛马般的生活。怎样才能过着她们那样愉快幸福的生活呢?"

有一天,东家老爷对玛璐说:"你从明天起不用去放牛啦,我不再雇用你了!"玛璐听了很是忧愁,只好端着空瓦罐,带着弓箭和笛子,悻悻地走出了财主家的大门……玛璐无目的地走呀走呀,不知不觉来到了仙女游戏的地方。他暗地里思量:"她们都那样幸福快乐,我要能找到她们,要求同她们一起,也许会比放牛好得多!"他于是壮着胆子爬上了那个平坦的山头。但一看,井边静悄悄的连个人影也没有。玛璐于是在井边坐下,耐心地一直从早等到晚。日子一天天地过去。玛璐没有一天不在那里守候。

弃 老 国

在很久以前,有一个国家名字叫作弃老国。在那个国家里,所有的老人都要被驱赶到很远的地方,被丢弃,不准回家。

有一个大臣,他的父亲已经很老了,按照国法,应该驱逐出境。然而,这个大臣很孝顺,不忍心赶走自己的父亲。他就在家里挖了一个深坑,造一间秘密的小屋,把父亲安置在那里随时奉养老父。

这时,一位天神抓住两条蛇,放在国王的宫殿上,而且这样说道:"对这两条蛇,若能分辨出雌雄,你们的国家就会得到安宁;若是分辨不出来,你自己和你的国家,在七天之后,就要完全灭亡!"

国王听完这些话,心里特别烦恼,就和大臣们商量这件事。大臣们每一个都发表自己的意见,一致认为无法识别。于是,在全国范围内发布告示,招募人才,对能识别者,要封爵加赏。大臣回到家里,就去问他父亲。

父亲对儿子回答说:"这事容易识别,把两条蛇放在细软的东西上,那个急躁跳动、乱蹦不停的,就是雄蛇;在那里停住、一动不动的,就是雌蛇。"按照他所说的,果然识别出蛇的雌雄。

天神又问道:"什么人睡着了,还称作觉醒者?什么人正醒着,还称作沉睡者?"国王和群臣又不能区别、辨明;再在国内招募人才,还是没人能解答。大臣问父亲:"这说的是什么?"父亲说:"这叫作学道之人,对于那些凡夫俗子,叫作觉醒者,对于那些罗汉,则叫作沉睡者。"大臣按照这些话做了回答。

天神又再一次问道:"这一头大白象,有多少斤重?"群臣共同商量,没有人能知道称量的方法;在国内也招募能人,还是没人知道称量的方法。父亲说:"把大白象放在船上,再把船放在大池中,在齐着水面的船帮上划一记号,记住深浅是多少;然后再用这个船把称量过的石头放在里边,等船帮上划的记号和水面一齐的时候,就知道大象的重量了。"于是用这种知识做了回答。

天神又再一次问道:"拿一捧水,要比大海的水还多,谁能知道这是为什么?"大臣们在一起商量,还是不能解答;再一次到处招募人才询问,都没有找到能知道的人。大臣问父亲:"这是指什么的?"父亲说:"这话的意思容易理解。若有人能做到信念纯真,排除杂念,拿一捧水施舍给僧人、父母或穷困的病人,依靠这种功德,在数千万劫难中,能得到无穷的幸福;海水虽然很多,但是只能存在一劫之中。用这一道理推论,一捧水要比大海里的水多百千万倍。"大臣就用这些话回答了天神。

天神又变成一个饥饿的人,瘦得皮包骨,前来问道:"世上还有没有因为挨饿而比我更贫穷、更消瘦的人呢?"大臣们思考之后,还是不能回答。大臣还是带着这个问题,去问他父亲。父亲立即回答说:"要是世上有人贪婪嫉妒、不恭敬佛教的'三宝',不供养父母师长,到了来世,就要落入饿鬼之中,百千万年都听不见清水和谷物的名字,身子像大山、肚子像深谷、咽喉像细针、头发像锥子和刀子,从头到脚,无论哪里活动一下,都难受得像火烧火燎一样。像这样的人,比你更饥饿、更痛苦百千万倍。"大臣就用这话回答了天神。

天神又变为另一个人,手上脚上都套着镣铐,脖子上还戴着枷锁,从身体中冒出烈火,全身烧得又焦又烂,于是问道:"世界上还能有人比我更痛苦吗?"群臣之中一概没有回答的人。大臣又问他的父亲。父亲就回答说:"在世上有的人,不孝敬父母、陷害师长、背叛丈夫、诽谤'三尊',到了来世,要落入地狱,要经受刀山剑树的艰险,要像坐在烈火的车上、送到炉中的木炭忍受烧烤,要像掉进滚烫的河流、沸腾的尿水之中遭受熬煎,要像走在刀丛之中、烈火的道路上……这样的种种痛苦,无尽无休,数量不可统计。拿这种情况相比,要比你的困难和痛苦高出百千万倍。"大臣就用这些话回答了天神。

天神又变化为一个女人,容貌端庄、如花似玉,要比世上女人都美丽,又开始问道:"世上还有比我更端庄美丽的人吗?"国王和大臣们都沉默了,没有接下去回答的人。大臣又问他的父亲。父亲这时又回答说:"世上的人,敬奉'三宝'、孝顺父母、爱好施舍、忍受屈辱、精诚上进、遵守戒律,将来能转生到天上。这种人特别端庄好看,要超过你百千万倍。要和这人相比,你就像瞎眼猕猴一样难看了。"于是,大臣就用这些话回答了天神。

天神又拿出一块真正的檀香木,横竖笔直,完全一样,又再一次问道:"哪边是树根?"国王和大臣们用尽所有的智力,也没有能回答的。大臣又问父亲。父亲答道:"这很容易知道。把木头放在水里,树根那一头儿,必定下沉;树梢那一端,必然上浮。"大臣又用这样的话回答了天神。

天神又拉来两匹白色的雌马,形状和颜色没有一点儿差别,又问道:"哪匹是母马、哪匹是它的马驹?"国王和群臣也还是没有能回答的人。大臣又去问父亲。父亲回答说:"用草喂两匹马,若是母马,必定把草送给它的马驹。"

这样,所有的问题,完全都回答出来了,天神很高兴,送给国王两大批珍贵稀奇的财宝,并且对国王说:"你现在的国土,我要加以保护,命令那些外边的敌人,不能来侵略。"国王听到这些话,特别愉快,问大臣道:"你所回答的问题,是自己知道的,还是有人教你的?依靠你的才智,国家获得安宁,既得到了珍宝,天神又答应保护咱们,这是你出了大力啊!"大臣回答国王说:"这不是臣的智慧,请大王赦我无罪,我才敢说出真情。"国王说:"假如今天你有万死之罪,都可以不必追究了,何况是小小的罪过呢。"

大臣向国王报告:"国家曾制定过法令,不准赡养老人。臣有老父,不忍心遗弃他。冒犯了王法,把他隐藏在地窖里。臣回答的一切问题,完全是老父的智慧,并不是臣的能力。只是请求大王:在国内一切地方,都能赡养老人。"

国王便称赞了大臣,心中十分高兴,还亲自奉养大臣的父亲,并尊崇他为老师。并且说:"您拯救了我的国家和一切人的性命,这样大的好处,以前,我都不知道。"于是,立即发布命令遍告天下:"不准遗弃老人,要依靠、孝顺和赡养老人。对那些不孝顺父母、不敬重师长的人,应加以重罪。"

木制大鸟

在一座城市里,住着两个朋友:一个是织工,一个是车匠。两个人在自己那一行里都是第一把能手。他们俩很有钱,也想出了无数花钱的花样——经常到热闹的场所去游逛,到晚上各自回家。

有一回,在一个大的节日里,他们俩跟别人一样尽力打扮起来,在神庙里或者热闹的地方,逛来逛去。这时,他们俩看到国王的女儿坐在白楼上的大窗子里,一群宫女围绕着她。

那个织工看到这个无比美丽的女子,他的心从各方面给爱神的五支箭射中了。回到家里以后,他在房子的所有角落里都看到国王女儿的影子。他长长地深深地叹息,一头栽到没有铺过的床上,就躺在那不动了。他就这样翻来覆去地自卑自伤,他的精神激动而错乱。

到了第二天,那个车匠像平常一样打扮得漂漂亮亮来到织工的家里。他看到织工呆呆地躺在床上,手脚伸开,双腮苍白,眼里流着泪水。车匠一再地问他,为什么变成这个样子,但是织工却羞得什么也说不出来。后来,他终于把看到公主以后的所有遭遇都原原本本地讲了出来。车匠说:"你起来,洗一洗澡,吃一点东西!不要再灰心丧气!我给你想个办法,让你同她能够永远地享受爱情的幸福。"听到朋友的大包大揽,织工又有劲头儿活下去了。

隔了一天,车匠带着一只用木头制成的、用各种各样的颜色涂抹得花花绿绿的、用一片木器推动着能够飞的、新拼凑成的机器金翅鸟来到这里。他对织工说:"伙计呀!你骑上去,转动那一个木头楔子,你愿意到什么地方去,你就在什么地方把这个楔子拔出来,这一架机器就停在什么地方。你收下它吧!今天夜里,你好好打扮一下,把我精心制造出来的那一套装作大神毗湿奴的面具戴上,骑上这一只金翅鸟,在那个公主住的后宫楼上停下来,你就会如愿以偿了。"

到了夜里,正当那个公主独自在床上欣赏月色的时候,她的心也微微地为爱情所触动,她蓦地看到那个织工,装出毗湿奴的样子,骑在金翅鸟上。公主慌张地站起来,向他的双足顶礼,说道:"神仙呀!你为了什么原因肯驾临到这里来看我呢?请你指示我,要做一些什么事情呢。"织工用低沉而纡徐的声音:"亲爱的!我就是为你而来的。"接着,他说,"你是我以前的老婆,因为诅咒而被赶走,直到今天,我一直保护着你,不致给其他男人所触犯。因此,我要用乾闼婆的方式跟你结婚。"于是他们便成为夫妇了。从此,他们俩的爱情也一天一天地增长,一天一天地享受着爱的狂欢。每到快天亮时,织工便骑上机器金翅鸟,偷偷地回到自己的家里。

后来,守卫们发现这一情况,报告给国王。国王让皇后去问女儿。公主羞得低下了头,原原本本地把装成毗湿奴的织工的故事说了一遍。皇后听了以后,满脸笑容,赶快去告诉国王,国王听了,心里高兴得不得了。

到了夜间,国王带着老婆偷偷摸摸地站在窗子外面,正望着天空的时候,就看见那家伙骑在金翅鸟的背上,手里拿着吹螺、神盘和杆,所有的神的标志,应有尽有,从天而降。国王对皇后说:"在这个世界上,再也没有比我和你更幸福的了……现在我利用我的女婿就可以把整个世界都征服了。"

在这期间,九百九十万村庄的主人和南方帝王派来的使臣,想来收每年应缴的贡物。这国王因为有了毗湿奴大神这样一个女婿,目空一切,不像以前对他们那样毕恭毕敬的。使臣非常生气,说:"喂!国王呀!应该缴纳贡赋的日子已经过了。你为什么还没有把应缴的贡物送去呢?难道你现在忽然不知道是从谁那里得到了一种世界上稀有的力量吗,而竟敢惹得赛过死神的帝王生气吗?"使臣说完了,国王却不屑一顾,神气十足地转过身去。使臣回到本国以后,就添油加醋百千倍地夸大事实作了报告,惹得自己的主子怒不可遏。于是,南方帝王带了英勇的侍从,率领着一支包括象兵、车兵、骑兵和步兵四部分的大军,来讨伐那家伙。他怒气冲冲地说道:"纵使那个坏国王钻入海里、爬上天神保护的须弥山,我无论如何也要追踪把他杀掉,这就是我的誓言。"于是,他长驱直入,没被阻挡,侵入这个国家,把它破坏了。那些没有被杀掉的人民走到国王的宫门,就开始大哭大叫起来。虽然国王已经听到了这些,但是他丝毫也不慌张。

大臣们向国王报告:"陛下呀!一支强大的敌人军队已经冲进来,把京城包围了。陛下怎么还能无动于衷地站在那里呢?"国王说道:"你们从从容容地等在那儿好了!我已经想出了一个消灭敌人的方法。我将要怎样来对付这一支军队,明天你们就可以知道了。"说完了,他下令好好地防守城墙和城门。然后,他就把自己的女儿喊了来,甜言蜜语地对她说:"小宝贝呀!我仗恃着你的丈夫的威力同敌人打起仗来。今天夜里,当毗湿奴大神来的时候,你要告诉他,请他明天把我这个敌人消灭掉。"

到了夜里,公主把父亲的话完完全全地告诉了他。织工听了以后,笑了笑,说:"亲爱的,同人类打这么一仗又算得了什么呢?因为我以前像玩一样地把神通广大的大魔都杀掉了。你去告诉国王说:不要发愁!明天毗湿奴就要用他的神盘把您的敌军全部消灭掉。"于是她趾高气扬地把一切都告诉了国王。国王高兴得要命,命令守门人在城里击鼓宣布:"明天在战场上把敌军杀掉以后,谁在他们的住处找到金银、钱财和粮物,就归谁所有。"城中居民听到了都兴致勃勃地互相谈论:"我们的主子真是了不起的勇敢,虽然大敌当前,但是他却不为所动。毫无疑问,他明天一定能消灭敌人。"

这个织工不再寻欢作乐,他非常发愁:"我现在该怎么办呢?如果我骑上这一架机器飞到别处去,我就再也不能和心爱的女人在一起了。敌军杀掉我岳父以后,就会从后宫里把她拉出来。因此,我还是战斗吧!我死掉以后,所有我的那些愿望都落了空;没有她,我也会死掉的。简而言之,我反正是非死不可了,我还是坚强一点吧!说不定,敌人看到我骑在金翅鸟上投入战斗,认为我就是毗湿奴,因而逃走了呢。常言道,'伟人的人物应该永远是威风凛凛、勇往直前的,即使在困难中,在忧患中,即使遇到了大危险。那些勇敢坚定傲视一切又能想出办法的人们,就一定能通过困难而又逃出了困难'。"

于是,织工下定了决心要投入战斗。金翅鸟把这件事报告了毗湿奴:"陛下呀!在地球上有一个织工装出了陛下的样子,在享受着国王的女儿。现在南方强而有力的帝王来到这里,要把那国王连根拔掉。那个织工下定决心要帮助他的岳父。如果他在战斗中身亡了,那么在人类的世界上就会散布这样的谣言,说你毗湿奴给南方的帝王杀掉了,从今以后,祭祀等等的举动就会停止,至于那些庙宇呢,那些不信神的家伙也会把它们毁掉,那些依附陛下的托钵僧也会放弃托钵游方的生活。事情就是这样,请陛下圣裁!"

毗湿奴仔细考虑之后,说:"鸟中之王呀!实在是这样子,那织工既然装出神仙的样子,就非把那些国王杀掉不行。因此只有一个办法,那就是我同你去帮他的忙。我附到他的身体上去,你就附到他那个金翅鸟身上!也让神盘附到他的神盘上面!""就这样吧!"金翅鸟同意了。

结果,当然是南方的帝王被消灭了。装成毗湿奴的织工说:"从现在起,你们可以特别安全,这一个国王所命令的,你们要永远地毫不迟疑地去执行。""谨遵主子的命令!"所有的其他国王都这样说。

于是,这一织工就把敌人的一切财产:人、象、车子、马、财宝等等都交给岳父国王去支配。自己有了胜利的光荣,同公主在一起享尽了一切荣华富贵。

樱 桃 树

在幼发拉底河岸边,长着一棵很大的樱桃树。在绿叶的掩映下,树枝上点缀着一串串红色的果实。

几千年前,樱桃果并不是血红色,而是晶莹的洁白色,那时候,泰茜芭和贝拉姆就住在雄伟的巴比伦城墙附近,他们常常一起在家门前嬉戏。

两家的房子紧挨着,一堵墙把两家隔开。贝拉姆在巴比伦城是数得上的漂亮孩子;泰茜芭也是百里挑一,生就一副天仙般的模样。两个孩子在一起十分友爱,每天在门前空地上玩耍,不知疲倦,形影不离,一时也不分开。

日月穿梭,一晃几年过去了,两个孩子都已长大成人。贝拉姆和泰茜芭都感到内心深处萌发了一种异样的感情。两人一时不见就无法忍受,他们整日厮守在一起,晚上分别时总要经过长时间的拥抱和热吻,然后各自回家,做着美梦。

一天,诽谤女神看见这一对小恋人,对这对恋人纯洁无瑕的爱满怀嫉妒和仇恨。妒恨拨弄她,使她又玩起惯有的伎俩,要破坏纯洁高尚的东西。她摇身一变,变成一个姑娘,自称名叫乌拉妮娅,藏在院外监视着这对恋人的行动。

她像一个长舌妇把贝拉姆和泰茜芭的恋情添油加醋地讲给见到的每一个女孩子听。女孩子们又发挥个人的想象添枝加叶地讲给家里人听。一传十,十传百,双方父母很快听到了风声,他们从来没有怀疑过这两个天真的孩子,因此感到十分意外,也格外担心。孩子们触犯了巴比伦的道德准则,违背了传统,并给家长带来了耻辱。当时巴比伦青年都是从婚姻市场上买回姑娘做未婚妻,未婚男女不可待在一起。他们怒气冲冲地赶到孩子们逗留的地方,发现两个不懂事的孩子在热烈亲吻。两位父亲一见不管三七二十一,一个抓住姑娘的长发拖回家中,责骂一顿;另一个推搡着儿子,一顿拳打脚踢,儿子站起来又被父亲打倒。从此,双方父母再也不允许他们见面了。

泰茜芭恳求父亲饶恕她,答应把她嫁给心上人。狠心的父亲不但不理,反而让她饱尝毒打之苦,女儿的乞求和眼泪也打动不了他的心。好心的邻居们为姑娘求情,父亲还是不答应。可怜的孩子哭得死去活来,不知今后怎么活下去。

爱是不会屈服的。绝望之中,他们想尽办法寻找单独见面的机会。他们偶然想起两人的房间只有一墙之隔。于是,双方都从各自一面抠洞,很快在薄薄的壁上挖出一个不大不小的洞来。他们对着小洞,诉说着自己的痛苦,感受着对方的呼吸。小洞成为爱情的窗口,传递着爱情的心声。他们夜夜守在洞边,低声细语。夜半人静,才用最温柔的话语告别,互相亲吻小洞,然后去休息。

小洞渐渐不能满足他们的渴望。他们又苦思苦想其他的办法。最后商定,乘父母深夜不备溜出家门,求城门卫士放行,在城外国王尼努斯的墓地相会,再双双逃走。

国王尼努斯的墓地上有一株巨大的樱桃树,像一把大伞遮住灼热的太阳。晶莹剔透的樱桃挂在绿叶丛中。旁边一眼泉水,喷涌出冰凉甘甜的清水,如蜜一般。

万籁俱静,夜合上了双眼。

泰茜芭悄悄起床,在头上蒙上一块手帕,遮住如花似玉的面孔。她踮起脚尖,轻轻溜出房门,来到院落。她顾不上害怕,急急忙忙沿着高高的城墙,向城门摸去。

美和爱的女神从天上望见泰茜芭,知道她正在为如何通过卫士把守的城门犯难。女神派她的使者扮作歌女来到门卫身旁。她吹笛唱歌,吸引了卫士的注意。泰茜芭乘机从城洞逃出,像一点烛光消失在漆黑的夜色之中。

姑娘小心翼翼地迈步向前,心悬到了嗓子眼里。她屏息凝神盯着前方。爱情支持着她,鼓舞着她向前。

没走出几步,一声狮吼划破长空。泰茜芭吓得浑身发抖,下意识地撒腿就跑,奔到林边的树丛中躲藏。慌忙中,她把绸手帕失落在沙漠之上。

吼声发自一只捕猎野牛的母狮。母狮吃饱后口渴得很,它到处寻水,来到樱桃树旁的泉边。待喝足了水,返回森林的途中,它发现了泰茜芭丢失的绸帕。狮子警惕地望着它,冲上去用它的尖牙和利爪撕扯它,发现并无危险,才扬长而去。留下了沾满野牛血迹的破手帕,结果酿成一场悲剧。

贝拉姆来到城外时,狮子早已离去,泰茜芭在树丛中还未从惊吓中醒转。贝拉姆左寻右找,没发现情人来过的踪迹。他猜测不出她是早已来到还是正在路中。

突然,他发现远处有个物件。走近一瞧是他送给泰茜芭的手帕,手帕血迹斑斑,破烂不堪。

贝拉姆痛苦地喊叫起来。他认定姑娘被狮子吞食,只留下这块血污的手帕。悲痛的号叫打破夜的寂静,他用双手拍打胸膛和面颊。

"啊,该诅咒的夜,你目睹了泰茜芭的惨死。现在,你将看到她悲痛的情人随她而去!"

"夜呀,愿神疏远你,泰茜芭不该死去。

"生死的主宰,你们统统是群野兽,为什么不可怜可怜她,挽救她的性命。"

他对着破绸帕喃喃地说:"泰茜芭,我的心上人,不是狮子杀害了你,我是罪魁祸首,是我杀了你,我把你从温暖舒适的床榻上叫起来,让你离开安全的家,来到这荒漠之上。为什么不是我先到这里,让我替你,成为野兽的猎物。

"杀人的野兽,你在哪里?凶猛的野兽,你在哪里?来呀,我要把你撕成碎片,你杀死我的情人,要偿还这笔血债!

"来呀,凶残的家伙,朝我扑来吧,我该杀、该剐、该被撕成碎片,不……不;我不能等你了,没有时间了。她死了,我一分钟也不愿活下去了。

"死神,我不要等待,懦夫才等待死亡。我不是懦夫,我去找你,我是个勇敢的青年!"

贝拉姆抓起手帕,飞似的奔回樱桃树下。他眼泪汪汪亲吻了情人的遗物,伸手从衣服下取出匕首,朝胸部猛刺下去。然后抽出匕首,丢在一旁,身体靠着树干,血从伤口喷涌出来溅在树干上,洒到树根的泥土中。树根吸收了他的血液,染红了雪白的花朵。伤口不停地淌血,他握手帕的手无力地按在上面,慢慢倒了下去。

泰茜芭躲在树丛中,不知道外边发生的事情。当她惊魂稍定,确信狮子早已离去,才钻出来,向墓地跑去。跑着跑着,她发觉眼前的景物已非先前那样,疑是跑错方向。定睛细瞧,才发现树上的樱桃变了颜色,白花花的果子已变得殷红。向旁边望去,确是尼努斯国王的墓地,和那眼泉水。但是……树下的一动不动的黑影又是何物?

待她走上前去一看,立时惊叫起来:"贝拉姆!我的天,你的身上为什么在淌血?"

泰茜芭一下子扑到贝拉姆身上,使劲摇着他,一遍遍呼唤他的名字,泪水和着血水一齐往下淌。

"贝拉姆!我的爱人,你说话呀!我是泰茜芭,你睁开眼睛看看我,看看我呀!"

泪水滴落在贝拉姆的脸上。他冰冷的身体微微一颤,闭着的双眼微微睁开。贝拉姆向他的心上人投去最后的充满柔情蜜意的一瞥。

泰茜芭竭力使自己从再一次的惊吓中镇定下来,她抚摸着贝拉姆的惨白冰凉的面颊,不断地亲吻他,企盼他能苏醒过来。她抓起贝拉姆手中沾满血污的破绸帕,望见了他身边的匕首,慢慢明白了刚才发生的一切。

"贝拉姆,这么说是我杀死了你,我丢下的手帕成了你死亡的原因,我是刽子手。贝拉姆,你爱我,为我而死。爱情给了你力量和勇气,用匕首迎接死亡。贝拉姆,我懂得你的心,爱情也会给我力量。等等我,贝拉姆,我来了,别再丢下我!"

泰茜芭把脸转向巴比伦城,喃喃地说:"我的父亲,贝拉姆的亲人,但愿你们能在我们死后成全我们,把我们葬在一起,让我们像活着时一样永不分离。"

她又抬起头望望身边的大树:"可怜的树呀,你目睹了我情人的死亡,你还会看到我就要随他而去。你是我们爱情的见证,这殷红的果实是用鲜血浇灌的爱情之果,披上夜的黑袍,为我们哀悼吧!"

说罢,她举起匕首向胸部刺去,然后倒在贝拉姆的身上。她殷红的鲜血与贝拉姆的血汇在一道,渗入黑色的泥土里。

风神的哭泣将不幸的消息带给神祇和他们的双亲,也将殉情者的呼唤带给他们。神祇同情他们的遭遇,将他们的灵魂引到天堂,在那里享受幸福的阳光和不尽的欢乐。

双方的父亲急匆匆赶到现场,他们堆起木柴,火化了尸体。把这对情侣的骨灰放在一个容器里,埋进鲜血装点的墓地。

樱桃树穿上悲伤的黑色衣袍,从此只结血红色的果实,向世人揭示爱情之果的忠贞。

月神的降生

天地分开以后,地上有一块风景优美的地方,人称尼普尔。那里山清水秀,井里的水甘甜可口。众神灵都聚居在那里,万神之主恩里尔神也住在那里。恩里尔潇洒英俊,气度不凡,颇得女性神灵的爱慕。

尼普尔有位老妇人,名叫南巴尔什库努。她膝下有一位如花似玉的女儿名叫宁里尔。老妇人日夜盼望女儿能与万神之主恩里尔配成一对。她暗示女儿主动接近恩里尔,以便得到他的垂青。

"我的女儿宁里尔,艾丹伯里都河的河水清澈见底,你快到河里去洗澡,清洁你的身体,然后在岸边散散步。在那里,你会碰到一位目光炯炯的青年,他就是万神之主恩里尔,一个决定命运的牧人。他会被你的美貌所吸引,拥抱你、亲吻你。"

宁里尔听了母亲的话,很想见见这位众人仰慕的神主。她羞答答地来到河边,用清凌凌的河水洗净身体,然后款款走在河岸上。

万神之主,巍峨高大的恩里尔从远处走来。他目光炯炯,一眼就看见了岸边的漂亮姑娘。恩里尔上前拉住宁里尔的手,向她表露爱慕之情。恩里尔与她谈论男女之情,宁里尔对他的话似懂非懂,心里十分害怕。她困惑地说:"我还小呢,不懂你说的事情,我的嘴唇小巧娇嫩,还不曾接受过亲吻。"

恩里尔十分扫兴,回到宫中闷闷不乐。宁里尔的情影不时出现在他眼前。他召来大臣努斯库,把自己的心事告诉了他,努斯库心领神会。他为恩里尔准备了一条船,将宁里尔骗到船上与恩里尔幽会。恩里尔得到了宁里尔,宁里尔怀上了月神纳那。

神灵们听说了恩里尔的恶行,十分气愤。他们不顾恩里尔是众神之主,不肯轻易饶过他,决定给他严厉的惩罚。五十位天神和七位决定命运的神在王宫中抓住了恩里尔,对他说:"恩里尔,你这个罪人,从尼普尔城滚出去,下界在等着你。"

恩里尔不敢违抗众神的意志,只好听从命运的安排,被放逐到地下世界。

恩里尔抛下了身怀六甲的宁里尔走了。宁里尔不愿孤身待在尼普尔,决定追随丈夫一同到下界去。

对此,恩里尔十分不快。他知道他的儿子纳那命中注定要住在天上,用他皎洁的月光照亮寰宇。于是,他千方百计阻止宁里尔跟随他到下界。

恩里尔走进地下世界,嘱咐地下世界的守门人不要告诉宁里尔他的去向。宁里尔来到了地下世界,向守门人询问恩里尔是否已经进去了,守门人一口否认。宁里尔在地下世界生下了月神纳那。恩里尔为了拯救儿子,想出了一个顶替的办法。

宁里尔生下月神纳那后,不甘寂寞到处寻找丈夫,她来到地下世界的一座大门前。恩里尔远远看到她,立即嘱咐守门人不要告诉他的去向。他说:"守门人,执掌钥匙的人儿,看管门闩的人呀,女王宁里尔就要来了,不要告诉她我在什么地方!"

宁里尔走近大门,焦急地对守门人说:"守门人,执掌钥匙的好人,请你告诉我,国王恩里尔到哪儿去了?"

恩里尔见宁里尔走来,摇身变成守门人与她对话。

"你找万国之王恩里尔干什么?他吩咐不见任何人。"

宁里尔说:"既然你知道万国之王恩里尔,就应该认识我。我是王后宁里尔,带我去见恩里尔。"

恩里尔见王后非常坚决,就现出了原形。

"假如你是我的王后,那么就让我的手抚摩你的身体吧。"

王后说:"国王恩里尔在我心中,他的儿子纳那在我心中,我怎么能把他忘记。"

恩里尔亲吻了妻子,紧紧把她拥抱在怀里。于是,宁里尔生下了下界之王尼那朱。

这期间,恩里尔又离开了宁里尔。宁里尔生产后又一次去寻找丈夫。她循着丈夫的脚印,追到下界的河边。那是一条捕猎人类的河流,由一名威武的卫士把守。

恩里尔发现宁里尔追来,对卫士说:"下界河流的卫士,王后宁里尔来了。她要问起我的行踪,你千万要保守秘密。"

宁里尔来到河流卫士身边,向他问道:"下界河流的卫士,告诉我你们的国王恩里尔到哪儿去了?"

"你是谁?你找他有什么事?他吩咐过不见任何人!"

"恩里尔是你们的国王,我是他的妻子,王后宁里尔,难道你不认识?"

这时,恩里尔又变成河流卫士出现在宁里尔的身边。

"你要是我的王后,让我的手抚摩你的身体。"

"国王恩里尔永远在我的心中,我们的儿子纳那永远在我的心中。"宁里尔高兴地说。

恩里尔亲吻王后,把她紧紧抱在怀中。恩里尔的体液流入宁里尔的心里,宁里尔怀孕后又生下了一个神。

恩里尔用同样的方法假扮船公,引逗宁里尔,使她在地下世界生下了三位神灵。三位神灵在地下世界顶替他们一家的位置,使他们得以重新升上天宫。

黑头发的苏美尔人盛赞恩里尔,称他为富饶之神,永恒之王。

印娜娜巧取文明

印娜娜是天上的女王,乌鲁克城的保护神,是她给该城带来了繁荣和幸福,使其成为苏美尔的文化中心。乌鲁克城也因她的名字而名扬天下。印娜娜怎么使乌鲁克城成为一座光荣的城市呢?其中有一段优美的故事。

印娜娜是位倔犟的女神,她想做的事总要想尽办法做到。她做乌鲁克城的保护神时,智慧之神安启住在阿普苏,即深不可测的大海之中。他已建造好苏美尔最古老的城市埃利都,并把他创造的具有重要价值的神圣礼仪贮藏在那里。印娜娜决定用友好或非友好的手段得到全部的文明礼仪,使她的城市享有不朽的光荣。

于是,她亲自前往埃利都的阿普苏,面见天神安启。印娜娜款款来到阿普苏,她亭亭玉立,光彩照人。安启远远地看到她,顿时为她那倾城倾国的美貌所吸引。他召唤身旁的伊斯麦德,对他说:"我的使者伊斯麦德,听我吩咐,按我的话去做。瞧那个独自向阿普苏走来的美人印娜娜,快去迎接她,献上清凉的甜水解除她一路的劳顿,献上椰枣酒为她洗尘。赶快去准备酒宴,神圣的天神之宴,我要隆重地欢迎她。"

伊斯麦德遵从安启的吩咐,把一切安排妥当。安启热烈地迎接远道而来的温柔使者,请她坐在自己的身边。望着娇媚的印娜娜,安启心旌摇曳,神魂颠倒。他不停地劝酒,自己喝得满脸绯红。他迷迷糊糊,心里只想着怎么讨好身边的美人,让她高兴。他不假思索地高声喊道:"以我的名义,以我无比的神力的名义,我要把神权、伟大神圣的王冠和宝座送给我纯洁无瑕的女儿。亲爱的印娜娜,请接受我的一点小意思!"

印娜娜一听,喜上心头,赶快站起身来,接受馈赠。

她刚刚坐下,安启又大声宣布:"以我的名义,以我神威的名义,我把伟大神圣的王权的象征王笏和王杖送给印娜娜。我的孩子,拿去吧!不要客气。"

印娜娜又站起来接受礼物。

安启在美酒女色的刺激下,昏头昏脑,异乎寻常的慷慨。他一而再,再而三地大声呼喊。最后,一共把一百种神圣的东西赠送给了印娜娜。印娜娜乐不可支,她怎么也没想到会如此轻而易举地得到她梦寐以求的东西。她不敢在宫廷久留,千恩万谢之后,赶快告别安启,起身返回乌鲁克。

印娜娜小心翼翼地把全部礼品装上天舟,扬帆疾驶。这些礼物包括神权、王权、不朽的王冠、王位、王笏、伟大的神圣地位、神对万物的关照权、大洪水、上天庭与下地狱的自由、祭司的多种职能;伺奉天廷的神妓、两性关系和卖淫,音乐与乐器,艺术,木匠铁匠皮匠瓦匠的手艺,织网、金属冶炼等技术,写作、真理、真诚、正直、善良与公正、格言与智慧;好话与坏话、判断与决定、英雄与力量、伪造、敌对、骚乱、叛乱、城市的毁灭与凭吊、愉悦、忧虑、胜利的欢呼;旗帜、指令、壮年、富饶等。

印娜娜走后,安启渐渐从快乐和美酒的陶醉中清醒过来。他发现自己心爱的宝贝都已不在原地,大吃一惊,赶忙召来伊斯麦德,大声训斥:"伊斯麦德,你这不中用的家伙!你好好瞧瞧,我的那些宝贝怎么不见了,你把它们弄到哪里去了?"

伊斯麦德知道安启酒醉方醒,记不得刚才发生的事情,就小心翼翼地提醒他说:"我的主人,你不要着急。你还记得来访的女神印娜娜吗?还记得你为她举行的盛大宴会吗?"

"嗯,有这么回事。"

"你还记得当时的情景吗?"

安启托着头呆呆地坐在那里,慢慢回忆起宴会上发生的一切,记起自己怎么一股脑儿把心爱之物统统送给印娜娜的经过。安启叫苦不迭,后悔酒后发狂,慷慨赠送。他问道:"伊斯麦德,印娜娜的天舟现在到了什么地方?"

"她已到达伊达勒港。"

"我以高贵的天神的名义命令你,带一群凶猛的野兽去追赶印娜娜,把东西给我抢回来!"

伊斯麦德不敢怠慢,立即率领群兽出发。他们很快就追上了印娜娜,挡住了天舟的去路。伊斯麦德对女神说:"我的女王,你的父亲派我们来找你,他有话要对你说。请跟我回去见他,不要违抗他的命令!"

"我的父亲说了什么,他让你带来什么不许违抗的命令?"

"国王对我说,'快去传达我的旨意,要印娜娜平安回到乌鲁克,但是必须把天舟原封不动地送回埃利都'。"

圣洁的印娜娜非常惊奇,忙问:"埃利都的使者,告诉我,为什么伟大的安启——我的父亲改变了主意,他为什么要违背自己的诺言,朝令夕改?难道他用好话哄骗我,做父亲的竟要把女儿欺骗!难道他没有以他的名义起誓,以他无比的神威起誓,以阿普苏的名义起誓,将那些宝贝送给我?"

印娜娜愈说愈气,声调愈提愈高。

那群野兽早在一旁等得不耐烦,他们七手八脚调转船头就向埃利都驶去。印娜娜当机立断,命令手下大将南舒贝尔全力保护天舟,自己则与随从们奋力打退群兽,夺路而走。

伊斯麦德垂头丧气回到埃利都复命。安启不依不饶,命他再带各类猛兽,立即追回失去的宝贝。伊斯麦德马不停蹄地经过埃利都和乌鲁克之间的七个停歇点,朝乌鲁克方向奔去。

此时,印娜娜的大将南舒贝尔已平安护送印娜娜和天舟到达乌鲁克。城里的居民聚集在码头上热烈欢迎他们的保护神印娜娜,为她满载而归举行了持续几天的庆祝活动。

东明王朱蒙

相传,在古代中国的东北方向有个扶余国。

扶余国的国王解夫娄老而无子,便向山川祈祷,希望老天爷能赐给他一个儿子。

有一天，国王打猎归来，发现一个长得像金蛙似的孩子被压在石头底下，就把他抱回家去，立为太子。

这时候，天帝的儿子解慕漱乘五龙车下凡，到鸭绿江边打猎，看到龙王河伯神的三个女儿在那里洗澡玩耍，很想和凡间的姑娘成亲。于是他用鞭子在沙滩上"沙沙沙"勾勒几下，立刻建造起一座富丽堂皇的铜质宫殿，并在内厅里摆满珍馐佳肴、玉液琼浆勾引河伯神的三个女儿入宫。当她们酒足饭饱，高兴地玩耍时，解慕漱飞也似的跑过去，拦住河伯神的大女儿柳花。从此，他们俩就经常会面，感情渐深，如胶似漆。

河伯神知道了这件事，十分震怒。但听说他是天王的儿子，就使出伎俩要和他比武。河伯神"扑通"一声跳进水里，变成一条鲤鱼游来游去；解慕漱也紧跟着跳进水里，变成一只水獭，紧追不舍。鲤鱼眼看就要被捉住了，就赶紧浮出水面，变成一只鹿，往山坡上跑去；而解慕漱摇身一变，成了一只豺狼，像风一样追过去，要张口咬住小鹿尾巴。河伯神慌忙变成一只野鸡，"扑棱"一下飞上天空；解慕漱眉头一皱，一抖身又变成了一只老鹰，扑扇着翅膀飞过去，把野鸡捉住了。

到这时，河伯神才感到解慕漱的确才智不凡，便答应了这门亲事。

然而，他又放心不下，怕解慕漱变心，于是把他灌醉，然后将柳花和解慕漱装进皮囊里，放在五龙车上，让他俩一块飞上天。

可是，还没等五龙车钻出水面，解慕漱便醒过来，拔出柳花的金簪子往皮囊上打了个眼儿钻了出去，扔下柳花自个儿飞往天空去了。柳花升不了天，也只好返回水宫。

河伯神看到女儿哭丧着脸回来，便责怪她无媒而从，败坏门风，遂将柳花的嘴唇拉长三尺，扔进长白山南侧的优渤水里，永远不让她回人间。

谪居优渤水的柳花，被东扶余王金蛙所搭救。金蛙王知道这女人是河伯神的大女儿、天帝的儿媳妇，就不敢怠慢，把她安排在后宫里奉养起来。

自从柳花进宫，一缕强烈的白灵光照在她身上。过不几天，柳花出奇地怀孕了，生下的竟是一个足有五升大的肉蛋。金蛙王以为人生肉蛋是不吉之兆，就让手下人把肉蛋扔给猪狗，可是它们都不吃。又把肉蛋弃在路上，牛马都躲避它。后来把肉蛋扔进了深山沟里，一会儿山里的飞禽走兽

就围拢上来,守护着它。

金蛙王叫手下人剖开肉蛋看个究竟,可就是剖不开,于是把这神奇之物又还给了其母柳花。柳花将肉蛋裹好,放在热炕头上,几天后一个英俊的小男孩破壳而出,哭声特别洪亮。孩子刚满月,竟能说话、走路,七岁便能自做弓矢,百发百中。当时按扶余话,称神弓手为"朱蒙",于是叫这孩子为朱蒙。

金蛙王有七个儿子,没有一个能比得上朱蒙的本事。

有一天金蛙王带着七个王子和朱蒙上山打猎,王子及其随从只打到一只鹿,而朱蒙一个人就打了十多只鹿和狍子。王子们好生嫉妒,把朱蒙绑在一棵大树上,朱蒙用尽全力,将大树连根拔起,拖着大树回家。王子们千方百计地想除掉他,但是金蛙王知道自己和朱蒙都是老天爷赐给人间的,不能杀死,因此就派他去和奴隶们一起放马。

朱蒙受委曲到了马场,挑选到最好的骏马,往它的舌头底下扎进一根细针,使这匹马一天天瘦下去,再把驽马喂得体壮膘肥,滚瓜溜圆。金蛙王不知道其中的秘密,自己选了那匹滚瓜溜圆的肥马,而把最瘦的那匹马赏给了朱蒙。朱蒙立刻把骏马舌下的细针拔了出来,加草添料,精心饲养,没过多久,这匹马很快便体壮膘肥,活蹦乱跳。

金蛙王又领着王子进山打猎,突然有乱箭从四面八方射向朱蒙。

朱蒙知道王子们要加害于他,便策马扬鞭,绕道回家,将此事禀告母亲。柳花劝朱蒙赶快出奔,到遥远的地方去施展他的宏图大略。朱蒙向母亲施礼告别,跨上骏马,带上乌伊等几个朋友,直奔南疆而去。

朱蒙一行跑了很远,突然眼前有一条大江拦住了他们的去路。朱蒙指苍天喊道:"我是天帝的孙子、河伯神的外孙,祈祷苍天大江,救我一命。"说完,用鞭子猛击江水,霎时就有数不尽的鱼鳖虾蟹浮出水面,背对背地从南到北架起了一座浮桥,让朱蒙一行通过。追兵们上气不接下气地追过来,刚走到桥半截儿,那鱼鳖虾蟹们一散,桥上的兵马统统摔到大江里淹死了。

朱蒙得到了天帝和河伯神的帮助,建立了高句丽国,做了第一代国王,叫东明王。

黑 母 牛

有一个女孩子名叫美发。当美发年满九岁的时候,她的母亲死了,美发就同父亲住在家里。她替父亲做饭,每天洗衣服,收拾房间。她常常是顺从而且谨慎小心的。

每天早上,女孩子带着一小袋粟子跑到院子里去。成群的鸽子和燕子看见了她,便飞下来,飞到她的脚边。美发把粟子撒给这些鸟吃。在它们啄食粟子的期间,她看守着,不让邻家的恶猫来欺侮它们。不久,鸽子和燕子对女孩子很熟悉,直接从她手中啄食粟子了。

美发这样地生活,直到父亲续娶了一个残忍又懒惰的女人为止。这女人也有一个女儿,也是残忍而懒惰的。她的名字叫作恩发。

后母和恩发不欢喜劳动。她们一天到晚在镜子面前打转,试穿各式各样的服装,并且常常叱骂美发。

她们强迫美发劳作,从日出直到星夜。美发淘米,到树林中拾柴,看守灶里的火,洗衬衫,用洗衣棍打衣服,浆衣服,到菜园里拔草,浇花,晾席子。

有一次,城里举行盛大的庆祝会。特派的急行差役在所有的街道上跑来跑去。急行差役在每一个角上立定了,把一个大喇叭装在嘴上,向大众宣告:"汉城的居民们,大家听着!再过十天,我们的国王将带着随员,巡游汉城的街道,从西门到东门,从西门到东门!大家来迎接国王,要心情愉快,衣冠整齐!要心情愉快,衣冠整齐!"

从这一天起,可怜的美发竟不得不做夜工。她擅长缝纫,后母就命令她替自己和恩发缝节日穿的衣服。

庆祝会的日子终于来到了。

后母和恩发天一亮就起来,试穿她们节日的华丽服装,直到午餐的时候。正午,她们穿得齐齐整整,神气十足地去看国王的行列。后母怕美发也想去看庆祝会,她把一箩没有筛干净的米和一只燥裂了的大水桶交给她。

"哪,"后母对她说,"你要在太阳落山以前把这些米全部拣好,再把这桶装满水。留心,米要拣得清爽,要纯是米粒子;水要装得满到桶边上。"

后母说过之后,同恩发两人去了。

美发哭了起来。一个女孩子怎么能够在一个晚上就用手指拣出一箩米里的砻糠,又怎能在一只七孔八洞的大桶里装满水呢!

但美发哭了一会儿,就坐在席子上开始工作了。不到一分钟,她听见头上有一种嘈杂的声音。她抬起眼睛来,看见一大群鸽子。这些鸟在美发头上盘旋了两转,飞落到她的脚边,立刻用嘴和爪来拣米。

转瞬之间,美发面前堆着一大堆又清爽、又洁白、又透明的米了。美发欢喜得很,几乎忘记了在燥裂的大桶里装水这件事。她跑到井边,吊起一桶水,拿来倒在大桶里,再跑到井边去吊第二桶。但是当美发回来的时候,大桶已经空了。所有的水都已经流出,因为大桶上都是裂缝。

美发又哭了起来。因为倘若她不做完后母所吩咐的事,那凶恶的女人是要虐待她的。但是在一只有洞的大桶里装满水,怎么可能呢?

忽然美发听见一种愉快的叫声。她拭去眼泪,看见一群愉快的燕子在屋顶上跳来跳去。每一只燕子嘴里衔着一块泥。不到一个钟头,大桶上所有的裂缝都被泥堵塞了。现在大桶不漏了,美发把水装进大桶里,满到边上。

美发做完了工作,听见敲锣敲鼓的声音。这是国王的行列开始在汉城街上巡游了。

美发迅速地换上了她的虽然普通却浆得很好的衣服,跑到街上去。这种华美的光景,她从来没有看见过。三十二个快步差役抬着国王的礼轿。快步差役身上穿着火黄色衣服,头上戴着很高很高的尖帽。前面走着喇叭手和铜鼓手。喇叭手吹着金黄色的喇叭,铜鼓手敲着系丝带的鼓。轿子后面走着卫兵,卫兵手里拿着银铃、打琴、笛子和扇子。卫兵后面,有许多大官员跟着行进。他们都戴着很高的帽子,帽子上装饰着深红色的球穗和五彩的羽毛。大官员们的衣服是红色的、蓝色的和橙黄色的。

跟在大官员后面的是仆从。他们手里拿着箱子,箱子里装着清凉的饮料、各种糖果和水果。美发看不到国王。国王坐在轿子里,四面遮着黄色绸缎制的帷子。

但是这女孩子能够看到这样华美的行列,听到非凡的音乐,观赏国王的队列,已经很满足了。

后母和恩发回到家里的时候,美发已经换上了她的旧衣裳。后母看见米已经全部拣好,大桶已经装满水,她更加不欢喜这女孩子了。恩发只管吹牛:"啊哟,你没有看见:那行列多么漂亮!国王的乐队奏得多么好听!人们都欣赏我的美丽的衣服!"

第二天,国王又要巡游汉城的街道。美发又通宵替后母和恩发缝制节日穿的衣服。

正午,后母在出门之前,对美发说:"你不把菜园里和花园里的杂草除干净,不许走进屋子里来。"

这可怜的女孩子又是一个人留在家里了。她坐在地上,不知如何是好。因为花园里和菜园里的杂草多得很,一个人除草,一星期也除不尽的。

忽然花园里不知从哪里来了一头黑色的母牛。它用那双亲切的大眼睛向美发看了一下,便迅速地吃杂草。过了不多久,菜园和花坛里的杂草全吃光了。

于是美发很感激,对黑母牛说:"谢谢你,多谢你!"

黑母牛用人的声音回答道:"你必须对一切穷人和不幸的人都亲切,那时你的生活就会幸福了。现在你跟我来,在我的蹄所踏出来的每一个小洞里,有一块银元……"

母牛说了这话,便穿过田野,走向树林去。美发跟着母牛走,果然每一个小洞里有一块银元。当母牛走到树林边的时候,美发站定了说:"再会,现在我有了这许多钱,我可以使我们这条街上所有的穷人都吃饱了。"

母牛不回答什么,只是点点头,仿佛和美发告别,便隐没在茂密的树林里了。

美发回到家里后,后母和恩发跑过来骂她。

"你这不中用的东西!要我亲自在灶里生火。我的手都弄脏了!"后母这样骂。

"要我亲自洗锅子来煮饭,我的手指上起硬茧了。"恩发这样骂着。

"请原谅我,"美发说,"但我不敢违反黑母牛的话。"

她便把她所遇到的一切情形都说了出来。

后母和恩发看见美发有许多银元,她们都因为贪婪而两手发抖了。

"你们想要多少,就请拿多少吧。"美发说。

"我们不要你的钱!"后母叽叽喳喳地叫,"没有你,我们也会得到的。"

第二天,后母和恩发走到花园里,装作除草的样子。

她们希望怎样,事情果然怎样:那匹黑母牛向她们走来,开始吃昨夜生出来的杂草了。

黑母牛把花园里的杂草吃干净之后,便慢慢地穿过田野,走向树林去。后母和恩发跟着它走。她们手里都拿着一只大袋。她们把黑母牛踏出来的小洞里的银元收集起来放在袋里。

走到了树林边,母牛站定了。这时候,后母便从野蔷薇丛中折一根有刺的枝条,把它当作鞭子,鞭打那黑母牛。

"再向前走!"这贪婪的女人叫道,"你每走一步,就是一块新的银元!不许你停步,你这懒惰的东西!"

母牛摇动尾巴,并不回头来看,便走进树林里去了。后母不肯落后,带着她的贪婪的女儿跟着它走。树林越来越茂密。太阳落山了,树林中便黑暗起来,冷起来。但是这两个凶恶的女人决不停步,老是跟着母牛走。

突然她们恐怖地叫起来。这时候这两个泼妇才看到：黑母牛已经把她们引到一个大沼泽地里。后母同她的女儿一步深一步地陷进泥塘里了。现在她们不再骂黑母牛，她们哭起来，向它恳求："救救我们！我们以后决不再打你了，只求你救救我们！"

母牛回答她们道："你们一生从来不曾对人做过好事。你们生前对人没有益处，你们死后对人有点益处吧。"

黑母牛说完这话，便用蹄在地上敲了两次。后母和恩发立刻变成了沼地里的两个小丘。

早晨，太阳出来的时候，两个小丘上便有鸟和树林里的小野兽坐着。它们很高兴，因为坐在这两个小丘上，可以晒太阳，又可以很远就看见它们的敌人——凶猛的老虎和贪食的狐狸。

不久，美发同一个鼓手结了婚，无忧无虑地过着幸福美满的日子。

苏莱曼

苏莱曼是达五德的儿子。他绝顶聪明，从小就跟着父亲学习知识，还参与审案断狱，掌握治理国家的本事。达五德还教给苏莱曼通晓各种鸟言兽语和驱使精灵魔鬼的方法，使他成了最好的王位继承人。

苏莱曼年幼时就表现出了非凡的才干和智慧。十一岁那年，有两个人到达五德御前告状。原告是个农民，他指控牧人的羊群吃光了他那丰收在望的庄稼，使自己终年的辛劳全都付诸东流，要求国王为他主持公道，让牧人赔偿他的损失。

听到父亲达五德做出了将牧人的羊判给农民的裁决，苏莱曼提出了不同意见，他认为重要的是使牧人真正体验务农的辛苦，所以建议改判牧人去地里种植庄稼，长成后由农民收割；牧人的羊暂交农民牧养，羊奶和皮毛算是对农民的赔偿，一年后羊群仍旧归还牧人。

见到儿子小小年纪断案如此高明，达五德十分高兴。

达五德辞世后，苏莱曼继承了王位。真主赐给他无上的荣誉、不尽的财富和极大的权力，不仅治理以色列人的各个支派，而且支配着由精灵鬼怪和鸟兽虫鱼组成的大军,连风雨都要按照他的指令行事。在他统治下,以色列王国空前繁荣、人民富足、国势强盛。他还为真主修筑了巍峨壮观的圣殿,为人们规定了朝觐的仪式。

一天,苏莱曼来到蚁谷,听见一只蚁后正向群蚁说话:"孩子们哪,先知苏莱曼和他的人马就要来了,快躲进自己的洞穴去吧,以免遭到苏莱曼大军无意的践踏而意外死亡。"

听了蚁后的话,苏莱曼诧异地现出了微笑,心中暗暗祈祷着:"我的主啊,感谢你赐给我父母和我本人的恩惠,感谢你使我掌握了奇异的本领,连蚂蚁都知道我是不会无故伤害他们的先知。今后我一定多做善事,完成您交给的使命,做您的好仆人。"

这时,天气十分炎热,百鸟全都飞来盘旋在苏莱曼头上为他遮阳,他借机检阅鸟的队伍,发现只有戴胜鸟擅离职守,没有前来。苏莱曼恼火地问:"戴胜鸟干吗去了?为什么不来报到?我必定严厉地惩罚它,如果它不能拿出明证来说服我的话,就一定要杀死它。"

戴胜鸟回来后很是害怕,赶忙向苏莱曼禀报说:"我发现了您所不知道的事情,我从赛百邑王国给您带回来一个真实的消息。在那里,一个妇人统治着国民,她享有各种荣华富贵,还有着一个精美异常、价值连城的宝座。但是那里的人都不崇信真主,无论是女王还是臣民全都敬拜太阳,他们受恶魔迷惑不能自已,以至阻碍了他们的信仰,不得走上正路。"

苏莱曼说:"我倒要看看你究竟是诚实的呢,还是在说谎?我这里有一封信,你带去送给她,试看他们如何答复。"

戴胜鸟叼着书信,飞到赛百邑王宫,将这封信交给了女王。看过信后,女王召集文臣武将进宫,对他们说:"臣仆们啊!我接到了一封极其重要的信,是苏莱曼捎来的,信中说他以至仁至慈的真主名义,要我们改变信仰,弃绝对太阳的崇拜而改奉真主。关于此事,请你们谈谈自己的意见,事关国家的前途,我不好一个人决断。"

臣仆们表示:"女王陛下,我们对您向来唯命是从,该怎么办您决定吧,您要我们干什么就请下命令。如果敌人来犯,我们一定坚决抵御。"

女王想了一会儿,说:"苏莱曼大军一到,一定要攻城夺地,每攻下一座城池,都要造成房屋破坏和人畜伤亡,到那时,贵族们也将沦为贱民和奴隶。为了避免这一切,我看不如先派人送些礼物给他们,顺便打探一下那里的虚实,等使者带回消息来我们再做定夺。"

使者来到苏莱曼的御前,献上了女王送来的厚礼。可是苏莱曼连看都不看,告诉他说:"你们干吗给我送来这些东西?真主赐我的财富,远远胜过你们所拥有的一切,别自以为富有和强盛,真主要毁灭谁没有办不到的。快回去告诉你们的女王,如不赶快改信真主,我必定统率大军前去讨伐。要知道,真主的军队你们根本无法抵抗,到那时,你们将被逐出境外,王公大臣们也将沦为备受凌辱的奴仆。"

使臣回复了女王,并向她讲述了苏莱曼王国的强盛和威严,尤其是听到鸟兽和恶魔全都屈服于他,甚至连风雨也顺从他的差遣,宫廷上下全都被这闻所未闻之事惊呆了,苏莱曼将要率大军前来讨伐的消息使他们十分恐惧不安。

考虑再三,女王决定亲自拜会苏莱曼,向他表示亲善之意。临行前,她吩咐臣仆们好好处理政务,尤其关照他们要保护好那个镶满珠宝的王座。

得到女王要来的消息,苏莱曼对属下的臣仆们说:"在女王前来归顺时,你们中谁能把她的宝座给我拿来呢?"

一个精灵上前说道:"干这件事情,我完全可以胜任。在女王到来之前,我将把宝座取来献给您。"

"我能在转瞬之间就使它出现在陛下面前。"一个深知天经的信徒回答。果然,女王的宝座立即摆在了苏莱曼王的御前。

"感谢真主又一次施恩于我,他用这个奇迹来考验我是感戴圣恩的人呢,还是负义的人?感恩的人只为自己的利益而感谢;负义的人须知真主是尊荣无求的。"看着这个精美豪华的宝座,苏莱曼高兴极了,忽然间他又突发奇想:"你们把这宝座改装一下,让我们看看女王能不能认出自己的东西来。"

宝座改装好以后,根据苏莱曼王的命令,安置在一座水晶宫里。

女王受到了热烈的欢迎,苏莱曼将她引向水晶宫那里去,指着宝座问她:"你的宝座是这个样子吗?"

女王感到很是惊诧,宝座分明留在自己宫中,怎么会到了这里呢?一边想,一边回答苏莱曼:"这好像是我的宝座。"

苏莱曼对她说:"这正是你的宝座,不信的话,请走进那座宫殿,到近处去好好看看吧!"

女王向水晶宫走去,看到地面晶莹剔透,以为宫内是一片汪洋,就提起衣裳,露出两条小腿,小心翼翼地迈步向前。苏莱曼一见,哈哈笑道:"这不是水,而是用水晶镶嵌的地面。"

女王面带羞色地发出了慨叹:"以前我真是在自欺欺人哪!只有苏莱曼信奉的真主才是全知全能的,饶恕我的无知和愚昧吧!从现在起,我弃绝对太阳的崇拜,归顺伟大的真主。真主才是全世界唯一的主宰。"

苏莱曼在位期间,以色列王国达到了极盛。

死神的故事

一

古代有个赫赫有名的国王,为人骄傲自满,好大喜功。有一天,他异想天开,要率领朝中文武官员,巡视全国各地,好向老百姓夸耀他的威武豪富。主意打定之后,他立刻命令朝中官员,准备旅途中需要的一切,并吩咐保管服装的仆人选出最华丽的盛装,叫管理车马的选出名骡马,作为巡狩之用。官吏和仆从们诚惶诚恐,遵照命令准备一切之后,国王这才亲自从选择出来的服装、骡马中,挑选自己认为最豪华、最骏壮的一部分,然后穿戴打扮起来,跨在配着镶满珠宝、玉石的金鞍银辔的骏马上,率领文武官员和兵士,浩浩荡荡,前呼后拥地出发了。在旅途中,他扬扬得意,显示出矜骄、高傲、自满的情绪,飘飘然以为自己的豪华富贵,天下第一,欣然夸口说:"世间有谁能和我比高下呢?"

正当国王目空一切,兴高采烈、得意忘形的时候,马前突然出现一个衣服褴褛的陌生人,从容问候他。可是国王冷眼相向,默然不理不答;陌生人却毫不客气,伸手抓住他的马缰不放。国王喝道:"撒手吧!你不知道你牵着的到底是谁的马缰啊!"

"我有事请求你。"

"有什么请求？待我下马来,你再说吧。"

"这是一桩秘密事,我只能对你耳语。"

国王把耳朵凑了过去,陌生人这才悄悄地对他说:"我是死神,我要拿走你的灵魂啦。"

"请你慢一步,让我转回宫去,向妻室儿女和亲戚朋友做最后一次话别吧。"

"不,你不能回宫去了,你的寿限已经告终,从此再不能和他们见面啦。"

死神回答着,从容拿走了他的灵魂,让他的尸体僵然倒在地上。

二

死神拿走国王的灵魂,从容离开他的尸体,继续前去执行别的任务。他找到一个廉洁、守本分、为人正直公道的好人,笑容可掬地问候他,说道:"告诉你这位廉洁守本分的好人吧——我这儿有一件秘密事请求你。"

"有什么事,请你对我耳语好啦。"

"我是死神呀。"

"欢迎你！赞美安拉,我这儿早就等候着你啦。你迟迟不肯光临,这叫我等得太寂寞啦。"

"如果你还有什么事要做,请快去做吧!"

"除了急于要见伟大的主宰之外,我没有别的事啦。"

"你愿我怎样拿走你的灵魂呢？我是奉命必须按照你的意愿拿走它的。"

"那么请你慢一步,让我沐浴熏香,做最后一次祷告吧。在我叩拜之时,请你拿走我的灵魂好啦。"

"好的,我奉安拉的使命,前来按你的意愿拿走你的灵魂,既然如此,我照你的吩咐执行任务好啦!"

廉洁、守本分的好人喜笑颜开,沐浴、熏香之后,诚心诚意地祷告。于是死神趁他叩拜的时候,遵照他的意愿,从容拿走了他的灵魂。

三

古代有个非常有权威的国王,横征暴敛,刮削民脂民膏,并在宫中囤积世间应有尽有的各种物品,专供自己挥霍、享乐之用。他希望尽情享受那些数不完用不尽的财富,便叫人建一座高耸入云、极其堂皇富丽的宫殿,装上两扇无比坚固结实的大门,到处设置侍卫、门警和成群的婢仆。他深居简出,养尊处优地躲在宫中,过着舒服、快乐、如意的享乐生活。

有一天,国王很高兴,吩咐厨役做出丰富的山珍海味,大宴家人、属僚,并款待侍从婢仆们,热热闹闹地共聚一堂,准备吃喝享受。国王本人坐在宝座上,依着靠枕,对着眼前的盛况,高兴快乐,扬扬自得,暗中对自己说:"我的自身呀!世间应有的享受,我全都给你收集起来啦,你安心自如地享受吧!吃喝这些可口的珍馐美味吧!"

国王正在自鸣得意之时,门前来了一个衣服褴褛的不速之客,拉着门环不住地敲门。他肩上挂着一个褡裢,仿佛是个讨饭的乞丐。那紧急、响亮的敲门声,响彻整个宫室,甚至震动了国王的宝座。侍卫、婢仆们骇然震惊,急急忙忙奔到门前,怒形于色地骂道:"该死的家伙!这叫干什么哪?你为什么这样不懂礼仪?你等一等,待国王宴罢,我们把残汤剩饭赏给你。"

"请告诉你们主人吧,叫他出来见我,我有要紧事和他商量。"

"你这个贱种,滚你的吧!你是什么人,胆敢要我们主人出来见你?"

"别多嘴多舌,你们只管进去通知主人好啦!"

婢仆、侍从们转进宫去,如实报告一番。国王听了,大发雷霆,问道:"为什么你们不驱逐他?为什么不剥掉他的衣服,打他一个头破血流?"

国王刚说完,接着又是一阵敲门声,比头次更紧急、更厉害。这回侍卫和婢仆群起而攻之,拿起器械、棍棒,涌到门前。不速之客见他们来势凶猛,大吼一声,喝道:"你们全都给我站住,不准动!我是死神啊!"

婢仆和侍从们听了,如闻晴天霹雳;大家一怔,吓得面面相觑,一个个呆若木鸡,没有了理智,哆嗦着动弹不得。国王吩咐侍从:"告诉他吧,叫他随便拿一个人做我的替身好啦!"

"我不拿别人做你的替身。"死神说,"我是专门为你而来的,现在我非叫你离开这些你平生搜刮、剥削来的财物不可。"

国王听了无法可想,长吁短叹,伤心哭泣,埋怨道:"是这些财物欺骗了我,贻害了我,阻止我膜拜主宰啊!愿安拉诅咒它们。当初我以为金钱是万能的,可以得到它的帮助,可是今天我才明白是它给我带来的罪孽。现在我只好赤手空拳地回老家去,财富全都留给仇人享受去了。"

国王在悲伤、懊悔之余,仿佛听见一股嗡嗡的声音在他耳中盘旋:"你凭什么埋怨我呢?你应该埋怨你自己才对。安拉从土里创造了我和你,把我寄托给你,让你好生准备来世的旅费;教你充分利用我,救济孤苦贫困,修桥补路,建设城防寺院;可是你却自私自利,一直把我储备起来,供你私人享乐,不知感激,反而抹杀我的好处。现在你不得不把我扔给你的仇人,你自己忧愁懊悔不迭,我有什么过失叫你这样埋怨、诅咒呢?"

国王坐在宝座上,望着席上的珍馐美味,还来不及吃喝,那嗡嗡的声音还袅袅不绝于耳的时候,死神就毫不犹豫地拿走了他的灵魂,让他的尸体僵然倒在地上。

四

古代以色列有个非常权威、非常暴虐的国王,宫中警卫森严。有一天,国王坐在宝座上发号施令,正在威风凛凛、得意忘形的时候,突然有个魁梧奇伟、形貌蛮悍的大汉闯进宫来。国王害怕他的蛮劲,不愿接见他,一骨碌跳将起来,面对着他问道:"喂!你是谁?是谁让你进来的?谁让你到我宫里来?"

"是屋子的主人要我来的,我要上哪儿去,没有人能阻拦我。我去见帝王将相也不需要通报、请示,我不怕帝王的威权和势力;再强横的人也无法欺负我;碰在我手里的人,谁也休想逃脱性命。我是破坏人间幸福的,是专门使人失群离散的。"

国王听了大汉之言,惊慌失措,吓得倒在地上,昏然不省人事,过了一会儿,他慢慢苏醒过来,说道:"你是死神呀。"

"不错,我是死神。"

"凭着上帝起誓,求你宽限一日的期限,让我有个忏悔的余地,好向上帝求饶,并把存在库中的钱财全都归还物主,免得总清算之日,我肩负着负债的重担,会受严厉的惩罚。"

"差得太远了!差得太远了!这是没有办法的。你的寿岁是有限的,甚至你的呼吸也是规定过的,这我怎么能够推迟它哪?"

"那么求你宽限一个钟头吧。"

"一个钟头也在规定的范围之内,早就已经消逝了,只怪你自己昏庸、糊涂啊。你充分享受过生存的全部时间,现在只剩最后的一次呼吸啦。"

"我死了,被埋在坟里,那时候谁和我在一起哪?"

"那只有你的功德陪伴你啦。"

"可是我没有功德呀。"

"那么毫无疑问,你得归宿到地狱里去。"

死神回答着,拿走了他的灵魂。国王倒了下去,尸体横陈地上,霎时间宫中响起一片悲哀哭泣的声音。死神回头望一望,冷静地说道:"如果他们知道他的归宿,他们会哭得更凄惨呢。"

神猴哈奴曼

吉萨陵是须弥山上占有广阔森林的一个猴子部落的首领。他美丽的妻子安阇那,曾是一位仙女——阿卜娑罗。由于她犯有过错,被天神诅咒为母猴,成了吉萨陵的夫人。

安阇那喜欢沿鲜花簇簇的山坡散步。有一天,当她来到山顶时,清风阵阵,吹起了她的衣裙。风神婆瘐见她如此俊俏,便紧紧搂住她。安阇那不安地叫道:"谁这样侮辱我?我历来是忠于丈夫的!"

风神在她耳边悄悄地说:"美人儿,别慌!我对你的爱不会损害你一根毫毛,我送给你一个强大而聪明的儿子。他将像我风神一样,具有跳到天上去的神奇本领。他将名扬天下!"安阇那拗不过风神,只好屈服。

安阇那分娩后把小孩放在林中草地上就走了。当时正是清晨,朝阳刚从山后冉冉升起。小孩饿得嗷嗷叫,声音极大,传得很远。小孩看到鲜红的朝阳,以为是一个熟透了的果子,于是蹦到天上,伸出双手准备去抱太阳。天神们看到他飞上天,惊慌失措。他们说:"这是风神婆庾的儿子,真是飞得像风一样敏捷迅速,简直如鸟王迦楼陀,甚至比他还要快得多!他现在这么小就跳得这么高,待到长大成人之后,如何了得?"

婆庾看到儿子快接近太阳时,就吹去阵阵凉风,以免阳光把儿子稚嫩的身子烤坏了。由于有强风的支持,小孩靠近了太阳。太阳看到顽皮的小家伙靠近,就小心地躲开了,不忍灼伤他,太阳知道这孩子前程远大。

就在风神之子接近太阳的时候,妖魔罗喉也正逼近太阳。这妖魔总是想吞食太阳。他见太阳似乎被别人抢占,便赶忙到天帝因陀罗那里抱怨道:"自古以来,太阳和月亮就是我法定的食物,今天怎么把我的食物给了别人呢?我刚才想吞食太阳时,看到另一个罗喉正要抢占太阳呢!"

听到这里,因陀罗立即骑上如吉罗安山一样高大的伊罗婆陀大象,赶到太阳那里。罗喉在前面引路。小孩子一见罗喉的头,以为又是一个大果子,于是扑向罗喉。罗喉吓得一边跑一边叫。因陀罗说:"别怕,我现在就打死他!"风神之子又扑向大象,以为是另一个果子。千眼之神挥动金刚杵向飞翔的小孩子打去。风神之子受伤后从天上掉到地上,把下巴摔坏了,伤心地哭了起来。

风神听到儿子的哭声,非常生因陀罗的气,决心报复。风神把儿子从地上扶起来,送进一个山洞,风神自己也待在洞里不出来。这样一来,世上就没有风了。因陀罗也没法借风下雨。大地离开了风神,成了一片荒凉世界。天神、人类以及所有生物,都没有什么东西呼吸了,生活完全变了样,停滞不前了。

天神们赶到梵天那里,请他帮助:"风神婆庾离开了我们,不知怎么得罪了他,为什么这样惩罚我们?请你解除我们的痛苦。"当时,梵天告诉天神们,因陀罗如何受罗喉的挑唆,打了风神之子,所以风神实施报复赌气离开了。应该去求风神婆庾发发善心。否则,没有风,空气不流通,世界上的生命将会因窒息而死。呼吸是一切生物的基础,就像树干是枝叶的基础一样。没有空气流通,没有呼吸,无论在地上还是天上,都不可能有完美幸福的生活。

所有天神、乾闼婆、阿卜娑罗、神仙和其他天上居民,纷纷到婆庾的藏身之洞,来请求风神大发慈悲。梵天答应赐予风神之子可以随意变形以及随意长大或缩小的本领。

风神出了山洞,三界的生活又恢复得生机勃勃。风神之子取名为哈奴曼,意即烂下巴。

哈奴曼长大以后成了须羯里婆猴王的首席大臣,他的睿智和勇气以及高超的本领闻名三界,猴子、人类和天神都非常敬重他。哈奴曼是毗湿奴转世的罗摩国王的密友,罗摩为了救妻子悉多远征楞伽时,哈奴曼发挥了巨大作用。在与罗刹罗波那的战争中,他功勋卓著,誉满天下,至今他还是有口皆碑的英雄。

莎维德丽女神

创世之初,深感孤独寂寞的梵天,一分为二,用自己身体的一部分造出了一个女性。她叫莎维德丽。梵天一见这女人,心中便萌发了爱慕之情。他感叹道:"啊,你是多么漂亮呀!"

梵天目不转睛地望着莎维德丽,她被看得不好意思,便转到梵天的右边去了。梵天还想看她。于是他肩膀上又长出了一个目光朝右边的脑袋。莎维德丽来到左边,梵天肩上又长出一个面向左边的脑袋。当莎维德丽躲到他背后时,梵天肩上又长出一个脸面朝后的脑袋。当莎维德丽飞到半空时,梵天长出了第五个脑袋。

梵天把莎维德丽当作自己的妻子。梵天的世界高于因陀罗天国和所有其他世界。莎维德丽与梵天一起坐在宝座上,接受天神们的朝拜。莎维德丽是第一个女神。她造出了科学和艺术,并用自己的乳汁哺育它们。她是仙人和虔诚信徒的庇护者,赏赐他们幸福和后代,而且还常常为他们说情。

有一次,梵天和他妻子之间出现了不和。那天,梵天同所有天神和女神,打算举行隆重的献祭仪式。每位天神和女神,都根据成就和威望排定座次。一切准备就绪后,却发现莎维德丽女神还未到场。满面怒容的梵天派一个祭司去请女神。但是,莎维德丽却毫不着急地对祭司说:"我的衣服还没有准备好,还要修饰一番,拉克什米、舍质和罗希妮等都在自己宫里收拾打扮呢!我——梵天的妻子,在这盛大的节日,何必早于她们出场呢!"

祭司回去禀报,创造之神大发雷霆。他对天帝说:"因陀罗啊!行动吧!尽快给我找位夫人来!你将在路上遇到的第一个姑娘带回来做我的夫人!"

因陀罗匆匆出发。不久后,他就遇到了一个年轻漂亮的牧女加耶德丽。因陀罗把姑娘领到天神们集会的地方。加耶德丽向梵天施礼。创造之神当众宣布:"天神、神仙和苦行者啊,我就娶这位漂亮姑娘做妻子。她将成为天上、空中和地上纯洁和虔诚的依托!"天神们都大声欢呼,赞同梵天的决定。祭司们开始用鲜花和金银首饰打扮加耶德丽。

祭司们正要举行仪式时,莎维德丽浓妆艳抹珠光宝气地走进会场,同她一起来的还有舍质、拉克什米等其他女神。莎维德丽见加耶德丽一身新娘子打扮,饰以奇香的鲜花和璀璨的宝石,便愤怒地叫道:"梵天呀!难道你想抛弃我这合法的妻子吗?整个宇宙都极为尊重你,你却与一个普通牧女成亲,难道不怕造孽吗?天神和凡人都会嘲笑你的!"

接着,莎维德丽又对众神发出了诅咒,愤而离开了会场。

隆重的献祭仪式即将开始。梵天希望与莎维德丽重归于好,便派毗湿奴和拉克什米立刻去迎接莎维德丽。高傲的莎维德丽本不想来,但经不住毗湿奴夫妻俩的再三恳求,还是回到梵天身边,出席了献祭仪式。

兴高采烈的梵天,要莎维德丽牵着加耶德丽的手。温柔的加耶德丽拜倒在莎维德丽脚前,抱住了她的双膝。威严的女神息怒了。她轻柔地抚摩着加耶德丽说:"加耶德丽啊,你是无罪的!妻子应该听从丈夫的吩咐,任性的妻子只会给丈夫带来痛苦,损害他的健康和幸福,缩短他的寿命。我们不要争吵,使梵天伤心。要虔诚和温顺,使他有好感,你照我的办。你将是第二个莎维德丽。我们永远友好相处。"

加耶德丽按莎维德丽所说的去做。她非常尊重莎维德丽,并尽量满足她的愿望。

太阳、月亮和金星

年迈的寡妇对她三个闺女说:"孩子们,我要上我们首领住的那个村子去参加一次祭祀赛神,两三天后才能回来。我出门在外的这段时间,你们要把门窗关好,因为附近有只老虎,从你们是婴儿时起,它便一直想吃掉你们哩。"母亲走后,三姊妹商量好轮班值夜,大姐值头夜,二姐值第二夜,三妹值第三夜。

那天夜里,老虎来敲门了,它喊道:"闺女们呀,开门吧,我走累啦,得赶快上床躺躺哩。"值班的大姐回答说:"妈妈,在我开门之前,请你告诉我,你的声音怎么又沙哑又刺耳呀?""别问这种傻问题啦,闺女,"老虎说,"你难道不知道,在赛神会上,人人都得跳舞唱歌,直到嗓子变干焦了才停吗?""滚开,滚开!"大姐回答,"你是那个老虎,根本不是我妈妈。"老虎只好失望地走开了。

隔夜二姐值班时,老虎又来敲门了。它喊道:"闺女们呀,开门吧,我走累啦,得赶快上床躺躺哩。"值班的二姐问道:"妈妈,在我开门之前,请你告诉我,你的声音怎么又沙哑又刺耳呀?""别问这种傻问题啦,闺女,"老虎说,"你难道不知道,在赛神会上,人人都得唱歌跳舞,直到嗓子干焦了才停吗?""不过我还要彻底弄个清楚。"二姐这样想着,又说:"妈妈,请把你的手掌贴在门缝上,叫我来摸一摸。"老虎照着要求做了。二姐摸到老虎的爪子。"哎呀,"二姐大声叫道,"你的手掌粗糙、皱裂,不像我妈妈的手啊。""唉,傻姑娘,"老虎回答,"赛神会上,因为客人来得太多,首领屋里的地板给踩破啦,我们不得不干个通宵,把破木板都换了下来。""哈哈,"二姐大笑起来,"这全是骗人的鬼话!滚蛋,你这个下流的老虎。"

轮到三妹值班的时候,老虎又来敲门了,它喊道:"闺女们呀,开门吧,我走累啦,得赶快上床躺躺哩。"三妹这孩子太单纯、太轻信,又太善良,她没有怀疑这里面有什么意外,大声嚷道:"啊,可怜的妈妈!"她打开了大门,但一看是只老虎,就尖声号叫着飞奔上楼,和楼上的两个姐姐一块儿跳出窗户,爬上了一棵高大的核桃树。

这只老虎瞧见姊妹三人都已经从房子里逃了出去，便披上一条毯子，跑到核桃树下。"闺女们呀，闺女们呀！"它大喊起来，"我刚刚从赛神会上回来，才一进屋，发现一只老虎正在厨房里转悠。我一路上够累的啦，爬不上这棵树了。闺女们，快拉我上去吧。"大姐马上明白，这说话的就是那只老虎，不是她们的妈妈。她就说："我们的手不够长，您先到厨房去，端盆洗发膏水来，泼到树身周围，您再爬这树就很容易啦。"洗发膏是浓腻的油汁做成的，十分滑溜。老虎泼了洗发膏水，便拼命往树上爬，但滑了下来，跌倒在地上。二姐也明白，这是那只老虎在使劲爬树，于是便用亲切的腔调说："哎呀，妈妈，这洗发膏水不成，我们真不该说它。现在请您再去厨房一趟，把那坛炒菜的油拿来，然后把油泼到树身的周围就行啦。"老虎听了以后便照着做了。由于食油使树身变得更加滑溜，老虎又被摔下来了。只有三妹却仍跟先前一样糊涂和天真，她说："啊，可怜的妈妈，您摔伤了吗？请您到厨房去拿把斧子来，用斧子在树身上砍出一些凹口来就行啦。"

　　老虎从厨房拿来了斧子，在树身上砍出一个个凹口，踩着凹口慢慢爬上树来了。三姊妹吓得魂飞魄散，只好越爬越高，一直爬到了树的尖梢。老虎仍不停地继续往上爬，姊妹们抬头望天，呼唤雨神来搭救她们逃出这残酷老虎的嘴巴。雨神正忙着拿绳子和吊桶从海洋里吊水上来，等会儿好往下面下雨。他赶快倒空了吊桶，把桶一直放到树梢，以便三姊妹都能爬进里面。吊桶已经拉上天了，三姊妹现在安全啦。老虎这时候也爬到了树梢，举起一只爪子对着雨神摇晃着抗议说："你自称是个公正的神，你把雨同时降在人和各类生物的头上，所以，你也必须同样拉我上天，就像你拉这三姊妹一样。"雨神没有旁的选择，只好重新放下吊桶，让老虎跳进桶内。但是，老虎太重啦，"啪嚓"一声，绳子被拉断了，老虎掉进大海里淹死了。

　　"雨神呀，"三姊妹说，"您救了我们的性命，我们一定永远为您效劳。"雨神想了想应该怎么安排三姊妹之后，便把大姐变成了太阳；二姐变成了月亮；三妹变成了傍晚时分见到的那颗光闪闪的金星，派给她们看守下面世界的任务。

魔 瓶

　　许多年前,在马来西亚的东海岸,有一个贫苦的渔夫,他家人口很多,一大家子都靠他来供养。有一天,他正打鱼收网的时候,感到网特别的沉,他想这下准是捕到一条大鱼了。但是,他把网拖出水面一看,网里只有一只小瓶子,瓶口的盖子紧紧塞住,上面写着几个字:"至圣先知所罗门"。渔夫见了喜出望外。

　　"妙极了!"他自言自语,"这只小瓶子一定是无价之宝。这么重,里面一定装着什么珍贵的东西。"他迫不及待地把盖子揭开,只见一股黑色的浓烟从瓶子里缓缓升起,乌烟越滚越大遮住了他的视线。"奇怪,这样小的瓶子怎么会有那么多的黑烟?"渔夫心里非常纳闷。

　　这时巨大的浓烟滚做一团,转啊转的,突然,一声巨响,烟团变成了一个巨大的妖怪。

　　渔夫惊恐万状,整个身子都在颤抖。好一会儿他才哆哆嗦嗦地问道:"您是谁,先生?"

　　"我是至圣先知所罗门派来看望你的。"妖怪回答说。

　　"但是,至圣先知所罗门已经死了几千年了,而您在瓶子里关了多久呀?"渔夫疑惑地问。

　　"我违背了所罗门的旨意,被他关进瓶子抛入大海。在瓶子里我已囚禁了几千年。我曾私下许过愿,谁要是在一百年内救出我,我将给他许多钱财,作为报答。但是如果超过这个时间,谁把我救出来,我就要杀死他。"

　　"啊,我的巨人,请饶恕我吧。我从没有伤害过你,只是想帮助你。"

　　"我才不管那些,"妖怪愤怒地号叫,"快说吧,你要怎么个死法?"

　　渔夫心里暗暗默念着"真主会保佑我的"。他鼓足勇气对那怪物说:"看在至圣先知所罗门的分上,要知道他的大名就写在这瓶盖上,请你允许我临死前问你一个问题。"

　　听到所罗门的名字,妖怪像被抽了一鞭似的胆战心惊:"好吧。不过

要快一点儿,别太啰唆。"

"先生,我简直不敢相信,像你这样庞大的身躯竟可以从那么小的瓶子里钻出来。您看,连我的手都放不进去呀。"

"你这是什么话!"妖怪大发雷霆地吼道,"你竟敢不相信我说的话?"

话音刚落他摇身一变,又化作一团烟云,缩回瓶子里去了。说时迟那时快,渔夫"啪"地盖住瓶口,扬眉吐气地站起身来责问瓶里的妖怪说:"现在我倒要问问,你想怎么个死法?"

"饶命吧!饶命吧!"妖怪的声音变得非常怯弱可怜。他苦苦地央求道:"放了我吧。你要什么都行,我敢对天发誓,只要你放我出来,我决不伤害你。"

渔夫虽然还心有余悸,但听到瓶里哀求的声音,又发了善心,还是打开了瓶盖,放妖怪出来了。

妖怪很受感动,他恪守自己的诺言,把渔夫领到一个湖畔,指了指湖里许多像彩云似的、五彩缤纷的鱼儿。从此渔夫无须用网就可以在这里捕鱼。鱼儿会自动地跳进小船。他轻而易举地打了许多鱼。一家老小，过着丰衣足食的生活，再也不必为贫困而忧愁了。

雷电的由来

很久以前，有一个名叫麦克哈拉的幽灵。她从一个独身的、法力无边的魔法师那里学会了许多法术。她又把这些法术传授给另一个幽灵，他的名字叫拉马索尔。两个幽灵既聪明伶俐，又勤学好问。魔法师对徒弟俩都很宠爱。每当他传授一种法术，他都对他们俩进行考核，看谁更聪明——是麦克哈拉，还是拉马索尔。

一天，魔法师对他们说道："你们知道，清晨的树叶和青草上布满了水珠，我们叫作露水。如果谁能给我收集一满杯的露水，我就可以把它变成一颗魔宝石。这宝石是无价之宝，它可满足你的一切欲望，你要什么就给什么。"

清晨，拉马索尔来到露天的草地和树下，他用手轻轻抖动叶瓣，让露珠掉进杯子里。连续干了好几个早晨，收集到的露水几乎遮不满杯底。

然而，麦克哈拉想出了一个巧妙的办法来收集露水。她拿了一段软木，用它来吸取叶瓣和青草上的露水，然后把水分挤入她的杯子，不用多久，杯子里的露水就满了。麦克哈拉就这样在这次考核中取胜了。

她拿着满满一杯露水回到魔法师那里。魔法师念了几句咒语，露水立即变成了一颗金光闪闪的魔宝石。

"这是一颗有法力的宝石。"他说道，"假如你有什么要求，只要把它举在头顶，摇动一下，你所有的愿望都会变成现实。带着这块宝石，你可以走遍天下，可以遨游太空，也可以藏在小虫的肚肠里。"

麦克哈拉谢过魔法师，高兴地接过宝石，举到头顶摇了摇，她立即飞上了天空。

几天之后，拉马索尔也终于集满了一杯露水，带到师父身边。"孩子，你太迟了！"他惋惜地说，"我把宝石给了麦克哈拉。很抱歉，我的咒语只能念一次，现在已经不再显灵了。"

拉马索尔听到这话,怒气满腹,于是号啕大哭起来。

魔法师见了心里过意不去。他安慰说:"别难过,我的孩子,我给你一把斧头,用它去追回宝石,好吗?你看,麦克哈拉喜欢在天空中风里来雨里去,因此你可以在下雨的当儿,将斧子向她掷去,她手中的宝石就会掉下来,但是如果她把宝石举过头顶时,你必须在投出斧头之前闭上你的双眼。"

拉马索尔一接过斧子,就"嗖"地飞上天去寻找麦克哈拉。不过每当他靠近她时,她都能洞察他的来意,高高地举起那颗魔宝石,往高空飞呀、飞呀,一直冲到九霄云外。

每当麦克哈拉举起宝石,拉马索尔总是闭上双眼,使出全身力气将斧子投掷过去。斧子飞越天空,发出可怕的轰鸣声——"轰隆!轰隆!轰隆隆!"然而每次都未击中麦克哈拉的魔宝石。

直到现在人们还常说,闪电就是麦克哈拉的魔宝石在她头顶上闪闪发光,而雷鸣是拉马索尔的斧子穿越天空时发出的声响。

美 人 鱼

相传在大海的对岸,有两个相邻的王国。靠西边的叫芝劳特雷温,靠东边的叫珀默翁阿帕埃克。这两个王国虽然有着同一条海岸线,有着相同的气候条件,但是两国的情况却有着天壤之别。

芝劳特雷温国王仁慈厚道,爱民如子。皇后生下一位美丽的公主,起名杜娅。她跟父王一样心地善良,温文尔雅。这个王国的百姓勤劳、勇敢,以捕鱼和狩猎为生。芝劳特雷温王国繁荣昌盛,百姓过着安居乐业的生活。渔民们热爱杜娅公主,每当杜娅公主来到海边的时候,他们总是献上最好看的鱼儿。

珀默翁阿帕埃克王国却是另一番景象。国王生性残暴,杀人不眨眼。皇后生下一位王子名叫加蒂·帕乌勒翁。他的凶暴残忍跟他父王没有两样。那里的百姓叫苦连天,只好被迫去当海盗。

光阴似箭,这两个王国的公主与王子都长大成人了。

杜娅公主喜爱在宫女们的陪伴下到海滨去观赏渔民们出海归来的繁忙景象。

一天,杜娅公主一行从海边回宫途中遇见了加蒂·帕乌勒翁王子。这时王子的脸庞被太阳晒得通红通红,两眼闪射着火光,十分怕人。公主见到他惊恐万分,不敢停步,急匆匆回宫去了。王子望着窈窕美丽的女子,就想娶她为妻。

加蒂王子回宫后坐卧不安,日夜思念着邂逅相遇的美女。当他获悉这女子就是杜娅公主时,便恳求父王前去说亲。

珀默翁阿帕埃克王国的求亲使者团出发了。芝劳特雷温国王诚惶诚恐地接待了来使。他知道加蒂王子是个残暴的恶棍,把女儿许给他等于把女儿送入虎口。假若不答应这门亲事,后果却又是不堪设想的。他默默地祈祷着,祈求真主的拯救。为了拖延时间,芝劳特雷温国王假装允诺了这门亲事,借口女儿尚年轻,请求推迟婚期。然而使者团拒绝了芝劳特雷温国王的请求,坚持要尽快完婚。

使者团回国后,芝劳特雷温国王召见杜娅公主,将珀默翁国王派人前来求亲之事告诉了女儿。公主听了这个消息,如晴天霹雳,悲愤地跪倒在地,说:"父王陛下,加蒂王子粗暴残忍,女儿宁死也不嫁给他。"

"别担心,我的孩子。你父我决不答应这门亲事。我宁肯将你许配给海盗,也不认他为婿。"

"可是,父王,他会兴兵攻打我们的啊。"

"你以为我们的百姓软弱可欺吗?放心吧!向真主祈祷吧!"

杜娅公主回到闺房后,默默地祈求真主保佑,她不愿百姓们为她而战。

日头偏西,杜娅公主在一位机智的、守口如瓶的老宫女陪同下,悄悄地来到海边,向南海女神尼亚·洛罗·基杜尔求救。

公主在海边选择了一个合适的地点,呈上祭品,虔诚地祈祷着,恳求女神拯救她那大难临头的国家。

女神果然显灵了。突然,海水出奇地翻滚起来。霎时从波涛滚滚的海水里冒出半个黑乎乎的躯体。

杜娅公主惊得目瞪口呆,两眼直盯着这半个躯体,猜测是人还是动物。忽然半个躯体启口说话了:"我叫美人鱼,跟你的名字一模一样。美丽的公主,别忧愁,你若相信我,我就助你一臂之力,你愿意吗?"

"我正向尼亚·洛罗·基杜尔女神求救呢!你是她派来的吗?我完全相信你。"

"好吧,看你是否有诚心。明天这个时候再来吧,那时我将告诉你锦囊妙计,不过,你必须带给我一件你最心爱的首饰,唱起你心爱的歌曲,我会现身的。"说罢,半个躯体的美人鱼销声匿迹了。

杜娅公主喜出望外,连忙回宫。一到宫里,她径直进入自己的卧室,从柜子里取出了首饰匣,把全部首饰倒在桌上。她一眼看见了自己最心爱的首饰——一副祖传的银脚镯。那是在她刚学会走路时妈妈送她的礼物,并让她传给下一代。银镯上系满无数只小银铃,行走时戴上它,小银铃会随着轻盈的步履发出有节奏的使人陶醉的音乐。

她一面凝视着心爱的银镯,一边思忖:"该不该把心爱的脚镯献给美人鱼呢?要知道这是我家的传家宝,怎么能当祭品呢?假如不献出祭品,美人鱼就不予相助,王国就要遭殃。"当天夜里,公主辗转不能入睡。她时而把脚镯藏进匣子,时而又把它拿出来。黎明时她才拿定主意,毅然决然地要献出这副心爱的脚镯。翌日,她小心翼翼地把脚镯包好掖在披巾里,带着贴身的宫女向海边走去,盼望着美人鱼的妙计。

她气喘吁吁地走到海边,稍稍休息后用颤抖的嗓音唱起了儿时爱唱的一首歌曲,想到心爱的脚镯即将离开她,热泪簌簌流下。唱罢,她擦干眼泪。

与此同时,美人鱼露出海面。继而美人鱼命令她把首饰扔进大海。杜娅公主毫不迟疑地把脚镯扔向海面,刚好落在美人鱼的面前。

脚镯投入大海后,杜娅公主仿佛听到一阵隐隐约约的笑声。美人鱼靠近岸边说:"孩子,现在你可放心了,海神王已接受了你的供品。开战前一天的下午,你再上这儿来吧,你会得到我们的援助的。"

芝劳特雷温王国笼罩着紧张的战斗气氛。男人们磨刀擦枪,加紧练兵,准备抵御入侵之敌。杜娅公主不辞辛劳地慰问百姓以鼓舞他们的士气。

一个月以后,珀默翁阿帕埃克国王又派人来催亲。当他得知芝劳特雷温国王拒绝这门亲事后,恼羞成怒,立即宣布开战。杜娅公主遵照美人鱼的誓约,于开战前的一天下午来到海边。当她走近海边时,只看见海面上闪出一道金光,慢慢地移到她身边。在金光中间有一只小船,船上有一个人划着桨。等小船靠近时,她才看清楚划船的是个小矮人。他坐在美人鱼的背上。小矮人身穿由海草和珍珠编织成的衣服,头戴宝石镶成的熠熠发光的皇冠,腰里系着一条镶满宝石的腰带。怪人跳到岸上,彬彬有礼地朝公主一跪,这时美人鱼说:"公主,这是我的孩子,名叫杜尤,他将帮助你们,请允许他送你回宫去,开战之事听从他安排。"

小矮人陪同公主回到了宫中,继而视察了两国的边界。

拂晓,两岸边杀声震天,两军已开始厮杀。两军对阵只隔一座沙丘。珀默翁阿帕埃克人妄图把芝劳特雷温人斩尽杀绝。芝劳特雷温人立誓效忠君王,誓死驱退敌人。

旭日东升,加蒂·帕乌勒翁王子登上沙丘,传话给芝劳特雷温国王,要他最后一次考虑婚事。

正在此时,小矮人出现在沙丘最高处,口中唱着刺耳难听的战歌。他左手握着一个大贝壳,一条美丽的大金鱼在贝壳里的水中游动。唱罢,小矮人捏住金鱼的尾巴高高举起。金灿灿的阳光照在金鱼身上又射向珀默翁阿帕埃克人。他们看到鱼鳞如金子发亮,鱼鳍如钻石耀眼,又看到小矮人衣着华丽,认定这条大鱼一定是金子和钻石制成的。

"金鱼,金鱼,"小矮人叫喊着,"谁捕获它就归谁。"随即他将金鱼扔进大海。此时此刻,珀默翁阿帕埃克的军队乱作一团。他们忘记了自己的使命,不顾森严的军纪,争先恐后地跳进海中逮金鱼。他们你争我夺,各不相让,最后一个个葬身大海。芝劳特雷温国王不费吹灰之力征服了敌人,统一了两国。

杜娅公主兴高采烈地到海边来道谢。等不多久,海水翻起波涛,这是恩人即将出现的前奏。

忽然,大海里浮出两个男人,一个年近半百,另一个是体格健壮的青年。他们冲着杜娅公主走过来。那个上了年纪的男人说:"我们料到你会到海边来致谢的。我们先认识一下吧!我叫杜娅,就是你见到过的美人鱼。我是马鲁古海龙王。这是我的孩子杜尤,就是昨天帮助你的小矮人,他是王位的继承人。"

杜尤王子双膝跪在杜娅公主面前并亲吻了她的手。马鲁古海龙王替王子向公主求亲,并说要把公主带到富饶、美丽的海中珍珠花园去。

杜娅公主腼腆地点了点头,幸福地接受了杜尤王子的求婚。他们三人来到芝劳特雷温国王的宫中,王国的百姓喜笑颜开地迎接贵宾。

当晚,决定为杜娅公主和杜尤王子举行婚礼。正当大家开怀痛饮的时候,来了个渔民,手中拿着一条金鱼,鱼鳍上挂着杜娅公主心爱的脚镯。公主见到脚镯喜出望外。从此,金鱼饲养在宫廷里,还专门修建了一个池塘。至今在西爪哇,金鱼仍旧是吉祥太平的象征。每逢求神节,人们总是忘不了祭祀金鱼。

月亮里的女人

有一个名叫加丹的农民,他有十几头水牛和几块稻田。

一天,他到田里去干活儿。忽然发现稻田全都变成了池塘,池水在阳光的照射下,金光闪闪,美极了。这一切真叫加丹眼花缭乱,他感到非常惊奇。

消息很快传开了,大家议论纷纷,有的人说这是吉祥的预兆,加丹从此福星高照了;也有人说,他要走厄运了,将大难临头了。加丹听了心乱如麻,彻夜辗转不眠。

第二天清早,天刚蒙蒙亮,他又走到池塘边。听到远处传来婉转动听的歌声,他四处巡视,心想稻田附近根本没人,那优美的歌声从何而来?于是他躲在丛林中偷偷地张望。忽然,他看到几个美丽的少女,迈着轻盈的步子,一阵风似的朝池塘走了过来。加丹定神一看,她们穿着鲜艳的红色长袍,背上插着翅膀。这时,少女们脱去衣服,跳进水里,一面嬉戏,一面唱歌,非常快活。加丹聚精会神地看了好一会儿。加丹凝视着这迷人的情景,如同进入梦幻一般,如痴如醉。不知过了多久,忽然,他像从梦中惊醒似的大声喊道:"喂!你们是什么人?你们在这里干什么?"

少女们被这突如其来的喊声吓坏了,急急忙忙爬上岸,哆哆嗦嗦地穿上衣服,插上翅膀,像一只只美丽的大蝴蝶,眨眼间她们一个个远走高飞了。只有一个少女,由于一只翅膀被杂草缠住飞不走了。

加丹飞快地向她跑了过去,厉声喝道:"我要砍你的脑袋!你们竟敢把我的稻田变成水池。"

"放开我!"少女不甘示弱,傲慢地说,"难道你不知道我是谁?我是天上卡比加特国王的女儿。"

加丹曾经听说有个卡比加特国王,他是仙女国的国王。加丹望着一片稻田变成的池塘,再看看面前亭亭玉立的姑娘,满腹的怒气无从发泄,他就把姑娘带回家,让她看家、烧饭,有时还帮他一道干活。

随着时间的推移,加丹慢慢爱上了这美丽的姑娘。过了不久,他便向少女求婚,少女忧心忡忡地说:"总有一天,我将不得不回到父王的身边。他是不乐意我住在地球上的。不过,你是个好人,如果你要我嫁给你,我也只好顺从。"

从此他们幸福地生活在一起。后来他们生了一个漂亮的女儿,取名布甘。加丹非常疼爱这女儿,经常和她一起玩耍,并教她读书写字,无论什么时候都不愿离开她,就连到田里干活,也要带着她同去。

有一天,家里的蔬菜不够做午餐,母亲叫女儿到地窖里去取。

在地窖里,女儿发现了母亲当年穿的旧衣衫,那一双翅膀依旧插在上面。她好奇地穿上衣裳,拍打着翅膀,像一只可爱的小蝴蝶。她快活得一边蹦着一边喊着见母亲去了。

母亲见女儿这副打扮,惊恐万状,连忙用手堵住她的嘴,战战兢兢地说:"天哪!你在哪里找到它的?我第一次遇见你父亲时,就穿着这件衣服。可千万不要告诉你爸爸,他不知道我把它藏了这么多年。"

加丹回家的那天晚上,发现妻子在偷偷地哭泣,就关切地问:"出什么事儿啦?"

"亲爱的,"她难过地说,"我刚从父王那里得知,母后病得很厉害。她要我回去看看她老人家。"

"这怎么行呢?"她丈夫急切地说,"我们生活在一起不是很幸福吗?如果你一定要走,就让我们一起走吧。"

"可是我的翅膀载不了我们三个人。"妻子无限痛苦地说。

"你的翅膀在哪儿?"加丹吃惊地问,"我还以为你早就把那带翅膀的衣服丢了哩。"

"请别生气,"妻子温柔地解释道,"是我把它放在地窖里,一直保藏到今天。你忘了结婚前我不是跟你说过,总有一天我不得不回到父王那里去的吗?"

加丹飞也似的跑到地窖里,到处搜寻,却无法找到妻子那件衣裳。他紧张地返回家里告诉妻子。

"那里没有你的衣服。"正当他说话的时刻,只见他妻子一阵风似的飞出窗口,身上穿的正是那件插着翅膀的衣服,手上抱着他们的女儿。

"回来!"他喊着。

"很抱歉,亲爱的丈夫,我不能够。该是我回家探望双亲的时候了。要知道我母亲年迈体衰,无人照料。"

刹那间妻子和女儿化作一个黑点,消失在天边。

夜里,每当加丹仰望天空,他总是久久地凝视着月亮,好像那里增添了新的异彩,有一个妇女抱着小孩在哭。加丹深知,那月亮里的女人就是他妻子。她已经回到父母的皇宫里,整天悲伤地哭泣,因为她离开了自己心爱的丈夫。至今她还时常对女儿布甘诉说,她的爸爸以及她的故乡在什么地方。

昂普、瓦塔两兄弟

从前有兄弟俩,哥哥名叫昂普,弟弟名叫瓦塔。昂普有一所房屋,还娶了一个妻子。他那年轻的弟弟白天替哥哥放牛、耕田、做活计、背草、拾柴、挤牛奶,晚上弟弟就在牛圈里同牲口一起睡觉。

到了耕种的时候,哥哥对弟弟说:"咱们准备耕牛的颈箍吧,地已经适宜耕种了。你把麦种背到地里去,咱们明天开始播种。"弟弟把一切事情都照着哥哥说的办了。

第二天清早,他们下地干活了。后来麦种不够用了,哥哥便打发弟弟回家去取麦种。弟弟到了家,发现嫂嫂正在梳头。他对嫂嫂说:"您把麦种给我,我好赶回地里去干活,哥哥还在等着我呢,可不要耽搁了。"嫂嫂对他说:"你自己去吧,打开大木箱,随意拿吧,省得我梳着头把头发放掉。"

弟弟走进牛栏取了麦种出来。嫂嫂对他说:"需要多少麦种呀,你肩膀上扛的都是吗?"他对嫂嫂说:"需要三斗大麦和两斗小麦,一共五斗,就是我肩膀上扛的这些。"嫂嫂对他说:"你力气真大,我看你可真有劲儿啊!来,同我在一处多待一会儿吧,我可以做些漂亮衣服给你穿的。"青年一听嫂嫂对他说了这种坏话,恼怒得仿佛变成了一只豹子,他对嫂嫂说:"你对于我就像是母亲,你的丈夫对于我就像是父亲,正是哥哥把我带大的啊。你方才对我说的话可太丑了!你再也不许对我说这种话了,我也绝不会把这件事讲给旁人听的。"说完,他背着麦种下地去了。

到了晚上,兄弟俩收了工。哥哥先回家来,弟弟牵牛跟在后面。嫂嫂因为说了那番话一直在害怕,就假装成被人打伤的样子,等着丈夫回家。哥哥同往常一样回了家,发现房子里一片漆黑,妻子躺在那里被人打伤了,就问她说:"谁把你怎么样啦?""哎哟!"妻子说,"没有别人,就是你弟弟。他回来拿麦种的时候,发现我正独自坐在这里。他就说:'来,我们俩待一会儿吧,把你的头发系上吧'。我对他说:'我不就是你的母亲,你哥哥不就是你的父亲吗?'他害怕了,为了阻拦我对你说出实情,他还打了我;如果你还让他活着,我就非死不可。看啊,他对我说出了这种丑话,大白天他都想胡作非为啊!"

哥哥恼怒得像一只豹子。他磨快了刀提在手里,站在门背后,等着弟弟进门的时候杀死他。

太阳下去了,弟弟像往常一样肩背青草回来了。那头走在前面的母牛对主人说:"瓦塔啊,你哥哥站在门后,手拿短刀想杀死你呢!快逃走吧。"第二只牛也这样对瓦塔说。瓦塔往门底下看了看,看见了哥哥的两只脚。弟弟把背的东西一扔,急忙逃走了。哥哥一见弟弟逃走,便拿着刀在后面追起来。危急时刻,弟弟向拉神呼喊道:"我的拉神!您是能够辨别善恶的啊!"拉神听见了他的呼喊,便让一条水里满是鳄鱼的大河横在了他同哥哥之间。兄弟俩一个在河这边,一个在河那边。弟弟责问哥哥说:"您根本没听我怎么说,凭什么就想害死我呢?我是您的弟弟,您就像是我的父亲,嫂嫂就像是我的母亲啊。难道不是吗?实情是,当我去拿麦种的时候,嫂嫂对我说,'来,同我待一会儿吧',然而,这话却被颠倒过来讲给您听了。"他让哥哥弄明白了他同嫂嫂之间所发生的一切。他对拉神起誓自己说的全是实情,并拿出一把短刀,把自己身上的肉割掉一块,抛入水中喂鱼作为对自己说法的证明。这时候,哥哥大哭起来,想到河对岸拥抱弟弟。但是,因为有那些鳄鱼而过不了河。后来,弟弟告诉他:"您曾想要做一件坏事,那么您肯不肯将来做件好事呢?我这就要到胶树谷去了,将来您如果觉察到我有了灾难,您就去寻找我吧。将来会发生一件事,使我不得不把我的灵魂摄取出来,寄托在一棵胶树所开的花儿上,寄托在这朵花儿结出的一颗种子里,这棵胶树将会被砍倒,我的灵魂便会落在地上。到那时,您去找到它,把这颗种子放进一杯冷水里,等着我再活过来。另外,我若被害您会知道的,如果把一杯麦酒递到您手里,而这酒浑浊不清之时,您就要赶来救我呀。"

瓦塔去了胶树谷,哥哥回到家里杀死了妻子,坐下来为弟弟痛哭。

瓦塔身在胶树谷,靠打猎为生。他在胶树谷中为自己造了一所楼房,布置了一个家。每到晚上,他就把灵魂寄托在一棵胶树最高处开放的一朵花儿里。

后来,有九位神到此处巡游,对他说:"喂!瓦塔,九神的公牛啊,你还是独自过活吗?当初你是为了哥哥妻子的缘故,离开了家乡。现在,他的妻子已经死了。一切冤屈已经辨清了。我们给你造一个女人做伴吧,免得你独自过活。"众神便创造了一个女人陪伴瓦塔同居。这女人身上含有每一位神的精华,比随便哪个女人都美。但是命运女神却说:"她可要死得很苦。"

瓦塔非常爱这女人,每天猎取美味的肉食给她吃。瓦塔还经常交代她说:"你可千万不要到外面去,免得被大海捉去;因为我不能离开本地,也就没有本领从大海里救你出来。我的灵魂放在那棵胶树的一朵花儿里,我必须在这里守护着它,如果有人动它,我就必须同他搏斗。"

以后,瓦塔每天照常出去打猎。年轻的女子就在房子旁边那棵胶树底下散步。一天,大海看见了她,便掀起浪头在后面追赶。她拔起脚来躲避海浪,跑进了自家的房子。大海对那棵胶树喊叫说:"我多想捉住她呀!"胶树便取下她的一绺头发,经大海一冲就把那头发冲到了遥远的埃及,抛在为法老洗衣服的水上了。这绺头发的香气沁入了法老的衣服,有人便开始寻找这香味的来源,随后找到了那绺头发。法老召集人们询问原因,术士们对法老说:"这绺头发是拉神女儿身上的东西,她身体里含有每一位神的精华,这头发是从远方给您送来的贡品。该派些使者到各地各处去寻访她啊。"

许多天以后,被派往其他地方的人都回来了,只有前往胶树谷的人不曾回来,这是因为瓦塔把他们全杀光了,只放了其中一人报信。法老便派遣许多兵士去胶树谷,找到那个女郎带来见法老。

法老对这女人异常宠爱,给了她很高的身份,并要她把丈夫的情形讲出来。那女人告诉法老说:"派人去砍倒那谷里的一棵胶树好了。"官员和兵士奉命出发,去把胶树砍了,并且把瓦塔的灵魂寄托在上面的那朵花也砍掉了。瓦塔便摔倒在地上没了气息。

第二天,瓦塔的哥哥昂普发现麦酒变得浑浊不清,葡萄酒发出坏味儿。他立即拿起手杖,穿上衣裳,带齐武器,动身前往胶树谷。他进了弟弟的房间,发现弟弟躺在草席上已经死了,他哭了起来。他走到那棵胶树底下去寻找弟弟的灵魂。用了三年工夫都没找到。第四年开始了,他心里也快绝望了,心想再找不到就回埃及去。

正在此时,昂普在那棵胶树底下找到了一粒种子,这就是他弟弟的灵魂。他取了一杯冷水,把种子投了进去。黑夜到来,灵魂吸水,瓦塔四肢发抖,眼望着哥哥。昂普把有他弟弟的灵魂的这杯冷水拿起来给瓦塔喝下,瓦塔的灵魂便又回到了原来的地方,瓦塔也就变成了他原来的样子。兄弟二人相互拥抱,异常高兴。

瓦塔对哥哥说:"看啊,我就要变成一头公牛了,你要坐在我的背上把我献给法老。"

第二天,瓦塔变成了一头公牛,昂普骑着牛来见法老。法老见有人献牛异常高兴,宣布说:"这是一件极大的瑞兆哇。"法老下令赏赐金银给昂普,昂普随后就回到本村安居去了。

过了几天,公牛站在王妃身旁,对王妃开口说话了:"坏女人啊,我还活着呢。"王妃对他说:"你是谁呀?"他对王妃说:"我是瓦塔。我现在是一头公牛了。"王妃听了这话,心里异常害怕,想继续加害瓦塔。

王妃来找法老，对法老说："请你凭着天神对我起誓，就说：'无论你说什么话，我为了你都情愿依从。'"法老答应了她。王妃请求说："那头牛毫无用处，让我吃掉它的心肝吧。"法老虽然不情愿，但由于发过誓言，只好按她说的去办。

第二天，法老派屠夫把公牛杀掉当作祭牲。已经被宰的公牛却摇动头颈，落下两滴鲜血在法老宫室的门前。这两滴血长成了两棵高高大大的贝尔赛阿树。

有官员禀告法老："宫门两边，一夜之间长出两棵贝尔赛阿树，这又是个祥瑞。"全国的人们都为这两棵树欢腾，两棵树受到了隆重的献礼。

听说了这件事情，法老头戴蓝冠，颈带花束，乘坐淡金车，出宫去看那两棵树。王妃也跟在法老背后。法老在其中一棵贝尔赛阿树脚坐下来，那棵树这样对王妃说："你这奸诈的女人呀，我是瓦塔，我还活着呢，尽管你劝法老把我住所旁边那棵胶树砍倒，后来又让人杀死了我变成的公牛。"

结果呢，王妃又说服法老下令砍倒那两棵贝尔赛阿树，王妃还站在旁边亲自观看砍伐树木。正砍着，有一小片木头飞进了王妃的口中，被王妃吞下肚去。许多天以后，王妃养下一个儿子。为王子命名那天，法老满心欢喜，当即宣布封他为王位的继承者。这个王子就是瓦塔。

许多年过去了，法老去世了。瓦塔继承了王位，下令把他过去的妻子带到面前，使她受到了严厉的惩罚。又下令把哥哥昂普召进宫来，册封他为自己王位的继承人。

瓦塔当了三十年埃及法老。后来，他病故了。

在瓦塔安葬的那天，他的哥哥昂普代替了他的位置。

图书在版编目(CIP)数据

中外民间故事／王燕编著.
－北京：北京燕山出版社，2005.2(2014.7重印)
ISBN 978-7-5402-1576-7

Ⅰ.中… Ⅱ.王… Ⅲ.民间故事-作品集-世界 Ⅳ.I17

中国版本图书馆CIP数据核字(2005)第007481号

中外民间故事

王　燕　卢茂君 编著
责任编辑／张红梅　张　芸
装帧设计／小　贾
北京燕山出版社出版发行
北京市宣武区陶然亭路53号　邮编100054
全国新华书店经销
三河市北燕印装有限公司印刷

开本 915×1220　1/32　印张7　字数203,000
2014年7月第4版　2014年7月第5次印刷

定价：15.00元

版权所有　盗版必究